阿司匹林
著

着迷

江苏凤凰文艺出版社
JIANGSU PHOENIX LITERATURE AND
ART PUBLISHING

图书在版编目（CIP）数据

着迷 / 阿司匹林著 . — 南京 : 江苏凤凰文艺出版社 , 2022.7
ISBN 978-7-5594-6792-8

Ⅰ . ①着… Ⅱ . ①阿… Ⅲ . ①言情小说 – 中国 – 当代 Ⅳ . ① I247.5

中国版本图书馆 CIP 数据核字 (2022) 第 068523 号

着迷

阿司匹林 著

责任编辑 周凯婷
特约编辑 孙小淋
装帧设计 千 千
责任印制 刘 巍
出版发行 江苏凤凰文艺出版社
南京市中央路 165 号，邮编：210009
网 址 http://www.jswenyi.com
印 刷 北京润田金辉印刷有限公司
开 本 880 毫米 ×1230 毫米 1/32 插页 12
印 张 9
字 数 259 千字
版 次 2022 年 7 月第 1 版
印 次 2022 年 7 月第 1 次印刷
书 号 ISBN 978-7-5594-6792-8
定 价 45.00 元

杀青快乐，我的公主。

小女孩，你弄坏了我的手表。
这根发带，就当是赔礼了。

别哭了，老子背还不行？

沈如归，
你也很为我着迷吧？

目录

CONTENTS

第一章

芙蓉鸟和金丝雀

做演员的，没有工作，就只能等。

慕瓷入行的时间不算短，但演的都是些小角色，说她是十八线小演员都是在给她抬腕儿。

她从阳台往外望，天空阴沉沉的，像是要下雨。

这套房子地段好，保密性高，安全也有保障，很多圈内人都住在这个小区。慕瓷那点儿收入当然买不起，房子是顾泽给的。

慕瓷和顾泽之间的关系并不算复杂，但也不能说公开就公开，一方面是她工作的特殊性，另一方面是因为他那个身体不太好的妹妹——顾笙。

两人身边知情的人就只有方方——慕瓷的经纪人。

“慕瓷，我说真的，你求求顾总，他说句话比我跑断双腿管用百倍。”

慕瓷倒也不是开不了口，主要是刚戳破那层窗户纸，就要这个要那个，那她不就真成了顾笙口中那种攀附权贵的人?

“昨天签的两个新人可是带着资源进公司的，你再不争点儿气，到时候连口汤都分不到。”

“我找机会提一下，先不说了。”慕瓷听到开门的声音，连忙挂掉电话。

除了方方，就只有顾泽知道密码，他不经常来，每次来也不打电话。

顾泽站在玄关处换鞋解领带，解开两颗衬衣扣子才伸手抱她：“吃饭了吗？”

他最近很忙，尤其是这几天，慕瓷连见他一面都很难。

“吃了。”她减肥，运动完也不敢多吃，就做了碗酸辣汤，“你今天不忙啊？”

顾泽笑了笑：“哪有人天天忙？换件衣服，晚上带你去见一个朋友。”

“我认识吗？”

“应该不认识。”

装修房子的时候，顾泽用了心思，尤其是卧室，和慕瓷以前的家有些像。

回想起来，两人好像连一次正经的约会都没有。

顾泽在客厅抽烟，看着屋里的慕瓷化妆换衣服，床上铺满了衣服。她私下其实很少化妆，穿着也简单，但今天似乎对哪一件都不满意，最后怕他等太久才没再纠结，穿了一条藕紫色的真丝连衣裙，妆也化得很精致。

烟灰缸里有三四个烟头，他进屋才不到一个小时。

“抽这么多，是不是心情不好？”

“没有，昨晚睡得晚，抽烟提神。”顾泽灭了手里的烟，牵着慕瓷出门。

他没带司机，自己开车。

车的速度不快，但越开越偏，最后停在一栋私人别墅的大门外。

慕瓷心想：住在离市区这么远的地方，别墅的主人少说也得六十岁吧。

顾泽没有下车，只是解开安全带，在车里坐了十分钟。慕瓷觉得不太对劲，刚想问问他怎么回事，就见别墅里走出几个黑衣男子，没有一个人是面善的。

顾泽没有回头路，从把慕瓷带到这里来的那一刻起，他就已经做了选择。

“小瓷，你先进去吧。”

慕瓷惊讶地看着他：“我一个人？”

"嗯。"

"那你呢？"

"我在外面抽根烟，你先进去。"

她还没有反应过来："顾泽，你什么意思？"

顾泽和沈如归仅仅只是认识，在此之前没有任何来往。顾笙是他的妹妹，一时冲动惹了沈如归，他不能坐视不管。

沈如归在电话里提起慕瓷，顾泽很意外，无论是工作还是日常生活，这两个人都不应该有交集，意外之后又觉得在情理之中，慕瓷虽然没有什么名气，但也参演过多部作品，沈如归毕竟是个商人，不可能让自己吃亏。

无法两全的时候，他必须有所取舍。

顾泽回避慕瓷的目光："沈老板看过你的作品，很欣赏你，想认识你，跟你交个朋友。"

慕瓷听过太多太多类似的开场白，但怎么都没想到这些话会从顾泽嘴里说出来。他是完全不在意她，还是觉得她就是这样的人？

黑衣男子过来敲车窗，显然是已经不耐烦了。

顾泽的沉默让慕瓷的脸色越来越苍白。他说今晚没有应酬，她以为陪他见完朋友之后的时间都是她的，一顿烛光晚餐，一场电影，或者一束花，下雨也没关系，他们可以在室内待着。他总是很忙，两人不经常见面，能一起吃顿饭聊聊天就很好了。

"为什么？"

他只是说："笙儿得罪人了，对方不和我见面，说只跟你谈。"

顾笙从小到大没少得罪人，但有顾家护着，也没谁能真正把她怎么样。

"跟我谈什么？我能代表顾家吗？"慕瓷顿了片刻，"你刚才说顾笙得罪的人……是谁？"

"沈如归。"

沈如归。

这个名字慕瓷忘不了，时间太久，记忆模糊，她只记得自己曾经和沈如归打过一个赌。

那时候他变着花样装各种小摊贩骗她，她信以为真，没有一次怀疑过，被耍了一次又一次。发现他是个骗子的那一刻，她很生气，毫不留情地戳穿他的谎言，让他再也不要出现在她面前。

当时他没有辩解，只是劝她不要把话说得太绝，她早晚会有求他的时候。

这句话让他更显得面目可憎，她讨厌被骗，更讨厌骗她的人，输什么都不能输志气，就和他打赌，谁先找对方，谁就输了。

那天之后，沈如归就从她的生活里消失了，她自然不会主动找他，久而久之就把他给忘了，如今顾泽却把她送上门。

“顾泽，你不是说你喜欢我吗？你喜欢我，为什么还能让我去给顾笙收拾烂摊子？这几年，她对我是什么态度，你心里清楚。”

顾泽没有看她，开了车门：“对不起，笙儿身体不好，又一直在哭，我没有办法。”

慕瓷听懂了，他选择顾笙。

“那……我呢？”

沉默了好一会儿，顾泽才缓缓地说道：“对不起，小瓷，我会补偿你的。”

慕瓷不知道顾泽口中的补偿是指什么，但他在她走投无路的时候帮过她，既然不是出于感情，那她就应该把欠他的人情还了。

“你其实可以直接告诉我，这样我出门前就不会在穿哪件衣服上浪费那么多时间。”

挑来挑去，她把自己挑输了。

风雨欲来，三楼书房里的人看得清清楚楚。

黑子听到吩咐后立马下楼——沈如归让他把人送出去。

顾笙娇气，脾气大，事情多，说话也很不客气，黑子虽然嫌她烦，但面子上必须做得漂亮。无论心里怎么想，做的要让人挑不出错，也找不到漏洞，这是沈如归教他的。

娇生惯养的大小姐真是一点儿委屈都受不了，顾笙跑出大门，顾泽被她扑得往后退了半步。

顾笙很厌恶这里，沈如归既然没有出面，就代表之前的事到此为止，彼此都给对方留了脸面，她如果再闹下去，场面会更难看。

顾泽没办法，只能先带她离开。

他关上车门，甚至没有给慕瓷留下一句话。

慕瓷静静地看着车开远，直到车尾彻底消失在视线里。

顾笙在这儿待了几天，害怕或厌恶都很正常，在那些或真或假的传言中，沈如归是个很可怕的男人，他们说，那具英俊皮囊之下的灵魂早就烂透了。

顾笙会害怕，她也会。

她想：再等等，再等等……

顾泽的车早已远去，这条林荫路静悄悄的，只剩虫鸟的声音。

黑子摆出一副笑脸，礼貌地请人进屋。

“慕小姐，请吧。”

慕瓷像个提线木偶跟着他走。她不愿意又如何，谁管她愿不愿意？

走过一条长长的石子路时，高跟鞋几次卡进石子的缝隙，像是在讽刺她出门前为了配顾泽的衣服在鞋柜里挑来挑去，最后穿了一双不合脚的鞋。

门开着，客厅内空无一人。

不怪她来之前以为别墅的主人是个老年人，地方偏僻就算了，装修和布置也是老年人的风格。

慕瓷站在楼梯口往上看：“他呢？”

黑子说：“我不清楚。”

你不清楚才怪。慕瓷心里有气，脸色也不太好：“他想见我，却又不露面？”

黑子笑笑：“楼上有房间，你如果不想等，可以先上楼休息。”

自己送上门的，旁人自然不会高看她，把话传到就走了。

盛夏的暴雨来势汹汹，外面那条石子路被雨水冲刷得干干净净。

三楼书房里的电脑已经切换成监控画面，沈如归甚至能看清她脚后跟上被磨出的血迹。

沈如归知道她在等，但不是在等他，而是在等顾泽后悔，等顾泽回来接她。

雨停了，天色渐亮，她眼里希冀的光芒也一点点暗下去。

她早就应该明白，如果不是对方心里唯一坚定的选择，那么二选一的时候，不论是什么原因，最后被丢下的人都会是她。

慕瓷在客厅坐了多久，沈如归就在书房待了多久。黑了敲门提醒他，说距离和顾泽约定的时间还有两个小时。

终于有人来了，慕瓷看看外面的天色，才惊觉自己已经在这里待了一天一夜。

“晚饭准备好了，慕小姐上楼洗洗，换件干净的衣服吧。”

“我还不能走？”

他面露难色：“这个……我们做不了主。”

慕瓷就知道事情不可能这么简单，身体僵硬得如同装了假肢，刚起身就直接跪了下去，但没人管她，她自己扶着楼梯上楼，房门开着的房间大概就是给她用的。

没有吹风机，她只能用毛巾擦头发。浴室里只放了一件睡衣，穿上后长度到膝盖，刚好露出上楼前摔出来的乌青痕迹。

门外的人把时间算得刚刚好，她刚整理完，他就敲门让她去吃饭。

慕瓷看到坐在餐厅里的沈如归时，双脚像是被焊在了原地。他戴了一副金丝框眼镜，五官轮廓并没有太大变化，只是浑身都散发着一种生人勿近的阴冷气息。饭菜冒着热气，让他整个人看起来更不真实。他也穿着睡衣，和她身上这件的颜色、材质、款式都很相似。

他到底什么意思?

“等我过去请你？”

他虽然没看她，但话是对她说的。

旁边的人给慕瓷使眼色，让她快点儿过去。

慕瓷想起影视剧里一把刀悬在头顶的场景，刀随时都可能落下来，但不知道什么时候会落下来。她坐在离沈如归最远的地方，只顾埋头吃，也不说话。

她饿了太久，连口水都没的喝，胃里难受，越吃越想吐。

沈如归没怎么动筷子，看着慕瓷嘴里塞满食物被噎得咽不下去的模样，有些想笑：哪个女演员像她这样？

“又不认识了？”

慕瓷头都不抬， 声 气地反问他：“我们见过吗？”

沈如归也不生气，盛了碗汤，放在右手边的位置：“坐近点儿，再仔细看看。”

慕瓷不理会，但没多久就有人过来，直接从两边架起她，拿走了她的椅子。

野蛮人身边的也全都是野蛮人！

沈如归对上她的目光：“把在别人那里受的气对着我发泄，你试试。”

慕瓷想掀桌子，但是她赔不起，也惹不起，只能忍气吞声地走过去坐在他身边。

她低头喝汤，沈如归搭在椅背上的手不知道什么时候放在了她的肩上。

把她半湿的长发拢到后面，手指钩起那根细细的睡衣肩带：“太丑了。”

衣服是他给的，现在嫌弃的也是他。

慕瓷点头：“是是是，太丑了，我就是这么丑，你看不惯就别看。”

沈如归对她破罐子破摔的态度很不满意：“慕小姐，你得有点儿觉悟啊！”

那只手悄无声息地摸到她的后颈上，她僵着不敢动：“沈如归，你是不是变态？”

她还算乖，记得他的名字。

不过，不记得说句好听话的话就算了，反正她记性不好，他可以原谅，但是她居然敢开口就骂他。

沈如归脸上的笑意淡了："再说一遍。"

"我……"慕瓷手一滑，碗掉到地上，破碎声很清脆。

她完了。

慕瓷的脸色比昨晚进屋前还难看，绝望得像咽下最后一口饭就要背着一身冤枉债去见阎王，沈如归却笑了。

黑子进来收拾的时候偷偷看了慕瓷一眼。她可真行，还不到二十四小时，就有本事让沈哥一会儿生气一会儿高兴。

他动作快，没一会儿就把地板收拾得连一块碎碴都看不见，干干净净。

餐厅里又只剩慕瓷和沈如归两个人。不管那个碗是不是值钱的东西，他都会让她赔得倾家荡产。

"怎么赔，现金还是转账？"

慕瓷试图跟他商量："多少钱？写欠条行不行？我肯定不会赖账的，这个你放心，我不是那种人。"

沈如归明显没给她商量的余地："你说呢？"

下一秒，另一个碗也被慕瓷扔到了地上。

黑子拿着扫帚进去的时候又狠狠地瞪了她一眼。

慕瓷视若无睹，拿起沈如归的酒杯，灌完一杯后脑子还是清醒的，她索性直接拿酒瓶。

酒精上头，慕瓷胆子也大了，有句话怎么说来着，一无所有的人没有什么可以失去的。赔肯定是赔不起的，就算被讹，至少也应该被讹得明明白白，她不当糊涂蛋。

"这么吓人，到底是多值钱的宝贝？"

沈如归连眼睛都不眨一下，张口就来："八块钱一个，十块钱两个。"

慕瓷："……"

他的笑声更加愉悦："小可怜，又落在我手里了呢。"

"你真卑鄙！"慕瓷忍了又忍才没有把酒瓶砸在他的脸上，骂他不

会有好下场，动手了麻烦就更大。

黑子背对着餐厅，咳了两下："沈哥，姓顾的来了。"

沈如归听见了，但他起身不是去见客，而是抱慕瓷上楼。

她喝了酒，脸颊和脖颈的皮肤透出一层浅浅的绯色，眼里也有一层湿气，沈如归知道她在难过什么。

"我真倒霉，赚钱那么辛苦，居然被几个破碗讹了。"她哭得很伤心，像是真的在心疼自己的钱。

沈如归坐在远处看着她哭："想走吗？"

慕瓷抬头看向他的时候，脸上还挂着一滴眼泪："这里交通不方便，周围也没有商场，连邻居都没有，装修风格也不是我喜欢的，房租应该不贵吧？我饭量不大，吃得不多，不挑食，就是偶尔喝点儿酒，很好养的。"

沈如归起身走近，温柔地擦掉她的眼泪："你很聪明。"

她把鼻涕眼泪全抹在他干净的衣服上，哭着说："谢谢夸奖。"

夜幕降临，这栋别墅地处偏僻，周围格外安静，被挡在门外的顾泽隐约听到屋里传出的哭声。

慕瓷，那是慕瓷。

顾泽紧握的手指骨节发白。他同样一夜未眠，确定顾笙的身体没事之后就原路返回，车一直停在外面，一到时间就开进沈如归的地方，一分一秒都不差。

"实在抱歉啊顾先生，我们老板在忙，抽不开身，麻烦您再等等，后院有凉亭，我去给您泡杯茶。"

沈如归身边的人和沈如归一个德行，看似礼貌谦和，实则谁都不放在眼里，说着抱歉的话，然而嚣张和不屑都写在脸上。

顾泽自知现在还不能跟沈如归硬碰硬，无论对方是拿顾笙还是慕瓷作为要挟，他都是被动方。

醉意来得慢，恍惚中，慕瓷好像看到了一个模糊的身影。从前最熟悉的人，现在她只觉得无比陌生。

被抱起的时候，她下意识地想要抓住些什么，却无意间碰到了水晶灯的开关。

突然亮起灯光，顾泽抬头往那个方向看去。隔着窗帘，他什么都看不清。

一个小时后，顾泽见到了慕瓷。

她靠在沈如归怀里打哈欠，似乎困极了，眉目间星光流转，像是在看他，但下一秒就转向别处。

昨晚之前的慕瓷，会因为他的一个吻脸红得不知所措。

“顾泽，你真好。”

“顾泽，你今天喜欢我多一点了吗？”

“顾泽，顾泽……”

脑海里的声音重叠又分散。他们认识了很多年，有着无数回忆，但只是过了一个晚上就不一样了。

她爱恨分明，有舍有得，从来不恋旧。

顾泽心里隐隐作痛：“小瓷，我来接你了。”

慕瓷当没听见。

沈如归捏了捏她的脸：“顾总跟你说话呢，给个声儿。”

“跟我说话？”她这才睁开眼睛，茫然又平静，“说什么？”

她的声音是哑的，顾泽尽量不去想刚才听到的哭声：“小瓷，我们回家。”

“不了，以后这里就是我的家，”她眼里只剩厌倦和烦闷，连应付他这两句话都是因为沈如归开了口。

顾泽拳头紧握：“别开玩笑。”

“谁开玩笑？我是认真的，这里房租便宜，有吃有喝，空气清新，挺好的。”

“知道你在生气，我们回去说。”

慕瓷神情不耐烦：“烦不烦？都说了我喜欢这儿，要长住，是我哪

个字说得不清楚，还是顾总听不懂？”

顾泽眸底一片晦暗：“慕瓷！”

她戳戳沈如归的胳膊，抱怨的语气更像是在撒娇：“他吼我。”

沈如归随便她折腾，没让人倒茶，只是让顾泽客气点儿：“小女孩娇得很，听不了重话。”

慕瓷困得睁不开眼，人也蔫蔫的。

沈如归摸摸她的头发：“困了就去睡吧。”

“那我先睡了。”她起身上楼，光着脚踩在木质地板上，没有发出半点声音。

“小瓷，”顾泽紧盯着她，即使放缓语气也掩盖不住骨子里的强硬，“跟我回去。”

走完最后一层台阶，慕瓷停下脚步，拨了拨散在肩头的长发，甚至没有回头看他一眼。

“顾泽，是你先不要我的。”

她不会回头，永远都不会。

沈如归杯子里还有没喝完的酒，空气里除了酒香，还有淡淡的洗发水的香气，丝丝缕缕，化不开也散不掉。

他还是穿着那件蓝黑色的真丝睡衣，肩膀被慕瓷头发上的水渍浸湿了一大片。

顾泽这种富家公子哥，走到哪里都被人捧着，和沈如归不是一路人，尽管表面客气，但骨子里的傲气让他瞧不起沈如归这种人。

沈如归对此无所谓：“顾总也看见了，没人留她，是她自己不愿意走。”

他把酒杯放在桌上，站起身整理衣服：“送客。”

十年前，宁倩二嫁到焉家，带走的是慕依。

十年后，顾泽带走了顾笙，头也不回。

前者是慕瓷的生母，后者是慕瓷爱恋已久的心上人。

慕瓷永远都是被丢下的那一个。

可谁能想到，十年过去，她再一次在自己最狼狈的时候和沈如归见面了。

“再掉一滴眼泪，今天晚上也别睡了。”

慕瓷被吓得回过神，抬头就对上沈如归阴沉沉的目光，他不知道在门口看了多久。

“我饿了，”慕瓷淡定地抹了把脸，“到底给不给饭吃？”

沈如归冷笑：“哪个女演员晚上吃了一顿又一顿？”

睡在他的床上为别的男人掉眼泪，她还想吃饭？吃屎去吧。

慕瓷在心里骂了句“神经病”。她不是饿得睡不着，是酒喝多了不舒服。人不算清醒，但又没有完全喝醉。

“我刚才没吃饱，睡不着。而且我愿意吃，肉长在我身上，被骂被嘲也都是我自己受着，你管得着吗？”

“嗯，我不管，后院有块空地，要吃什么自己种，最近天气好，你在饿死之前也许还能看见种子发芽。”

慕瓷两眼一闭，身体往后仰，倒在床上：“不吃就不吃。”

他有本事就饿死她。

她卷着被子缩成一团，沈如归摔门离开。

一个小时后，有人把重新做好的晚饭送到卧室，摆了满满一桌。

慕瓷没被饿死，反而差点儿被撑死。

她不挑食，但有明显的饮食偏好，这桌饭菜就是照着她的喜好做的，他其实也不算太坏。

不吃难受，吃饱了更难受，慕瓷翻来覆去睡不着。

她总觉得今天的事像一场梦，睡醒就好了，然而醒来的时候还在这间宽敞空荡的卧室，什么都没有变。

沈如归不常在家，总是早出晚归，但身上的气息很干净，连烟味都很淡。

整整一个星期，慕瓷不是自己在床上睡觉，就是和他一起在床上睡觉。

大鱼大肉吃太多，他总该腻了。

天时地利人和才能事半功倍，所以她挑了一个沈如归心情还不错的早晨跟他谈，心平气和地谈。

顾笙是顾家的养女，除了血缘，其他方面和顾家正经的千金小姐没什么区别。

她从小娇生惯养，嚣张跋扈惯了，根本不把其他人放在眼里，前几天逛街被一条狗吓得摔了一跤，当众出丑，一气之下直接让人把狗打死了，还伤了人。

那条狗，是沈如归养的。

现在还躺在病床上的那个人，也是沈如归身边的。

顾家有位长辈身份特殊，正处于敏感时期，这件事闹大了吃亏的是他们，所以只能选择息事宁人。否则以顾泽的心性，必定不会这么轻易就算了。

在慕瓷来之前，沈如归的早饭一直很简单，多了她之后，家里的每一顿饭都花了心思，但她不知道，心里只觉得他奢侈浪费，吃顿早饭都这么麻烦。

“虽然我知道自己有点儿姿色，你可能是喜欢我这张脸，但我不太明白顾家小姐造的孽凭什么报应在我身上？”

“去问姓顾的，问他为什么不要你，顾笙又不是他的亲妹妹。”

他还不如不说话，句句都像刀子，直往慕瓷心上插。

“我不问他，我问你。”慕瓷脸上依旧带着笑，“他说什么就是什么，你答应得那么痛快，这不正常，你应该不是很好说话的人吧？”

她吃得慢，沈如归就又倒了杯茶：“不是，所以没的商量。”

慕瓷垮下脸：“好，就算你迷恋我，爱我爱得死去活来，没我不行，”她趴在餐桌上叹气，似是无比困扰，“但我得工作啊，你不能剥夺我的自由。”

沈如归被逗笑了。

也许是清晨的阳光太过温暖，慕瓷竟然被这男人的笑蛊惑了心智，有几分失神。

然而他一开口，说的根本不是人话。

“就那些当背景板的破角色你也好意思拿出来说，有几个是活过十集的？这回怎么死？死在床上？”

慕瓷：“……”

她虽然只能演演小角色，但演的也是正经剧好吧。

“底层人民的梦想你不懂。”她不生气，都在一起一个星期了，还要什么脸，“一日夫妻百日恩，你不帮我就算了，别挡我财路。”

沈如归发出一条消息后放下手机，认真地问她：“在剧组混一天能拿多少钱？”

“我比一般小演员要贵，”慕瓷相当做作地撩了下头发，“因为我比较漂亮。”

“别演了，直接说要什么。”

“要什么都行？”

“再啰唆，要什么都不行。”

慕瓷听懂了，想趁机狮子大开口，但总觉得后背凉飕飕的：“为……为什么？”

他说：“老子愿意。”

于是这天之后，慕瓷就不跟自己较劲儿了。

她想，如果那些狗仔能挖到沈如归的新闻，她应该也能火一把。但这不可能，除非沈如归自己愿意曝光。她注定不能靠绯闻这种不入流的方式炒作，只能拼实力。

娱乐圈永远不缺有实力的演员，运气也很重要。

马上要进组的这部剧，慕瓷有半天的戏份，演的是个青楼女子。

比起现代剧，她更适合古装剧和民国戏，扮相也更有辨识度。

要不怎么说沈如归嘴毒呢？

慕瓷的角色本来是女主的闺中好友，虽然台词不多，但能活到最后一集，结果开拍前被截和，换成了惨死的青楼女子，依然是个背景板。不过现在是剧本挑她，不是她挑剧本，所以她有戏就演，总比干等

着好。

方方差点儿被气死："过分，又来这一套。"

虽然这是拍戏时的常态，但说换就换，轮到谁心里都不会舒坦。

"别人要什么有什么，你呢？"方方再回头看慕瓷，更觉得憋屈，"你好歹也是顾总的女朋友啊，就算不能公开，那也是女朋友，他捧谁都是捧，怎么就不能捧捧你？你跟他撒个娇能死吗？自尊心重要还是吃饭重要？"

她好不容易能有个像样的角色了，结果又演回了死尸。

慕瓷对着镜子卸妆。眼妆浓，比较难卸，眼睛都被她擦红了。

"吃饭重要，但我已经不是他的女朋友了，不能随意撒娇。"

方方愣了两秒，怒戳慕瓷的脑门。

"被甩了？这么快？有三个月吗？慕瓷，你太丢人了，我以你为耻。"

慕瓷不爱听这个："是我甩的他，谢谢。"

方方："……"

她没听错吧？

"你是不是脑子进水了？那是顾泽，你喜欢了四年的顾泽！你甩他？"

方方是慕瓷的大学室友，两个人大学才认识，她不知道，慕瓷喜欢顾泽，何止四年。可她的真心喂了狗。

"慕瓷，你跟顾总分手，是因为发现他不行？"

慕瓷面不改色地拉起裙子侧腰的拉链，整理头发："嗯，他就是个三分钟。"

"啧啧，真看不出来，"方方脸上的表情很复杂，"那是得分，分了一了百了。"

休息室的门嘎吱一响，回头就看见面色铁青的顾泽走进来，方方顿时两眼发黑，恨不得当场晕过去。

"那个……你们聊，我先出去。"方方的反应速度比大学八百米体测的时候还要快。

门被带上后，休息室陷入了死一般的寂静。

慕瓷背后没长眼睛，当然不知道顾泽是什么时候出现在门口的，但应该是在她那句“三分钟”之前，否则他的脸色也不会这么难看。

慕瓷转过身，笑盈盈地说：“顾总是来给我分手费的吗？”

顾泽绷着脸：“小瓷，别说气话。”

“我没说气话啊！你说会补偿我，无非就是房子和车，这是你那些前女友分手后都有的待遇。我有地方住，也不需要豪车撑面子，你直接给我折现吧。其实不用特地跑一趟，随便找个人去一趟银行再通知我一声就行了，你来回折腾多麻烦。”

顾泽上前两步搂住慕瓷的腰，指腹擦过她泛红的眼角：“听话，不闹了。”

可笑吗？他觉得她是在闹脾气。

慕瓷推开他，脸上的笑容越发明艳：“顾总啊，我可是和别人睡过的，你就算大度到宰相肚里能撑船，也得先把地上的绿帽子捡起来吧。”

她看得出来，顾泽不是后悔了。

如果给他一次重新选择的机会，他还是会拿她去换顾笙，顶多只是心里有那么一点点愧疚罢了。

“如果没有其他事我就先走了，再见，顾总。”

“小瓷，你听我解释。”

“顾笙好点儿了吗？那天我看她吓得不轻，这会儿应该很需要你。”慕瓷慵懒地笑了笑，“我也得回去了，晚了沈如归会生气，他的脾气实在太差，我怕怕的。”

鸡蛋碰石头，一百次也是同一个结果。

傻子才会以卵击石。

慕瓷知道自己飞不出沈如归的手掌心，所以连试探性的反抗行为都不曾有。

反正一次和十次没什么区别。

“不许去！”胸腔里那股沉积的怒气呼之欲出，顾泽将慕瓷拉到怀里，“小瓷，你先回家，我去找沈如归。”

“算了吧。”慕瓷甩开顾泽。

顾泽了解她，如果就这样让她走了，她就真的不会回头了。

门关着。握在手腕上的手收拢，被困在沙发上动弹不得，慕瓷扭过头，让吻落在侧脸上。

她的抗拒和排斥太过明显，顾泽眸底浮起戾气，却也心知肚明，这次是他对不起她，所以那天晚上沈如归故意做给他看，她也赌气地配合。

“小瓷……”

有点儿疼，慕瓷眉头蹙起：“顾泽，你没对我好也别害我啊，沈如归没你这么大度，他不会把你怎么样，但我不同，胆子小，也怕事。我们就好聚好散，不行吗？”

此时此刻的顾泽听不得“沈如归”这三个字，她每叫一次都是在提醒他，那天他看到的，也许……不是她配合沈如归做戏，而是确确实实发生过。

有人在外面敲门：“慕小姐，车到了，老板刚下飞机，我送您过去见他。”

“稍等，马上好。”

慕瓷被迫仰着头。顾泽身上的攻击性并没有消退，只是动作暂时停了下来。

“慕瓷，”他强势地掰过女人的小脸，让她无可躲避，看她的目光深不可测，“你们是不是早就认识？”

否则沈如归怎么可能开口问他要一个没有名气、没有曝光率的小演员？

那两天他要解决麻烦，没有精力多猜测，现在回想起来，只觉得处处都是疑点，说不定误伤顾笙的那条狗就是沈如归设好的圈套，看似巧合，实则早就开始设网等他入局。

慕瓷觉得好笑：“不是你介绍我们认识的吗？”

“你知道我在说什么。”

“我不知道，也不想知道，但是顾泽，无论我认不认识他，都不是你把我推到一个进退两难的境地的理由。”

沈如归嚣张就嚣张在他甚至不屑于在慕瓷身边安排人，刚刚敲门的只是个司机而已。

即使只是司机，慕瓷也会乖乖上车。

慕瓷一个人出来，明显是不欢而散。

方方问她："谈崩了？到此为止了？没有以后了？"

冰冻三尺，非一日之寒，慕瓷对顾泽的感情也没到非他不可的地步，及时止损，才不会搭进去更多。

"最好是。他再来骚扰我，我也不会让他好过。"

"突然这么硬气，有人给你撑腰？"

"难道我还能更差吗？"

顾笙那么怕沈如归，连顾家也得罪不起他，她为什么不抓住机会？从前她豁不出去，是因为那点儿自尊心，现在也无所谓了。

"对了，我不住以前的地方了。"

方方也理解，慕瓷之前的房子是顾泽的，毕竟已经分手了，她肯定不会继续住在那里。

"是不是要搬回去了？什么时候搬？我找人帮忙。"一辆车停到面前，方方看了一眼，"这是谁的车？"

"接我的。我先走，晚上打电话说。"

沈如归去外地了，慕瓷以为怎么都要十天半个月，没想到他居然这么快就回来了。他不在家，她过得更自在，没人管她，也没人压榨她。

路线不对，慕瓷问道："不是回去吗？"

司机说："老板的意思应该是先跟慕小姐吃饭。"

两人在外面吃？

慕瓷摸不透沈如归的心思，到餐厅后，先去了趟洗手间，照镜子时发现脖子上有一个红红的印子。

顾泽是故意的。

慕瓷一边问候他的列祖列宗，一边把头发放下来，想着能遮一会儿是一会儿。

她怕沈如归在这种地方发神经。

包厢里就只有沈如归一个人，他等人的机会少之又少，显然已经有点儿不耐烦了。

慕瓷刚过去就被他拽到腿上，沈如归的眉头皱了一下：“有烟味。抽烟是不对的，说了不听，是欠收拾？”

慕瓷心虚，把他推开了些：“角色需要，我是为艺术献身。”

幸好她今天演的不是什么大家闺秀，还能糊弄过去。

沈如归还是不怎么高兴的模样，捏着她的脸亲了亲：“以后不许碰烟，工作也不行。”

慕瓷翻了个白眼：“你一身烟味的时候我不也没嫌弃你吗？”

“是我陪你吃饭还是你陪我吃饭？”

“我错了，下次注意。”她在娱乐圈学到的第一条生存规则就是该低头的时候就得认，脸面没那么重要，“饿吗？累吗？菜都上齐了，我先给你试试有没有毒。”

“不着急，先吃别的。”

霸道强势的男人一旦温柔起来真是要命，沈如归只用一个吻就让慕瓷瘫软在他的怀里。

在家里没人看见，最多也就是他身边那些人，慕瓷可以忍，在外面不一样。

何况灯光这么亮，沈如归必然会发现她脖子上那点儿痕迹，到时候顾泽会不会死她不知道，她肯定会被沈如归整得很惨。

“不行，要饿死了，我中午没吃饭。”

“不想？”

她解释：“我真的饿了大半天，没力气。”

沈如归没说话，看她的眼神也不算平静。

“那你来吧，”慕瓷索性两眼一闭，“先叫辆救护车，不用给我留面子，不要因为我是一朵娇花而怜惜我。”

沈如归没生气，笑声反而是愉悦的。

长达五分钟的深吻，他几乎要把慕瓷嚼碎了吞进去。

被扔到旁边的椅子上后，慕瓷揉着腰，腹诽：“这变态果然是吃软不吃硬。”

摸清了他的脾气，下一次，她就能少吃点儿亏。

沈如归没怎么动筷，一根烟点燃又灭了，更多时候是看着慕瓷吃。

十年前的慕瓷，张牙舞爪谁都不怕，一身坏毛病，连亲妈都不想要她。

十年时间，说长不长，说短不短，人生也没有几个十年。

小女孩长大了，就坐在他身边，他伸手就能摸到。

沈如归的身体里仿佛有团火焰，等不及回家，在车里就燃烧起来。

“你以前的校服还在吗？”

“问这个干吗？”慕瓷心里知道他在想什么，但骂他只敢偷偷骂，嘴上说句好话又不会掉块肉，“我回去找找吧，应该还在。”

沈如归挑眉：“今天怎么这么乖？”

“哄你开心啊！”慕瓷闭上眼，靠在男人的肩膀，“小黑趁你不注意的时候瞪我，我生气。”

沈如归低声嗤笑：“才几天，就学会告状了。”

“我试试枕边风管不管用。”

慕瓷腿软，到家后只能被沈如归抱着进屋。她脚上的鞋被甩飞了，左一只右一只，黑子本来想当没看见，但沈如归一个眼神甩过去，他只能回去捡，边捡边唾弃沈如归为了哄女人竟然不顾兄弟情。

有一只鞋被甩到了小花园里，他钻进去找，被蚊子叮得满脸包。

他把鞋送到楼上的时候，慕瓷就坐在沙发上笑。美人计永远不会过时，照现在的情形来看，用不了多久，她就能骑到沈老板头上作威作福。黑子又狠狠地瞪了她一眼，在沈如归从浴室出来之前关上门走了。

慕瓷笑得肚子疼：“小黑怎么那么黑？是生下来就这样，还是天天在外面跑被太阳晒黑的？”

“你去问他。”

沈如归又换上了那件被慕瓷蹂躏过的蓝色真丝睡衣，摘掉眼镜之后，少了几分斯文。慕瓷看他边解腰带边朝她走过来，连忙摇头。

“我怕他打我。”

“他再瞪你，你就吹吹枕边风，我还替你教训他。”

慕瓷才发现床垫换过了。她喜欢睡软的，前几天总嫌床太硬，睡着不舒服。

“不行不行，太频繁就不好用了。”

他说：“那不一定。”

她偏过头哼哼，没有反驳。

沈如归从抽屉里拿出烟，刚准备点燃，又放下了。

房间里有一束花——懂眼色的人为了讨她欢心，从花园剪了几朵开得最好的芍药插在花瓶里，香味淡，但花朵颜色鲜艳。

除了多出那几朵芍药，整个房间似乎没什么不同，但又似乎不一样了。

“白天做了些什么？”

“早起，去片场化妆，等到中午还没轮到我，就吃了份盒饭继续等。”

“还挺忙。”

“一般般忙，能抽出空想你。”

明知道她是在糊弄他，沈如归还是忍不住想吻她：“嘴这么甜，吃了多少糖？”

慕瓷笑着迎上去。

“沈如归，只要你不动我奶奶，我就乖乖待在你身边，你喜欢听这些，我能每天变着花样说给你听，你高兴了我也舒坦，我不吃亏。等你哪天烦了，我再乖乖地收拾东西，保证不给你惹麻烦。”

燃烧的火焰被一盆冷水浇灭，再甜的糖果也变得索然无味。

沈如归心里那点儿无人知晓的念想散得干干净净。不知道过了多久，他松开慕瓷，伸手开灯，她脸上没有半点儿少女的情动和羞怯，刚才说那句“想你”时大概也是这副寡淡的表情。

沈如归点了根烟，眼里的笑只浮在表面：“说得这么可怜，真是委屈你了。”

“天地良心，我高兴得不得了，不仅不觉得委屈，还得谢谢沈老板让我认清顾泽到底是个什么样的人。能被沈老板看上，是我祖上积德。”

第二章

偏要勉强

那晚之后，慕瓷有很长时间都没见到沈如归。

没人限制慕瓷的自由，但她身上的皮肤青一块紫一块，根本没办法出门，养了十几天才稍微能看。

沈如归不在，黑子就光明正大地瞪她，她习惯了，也懒得问原因。

园子很大，慕瓷逛迷路了，就在路边坐着等人来找她。

前面有一大片白杨树，周围也全是一眼望不到头的绿色，耳边没有闹市的喧嚣，只有虫鸟的叫声，在阴天更显得冷冷清清的，只有沈如归会把家建在这么偏僻的地方。

慕瓷打了个冷战。她也就是白天出来透透气，晚上根本不敢乱跑。

她到现在都不知道自己那天说错哪句话惹到他了，他的脾气阴晴不定，高兴的理由奇奇怪怪，生气的原因也莫名其妙。

方方打电话问她在什么地方："人呢人呢？你这几天跑哪儿去了？"

慕瓷看着那一片白杨树林叹气："说不清楚。"

方方也不废话："有个导演想见见你，民国戏。"

她这才回神："真的？"

"这段时间我可没闲着，地址一会儿发给你。不管你在哪儿，请现在立刻穿上你那件墨绿色的旗袍化好妆，速速过来，千万别迟到。"

慕瓷一听也顾不上想别的事了："好，我现在就去。"

这是沈如归的地方，衣柜里的衣服一件比一件不合适，穿去见导演对方会怀疑她走错片场了。慕瓷自己的东西都还在顾泽那套房子里放着，方方说的那件旗袍是她为数不多的奢侈品。

有钱可以买新的，主要是慕瓷没有钱，只能去顾泽那里拿。

慕瓷等黑子来找她。黑子知道她方向感不好，心里记着那次她故意害他在草丛里找鞋的事，有心让她吃闷亏，回去的时候带她走了一条没有走过的小路，这样一来她下次还是会迷路。

“我要出去一趟。”

“随便你，外面有司机。”

“他什么时候回来？”

“想知道就自己打电话问。”

慕瓷并不是很想知道，手机里存着沈如归的号码，但她从来没有联系过他。

今天是工作日，这个时间顾泽应该在公司。

慕瓷请司机把她送到路口，然后自己打车过去。公寓门是密码锁，她用之前的密码试了试，打开了。

顾泽没有改密码。

他念旧？

不可能。

他应该是根本没来过，所以密码还是之前的。

果不其然，桌上的苹果已经烂透了。慕瓷拿了张纸巾包住那个烂苹果丢进垃圾桶，直接去卧室找衣服。

东西肯定要全部搬走，但今天时间不够，慕瓷只能改天再过来一趟。她来之前已经化好了妆，换身衣服，再配双高跟鞋就行。

听到开门声，慕瓷往外看。

“是你？”穿着高跟鞋的顾笙进来，神色怪异地看着慕瓷，“你不是……”不是在沈如归那里吗？

顾笙知道哥哥不止一次去找过慕瓷，但沈如归不是那么好说话的人。

她怎么回来了？哥哥难道真的不介意？

“你来干什么？”

慕瓷站在镜子前整理衣服：“来拿东西。”

“哥哥已经和你分手了，你还不搬走，脸皮厚到这种程度，真是让人刮目相看。”这间公寓里所有的东西都让顾笙很不舒服。

“本来是打算搬的，但看你这么着急，”慕瓷穿好高跟鞋，站直身体，笑着说了句，“我就不想搬了。”

“你不搬是吧，我帮你搬。”顾笙朝门外喊了一声。

保镖走进来，毕恭毕敬地说道：“小姐。”

顾笙仰起下巴，命令道：“把她的东西全部扔出去，包括地上的头发。”

保镖听吩咐办事，行动力超强，但琐碎的东西多，一时半会儿肯定扔不完。顾笙给了他一个眼神，意思是让他先扔慕瓷。

慕瓷到底是曾经在顾泽身边待过的人，保镖怎么也不敢轻易动手。顾笙不耐烦，但骂他没用，她只好随手拿起桌上的花瓶扔到门外。

玻璃碴溅得到处都是，顾笙吓得往后躲，但扔完又觉得不解气，见保镖站着不动，她更气了。

“又不用你负责，你怕什么？”

“小姐，您刚出院，顾总如果知道了会担心的。”

顾笙已经好几天没有见到顾泽了，找到这里也是因为有人告诉她家里亮了灯，她以为来的是顾泽。

一个要拆家，一个小心翼翼地拦着护着，这场面怎么看都很滑稽，耳边传来笑声，慕瓷看过去，门口不知道什么时候多了一个男人，一双桃花眼笑意满满。

“我住隔壁，”贺昭主动开口，“听到外面动静挺大，就出来看个热闹。”

慕瓷：“……”

她在这里住了三个月，怎么不知道自己还有这么一个爱凑热闹的邻居？

“玻璃碴满地都是，如果有人不注意踩到了，后果会很严重。监控应该拍得很清楚，麻烦尽快收拾。”

这话是跟顾笙说的。

顾笙很不爽，也不会给对方好脸色："多管闲事。"

贺昭更不是怕事的性格："走廊是公共场所，我既然看见了，就有义务请你清理干净。"

顾笙似笑非笑地看向慕瓷："你这个邻居还挺维护你的，什么关系啊？"

她向来跋扈，慕瓷没空应付她，也不想牵扯到外人。

"我今天没空搬，东西先放这里，你尽管扔，扔掉旧的我就全都换新的，"慕瓷走出两步又停下来，回头笑盈盈地补了一句，"花顾泽的钱，买最贵的。"

顾笙被气得脸色发白，指着慕瓷骂："不要脸！"

"是啊是啊。"慕瓷笑着附和。

方方先到，一眼就看见了慕瓷。

慕瓷的皮肤白，被一身墨绿色的旗袍衬着，更是白得发光，长发松散地绾在脑后，妆不浓，配了一对珍珠耳坠。

方方心里怄气：这样的脸蛋、这样的身材，怎么就火不了呢？

"我知道了！"方方猛地一拍脑门，"太小了！"

慕瓷有些心不在焉："什么太小了？"

方方没说话，余光往她身上瞟了一眼。

慕瓷："……"

女演员为了上镜好看，一个比一个瘦，稍微有自知之明的就能明白方方是什么意思，没这么羞辱人的，可她偏偏还没有底气反驳，毕竟事实摆在这里。

方方说导演的脾气不太好，让慕瓷注意点儿。

慕瓷对着镜子深呼吸，方方看出她的紧张："别太高傲，但也不要太殷勤，李导能约你吃饭，就代表你已经有百分之九十的把握了，最重要的还是表演功底。"

慕瓷点点头："我明白。"

机会来了，她一定要紧紧抓住。

被推进洗手间后，慕瓷一边整理衣服，一边回想着方方刚才叮嘱的待会儿见导演时的注意事项。

她之前参加过李导某部戏的选角，在家等了两个多月都没有消息，再看到新闻时，剧组已经开机了。后来有一次活动，李导带着剧组主演上台领奖，慕瓷才算是见了他一面。但她这种没有名气的小演员，在现场只能是镶边的，连跟李导打声招呼的机会都没有。

旗袍当初是量身定制的，这几天可能是长胖了，胸口有点儿紧，慕瓷低着头解盘扣，没注意到有人进来。

“慕瓷。”

“嗯？”她本能地应了一声，反应过来后下意识地捂紧领口。

抬头看到镜子里的沈如归，她差点儿以为见鬼了。

他还是那副斯文败类的模样，金丝边眼镜反射着灯光，黑色衬衣的扣子扣到最上面一颗，骨节分明的手指夹了根烟，白色烟雾缭绕，无声无息地漫过手腕上绑着的那条红丝带。

慕瓷还维持着那个姿势，显然没想到会在这里遇到沈如归。一个月前的那个晚上，他洗完澡甩门就走，跟消失了一样，现在又说出现就出现。

慕瓷挤出笑脸：“哇，真巧。”

沈如归抽了口烟：“不巧，我就是跟着你来的。”

“我就是换件衣服。”

“到男厕换衣服，你是有多饥渴？”

男厕？

慕瓷机械地扭头往左边看，便池的构造……

外面有人过来，脚步声越来越近，慕瓷也顾不得落在洗手台上的东西，只想着先出去，然而还没有下一步动作，就被沈如归搂着腰推进了最里侧的隔间。

吧嗒一声，锁落下了。

慕瓷难以置信地睁大眼睛：“你疯了？”

“怕什么？他又看不见。”男人的薄唇贴在她的耳畔低语，“猜猜外面的人是谁？猜对了，就放过你这条漂亮的裙子。”

慕瓷差点儿就破口大骂，这怎么猜？

她正准备说两句软话混过去的时候，隔间外面的人说话了：“去跟李导打声招呼，他那部戏，女一号的角色给慕瓷。”

这是顾泽的声音。

慕瓷认识顾泽十年了，怎么可能听不出是他？

洗手间里没有其他人，很安静，水声滴滴答答，顾泽是在打电话，隐约有回音，一字一句都格外清晰。

今天什么日子啊，狗血一盆接一盆往她脑袋上扣。

慕瓷的反应在沈如归的意料之中，被金丝边眼镜遮挡住的深色眸子越发幽暗，表面浮着一层薄薄的笑，掩盖了所有的情绪。

皮肤传来异样的触感，是他解开绕在手腕上的那条红丝带，缠住了她的双手。

沈如归这种人，越是做过分的事情越是心安理得。

慕瓷招架不住，一口咬在沈如归的手上，借机报复，一点儿都没收力气。

“对，就说是我的意思，投资没问题，赞助也可以谈。”顾泽的电话还在继续，“别让慕瓷知道，正常走流程就行了。”

旗袍的扣子崩开一颗，打在隔板上，发出清脆的响声。

结束通话的顾泽往最里侧的隔间看了一眼，眉头微微皱起。

洗手台上放着女人的化妆包。顾家是名门，顾泽从小接受的教育让他对这种事极为反感。

皮鞋踩在地板上的响声渐行渐远，直到彻底静下来。

“我的衣服！沈如归你是不是神经病？！”慕瓷仰头瞪他，然而氤氲着湿气的眼睛毫无气势可言。

沈如归皮笑肉不笑：“再瞪一个试试。”

“好好好，我错了……沈如归……呜……我还要去见导演啊……”

一道怒吼声打破了短暂的安静：“慕瓷！”

去而复返的顾泽一脚踹在隔间门板上：“慕瓷，你给我滚出来！”

他去而复返的原因是拐过走廊某一转角的瞬间突然想起化妆包里一串钥匙上的挂饰——一只黄色的鸭子，又丑又旧。

“慕瓷，”顾泽隐忍着怒气的脸色很难看，他死死地盯着那扇门，“我再说一遍，马上给我出来！”

慕瓷不知道顾泽是怎么发现她在里面的，也猜不透沈如归到底是什么意思，但可以肯定沈如归不想她好过。

“慕瓷！”

砸门的力道一下比一下重，每一拳每一脚都仿佛落在她身上。

慕瓷低着头，有几分恍惚，顾泽这么生气，好像是真真切切地在为她伤心。

这场恶作剧的主导者是沈如归，她羞赧窘迫好言好语求着他的模样让人心软，可等她安静下来跟个提线木偶似的任他欺负时，他又觉得没劲透了。

沈如归脱掉西装外套，将两条袖子绑在慕瓷的腰上，打了个死结，随后解开绑在她手腕上的红丝带。

“刺激吗？”他低声笑。

如果可以，慕瓷一定会毫不犹豫地给他一巴掌，但知道开口必然会被羞辱，她索性闭着眼睛装死。

沈如归搂住她的腰，打开隔门的暗锁。

顾泽踹门的动作戛然而止，空气陷入死一般的寂静。

他垂在身侧的手紧握成拳，关节处破了皮。

“原来是沈老板，真有情趣。”

沈如归勾唇轻笑，搭在慕瓷腰间的手缓缓地摩挲着：“小女孩喜欢闹，陪她玩玩。”

顾泽直接开口：“我有话和慕瓷说，麻烦沈老板行个方便。”

“不太方便。”沈如归笑了笑，“顾先生，之前的事一笔勾销，慕瓷现在是我的人，这一点还需要我提醒你几次呢？”

顾泽抬到半空的手僵住了。

是他把慕瓷送到沈如归身边的。

这些天，他总睡不着，闭上眼睛，脑海里全都是那天慕瓷下车前看他的眼神。

慕瓷被沈如归打横抱起，小脸埋在他的颈窝里，为了避免走光，就算再羞耻，双手也只能紧紧地搂着他的脖子。

导演已经到了，方方找遍了餐厅都没看见慕瓷，瞬间暴走。

手机一直在响，慕瓷知道是方方，不敢接，只能偷偷关机。

没了振动声，车里安静下来。

慕瓷还捂着旗袍的领口，尽量降低自己的存在感。

惹恼沈如归最后还是自己吃亏，吃一堑长一智，刚刚的窘境她不想再经历一次。

一直到车停下来，沈如归摔上车门进屋，慕瓷才发现司机是那个看戏的“对门邻居”。

这人什么毛病，看戏看到这里来了？

“哈哈哈哈哈——”忍了一路的贺昭终于可以放开笑了，整个院子都是他夸张的笑声。

“重新认识一下，我叫贺昭，祝贺的贺，日召昭。”

慕瓷笑不出来。

“别这么悲观，”贺昭安慰她，“老男人生气虽然阵仗大，但也很好哄。”

慕瓷终于反应过来：“是你告密！”

沈如归一个月没回家，却刚好出现在那家餐厅等她，怎么想怎么不对劲，这姓贺的肯定是和沈如归狼狈为奸。

贺昭耸耸肩：“我是为你好，如果事后被发现，你会死得更惨。”

事实上，慕瓷搬到顾泽那套公寓的第一天，他就住进了那个小区。

多的是她不知道的事。

贺昭忽然凑到慕瓷面前，笑得意味深长：“妹妹，我救你于水火，你得感谢我啊！”

慕瓷心想：这话你也好意思说出口。

“谁是你妹妹？”

贺昭也不生气：“我诚心诚意地劝你一句，赶紧想办法哄哄他，不然你要吃苦头的，他最近心情不好，虐你是分分钟的事。”

慕瓷想说，沈如归什么时候心情好过？

“来，我给你支个着儿。”贺昭勾勾手指。

慕瓷好奇，把耳朵靠过去。

几秒钟后，她的脸色由青到白再到红。果不其然，变态的朋友也是变态。

她一只手抓住贺昭的手肘，另一只手迅速伸进去顶在他的腋下，把他拉向自己，用技巧给他来了一个漂亮的过肩摔。

贺昭躺在地上，一边夸张地喊疼，一边朝她眨眼。

“你给我等着！”慕瓷现在没心情跟他计较。

她进屋后没有看到沈如归，王叔给她使眼色。

“在书房？”

王叔点头。慕瓷从一开始就睡主卧，说床不舒服，沈如归就让人给她换了张新的。刚刚沈如归回来后直接进了书房。王叔心想：哪有人在自己家发脾气最后还睡书房的？

慕瓷没再问什么，虽然没人限制她，但这里有她不能去的地方。

贺昭拍拍身上的灰尘，人还没进来，就喊着让王叔给他弄点儿吃的。

他说：“沈哥也没吃晚饭。”

慕瓷听得懂，但不想理会：“你可以叫他一起吃。”

“我叫肯定不管用，说不定还要挨顿揍。”

“嗯嗯，很有可能，那我还是躲远点儿，免得误伤我。”

沈如归从未说过她不能进三楼的书房，是她在心里设了一堵墙，把自己隔在安全线之外，不多问，不多想，任何和沈如归相关的事她都离得远远的，做好了随时全身而退的准备。

贺昭长叹一口气，嘴里念叨着“孺子不可教也”，也不知道她是装傻还是真傻，但能确定的是她对沈如归根本不上心。

慕瓷当没听见，上楼给方方回电话。

方方是有点儿生气的："慕瓷你是遁地了吗？我里里外外找了个遍，连个人影都没看到。"

"一句两句说不清楚。"

"李导没等到你，已经走了。"

"这次就算了吧，过段时间我找机会当面跟李导道歉。"

"算了？"方方有些无奈，"慕瓷，你都多久没有一个像样的角色了，你自己不着急吗？"

"我知道，谢谢你帮我争取的机会，但是……顾泽插手了，就算我暂时能拿到那部戏的角色，后期也会因为各种问题被换掉。"

慕瓷不是会因小失大的人，第一次见导演就放人家鸽子，以后再怎么努力也改变不了留下的第一印象，方方这才明白，原来是因为顾泽。

这几年也不是没有好角色找到慕瓷，但顾笙不止一次从中作梗，导致慕瓷的戏份要么被换掉，要么被"一剪没"。

顾泽是完全不知情，还是睁一只眼闭一只眼，只有他自己最清楚。

慕瓷心想，哄哄他就哄哄吧。

她定好闹钟早早起床，准备做早饭，王叔却告诉她，沈如归天一亮就出门了。

"这么早，他都不睡觉的吗？"慕瓷泄气了，"王叔，昨天那个贺昭跟他是什么关系？"

"是朋友，贺先生跟在老板身边学做生意。"

和黑子那群兄弟不一样，贺昭戴的那块表都能换一套房了，慕瓷怎么想都觉得匪夷所思。

"贺家显赫，家里情况挺复杂的，贺先生很久都没有回家了。"

"离家出走？"

王叔笑而不语。

二十多岁的人还玩离家出走这一套，真幼稚。慕瓷不多问，稍微了解一下就行了，免得不知深浅说错话给自己找事。

“小瓷准备做什么菜？需要哪些食材？我拿张纸记下来，一会儿就出去采购。”

不知道沈如归什么时间回来，慕瓷想了想，觉得没这个必要，白费力气的活她才不干。

“做饭太麻烦了，他也不一定会吃，我还是想点儿简单的办法吧。”

“也行。”

慕瓷是奶奶带大的，老太太身体不好，做完手术一直住院休养。

家里没人，桌上落了厚厚一层灰，慕瓷把里里外外擦了一遍，把衣柜翻了个底朝天，才终于找到一套高中校服。

好几年前的衣服，现在不太合身，但勉强还能穿。

沈如归到家时已经是后半夜。他喝了酒，没醉，只是躁得很。

王叔给他倒茶：“小瓷还没睡呢，早上说想给你做早饭，但起晚了，下午出去了一趟，回来得早。”

沈如归突然笑出声：“她想给我做早饭？”

“是这么说的，看着也很……真心实意。”

王叔帮慕瓷说好话，也是希望两个人早点儿和好：“小瓷平时十点就休息了，今天房间的灯一直亮着，应该是在等你回家。”

沈如归明知道王叔在做和事佬，只挑好听的说，但依然因这句话失了神：“等我……回家？”

下一秒他却又自我否定：“她才不会。

“我不回来，她更高兴。

“她巴不得我一直待在外面，永远别回来。”

王叔站在旁边，给他添茶：“小瓷今天一共问了我七次，问你什么时候回来，让我提前告诉她。”

慕瓷是真的在等他，等得差点儿睡着，迷迷糊糊还在打哈欠。

她没化妆，小脸干干净净，校服裙子还是很多年前的款式，听到开门声后手忙脚乱地站起来，抬头对上沈如归的视线，只几秒钟，就尴尬地别开眼。

她光脚踩在棕色的地毯上，白嫩的脚趾不安地蜷缩着。因为衣服的尺码不太合适，她把手背在身后，别扭地拉扯着裙摆。

慕瓷装作若无其事的样子："好看吗？"

二十二岁，花一样的年纪。

沈如归走进卧室，反脚踢上门，同时扯松领带，没说话。

慕瓷又问了一遍："我好看吗？"

"丑死了。"沈如归一步一步走近，摘掉眼镜丢在沙发上。

慕瓷笑不出来：就知道他嘴里没好话。

她喝了酒，酒壮人胆，她踮起脚吻他。

恍惚中她听到沈如归笑了一声："谁教你的？"

"你不是问我以前的校服还在不在？"慕瓷倒在床上，望着天花板嘀咕，"我回奶奶家找了一下午。高中那三年我长高了不少，每年都有新校服，但只找到这一套。小是小了点儿，但还能将就哦……"

说实话，她自己没敢照镜子看。

"真的很丑吗？"

沈如归只是笑。他想多看看，甚至舍不得她身上的校服被压出一丝褶皱，所以许久后才回答："丑，没见过比你更丑的。"

"我本来以为你只是有点儿近视，没想到是瞎了，赶紧找时间去医院眼科挂个号，请医生好好检查一下。"

"再骂一次试试？"

"你先说我的。"她只反驳了一句声音就低了下去，"你夸我好看，我就认可你的眼光没问题。"

"不夸呢？"

"我明天就去给你挂眼科，记得给我报销挂号费。"

"就欠收拾！"

这是慕瓷第一次早上醒来看到沈如归还睡在她身边。

他脾气差，说翻脸就翻脸，走出房门就不会回来，在三楼书房待一晚或者直接开车出去。

慕瓷醒了就很难再睡着，但头发被压着，她动都不能动。

她伸手推了他一下：“沈如归？”

他没醒。

于是她的胆子大了点儿，朝他那张脸下手。

“又闹什么？”

“你压着我的头发了。”

沈如归拨开被他压住的头发，把慕瓷往怀里拉，让她枕在他的胳膊上，还给她盖了被子。

慕瓷翻了个身，悄悄摸了摸发热的脸。

犯规犯规，他这么温柔干什么？

“你睡好了吗？”

“没睡好也能满足你。”

“我是有事想跟你说。”

慕瓷红着脸辩解：“你弄坏了我最喜欢的一件旗袍，还有我的校服，旗袍可以再买，校服去哪儿买？那是我学生时代的回忆，是无价的，你赔给我。”

沈如归低声嗤笑：“好的不学，讹人这种事倒是学得挺快。”

“多亏沈老板教得好。”难得他心情不错，慕瓷不能白费力气，“到底赔不赔？”

沈如归不急着出门，有的是时间陪她闹，等到她第三次踹他的时候才松口：“宝贝，你想要我怎么赔？”

慕瓷转过头不看他：“我本来和李导约好时间见面聊聊他那部新剧，结果被你搅黄了。那是我的经纪人好不容易才帮我争取到的，现在好了，角色没了，我还落了一个‘也不红，倒是爱耍大牌’的名头，一传十，十传百，以后谁还愿意找我合作？”

没有任何一个人甘于平凡，进了娱乐圈，就不会愿意只当个背景板跑龙套。

“你扫不扫兴？”沈如归轻笑一声，和平日里清朗的声音不同，笑声里混着几分清晨初醒的沙哑。

很明显，她昨晚那一出，是有目的的。

“在这种时候和男人谈条件，也是跟我学的？”

慕瓷不动声色地瞟了一眼，正撞上男人似笑非笑的目光。

他不像是生气了。

她底气不足，有点儿心虚，却撑着不肯露怯：“那……那你帮不帮……”

沈如归闭上眼，不紧不慢地问：“顾总不是已经帮你打过招呼了吗？一点儿小麻烦都摆不平，他这么没用？”

他如果真想把角色给你，还要你低声下气地去陪投资方吃饭？

看看你喜欢的是个什么玩意儿。

慕瓷的脾气也上来了，故意找沈如归的不痛快：“我为了一部戏去求他，那不是打你的脸吗？”

“知道就好。”

“所以你到底什么意思？”

“求人总该拿出一点儿该有的态度，出去打听打听，谁敢像你这样跟我说话？”

她顺杆儿爬：“我肯定和他们不一样啊！”

虽然拉着窗帘，但屋里的人能感觉到外面天气很好。

“你要起床吗？其实还早，再睡半小时吧。”

“腰不疼了？”

“嗯……我其实还可以再坚持坚持。”

她有一次吊威亚出了点儿意外，从几米高的地方摔下去，虽然有垫子垫着，但还是落下了腰伤。男人的手不知道什么时候摸到她的腰上，揉得还挺舒服。

“今天干什么？”

“我还有一些东西留在以前住的房子里，反正没事，去整理房间了。”

“扔了吧，给你换新的。”

“哦。”慕瓷看着窗户外面郁郁葱葱的绿色，“沈如归，你为什么会住这种地方？他们说，这片地以前埋过死人，是不是真的？”

“活人比死人可怕。”

“你是不在乎，可是我害怕，晚上一个人都睡不着。”

也不知道哪个字取悦了沈如归，他笑着抬起她的下巴吻她：“年纪不大，花样还挺多。”

慕瓷：“……”

沈如归半个字都不提帮忙的事，慕瓷以为这次白忙活了。

慕瓷揉着腰叹气，心想：“美人计”在沈如归这里果然行不通，他见过的漂亮姑娘估计比她吃过的饭还要多，如果睡一晚上就要什么有什么，那还得了？

不过往好处想，她也不完全是白忙，他至少消气了，走之前还帮她擦了药。

慕瓷睡了个回笼觉，十点多才下楼，黑子今天没有瞪她，她反而觉得不太正常。

贺昭顶着一头乱糟糟的头发来蹭饭，看慕瓷也是刚醒，笑得很欠揍。

“怎么样，我的办法管用吧？”

“还行。”

他倒是自信：“放心，绝对百试百灵。”

吃完饭，他又顶着那头“鸡窝”回去换衣服，再过来的时候，才有了那么点儿家世显赫的样子。

慕瓷狐疑地看着他：“你跟着我干吗？”

贺昭坐上车，让司机放首音乐：“不是要去收拾东西吗？我给你帮忙。”

“那我多不好意思，”慕瓷可不想身边跟着一个闹着玩的大少爷，“你不会是替沈如归监视我吧？”

贺昭摆摆手，嫌弃地道：“你这人思想不健康，总往坏处想。”

“好笑，咱俩也不熟，我有点儿防备心不正常吗？”

“那我下车，换你熟悉的黑子去给你帮忙？”

他的意思很明显，不管是谁，最后总归要有一个人跟着慕瓷。她本来只是打算去把没用的东西收拾干净而已，挑三拣四会显得她心里有鬼。

比起总在背后瞪她的黑子，慕瓷还是觉得和头脑简单的贺昭相处更自在：“不不不，不麻烦小黑了，我的东西不多。”

到了小区，两人乘电梯上楼，贺昭拿了一个巨大的垃圾袋，慕瓷看到有人从他家出来：“你不住这里了？”

贺昭搬过来之前就知道不会长住，现在沈如归已经把慕瓷弄到身边，他也没必要继续住在这里了。

“本来就只租了三个月，到期就不住了。”

对沈如归来说，三个月绰绰有余。

慕瓷只是随便问问，她的注意力都在密码锁上。

“奇怪，怎么打不开？没错啊，我上次来都打开了。”

贺昭说：“换密码了吧。”

“你先等一会儿。”慕瓷拿着手机去走廊另一边，给顾泽打电话。

她不想一拖再拖，一次性搬干净，以后最好再也别和顾泽见面。

接到慕瓷电话的时候，顾泽正在开会。他让大家先休息十分钟，等会议室里只剩下他一个人，才接通电话。

“小瓷。”

“是我。”慕瓷打电话不是要跟他寒暄，他们之间已经没有多说的必要，“你最近来朝阳小区了吗？”

顾泽说：“你不在，没有过去的意义。”

他没来过，换密码的人就只可能是顾笙。慕瓷不用想都知道，她联系顾笙不仅什么都问不到，还会被冷嘲热讽。

“我来搬东西，进不去。”

“密码换了？”

“嗯。”

顾泽起身回办公室拿车钥匙：“你先找个地方待着，等我过去。”

“你告诉我密码就行，不属于我的东西我不会碰的。你如果不放心，等我走了找人过来检查一遍，少了什么我赔给你。”

他叹气，有些无奈：“小瓷，你明知道我不是这个意思。”

贺昭准备找人来开锁，慕瓷连忙阻止他，撬门入室这种事不光彩，也没必要。

等顾泽把密码发过来，慕瓷开门进屋。她的东西大部分在衣帽间和卧室，好整理。

很多东西都是新的，扔了可惜，她准备打包好捐给需要的人，小区门口有专门回收旧物的地方。

贺昭靠在门口，看见慕瓷拿着一枚发卡发呆，像是在怀念送发卡的人。

“还是不要留了，”他提醒道，“省得被沈哥看见，解释不清楚。恋爱中的男人心眼比针小，容易吃醋，容易多想，容易误会。”

慕瓷回过神，面无表情地瞟了他一眼：“这是我爸送我的。”

贺昭神色讪讪，他以为是顾泽送的：“不好意思。”

慕瓷收起发卡，不再耽误时间。她不想和顾泽见面，就要赶在顾泽回来之前离开。

当初住进来的时候，她也知道不会住太久，轻轻松松地来，干干净净地走。

慕瓷总觉得贺昭这个公子哥的行为很不正常：“你和沈如归到底是什么关系？”

“你在怀疑什么？”

“怀疑你在监视我。”

“这个误会刚才已经解释过了，”贺昭说她想太多，“年纪轻轻，阳光一点儿。”

慕瓷趁机追问："那你正面回答我，你之前怎么会住在这里？"

贺昭说："男人之间也会吵架的，沈哥那段时间脾气很差，我受不了，被骂了几次之后就搬出来了。"

"他就是有毛病，总没事找事，哪个正常人受得了……"慕瓷忽然意识到自己说错话了，捂住嘴巴，警惕地盯着贺昭。

贺昭笑了笑："放心，我不是那种人。"

慕瓷已经上过一次当了，吃一堑长一智："你有前科，我不相信。"

她不再说话，贺昭也适可而止。他们的车开出小区的时候，顾泽的车正往回开。

晚上，沈如归六点就回来了。

他在，其他人就不会总往主楼跑，家里很清静。

慕瓷不太适应："这么早。"

沈如归抽走她手里的书，把她看的那一页折了个角，放到一旁："不是说晚上一个人害怕吗？"

慕瓷往旁边挪，给他让位置："我开玩笑的。"

她早上只是随口说说，倒也不必当真。

沈如归没理她。

"电话响了，不接？"

振动声打断了慕瓷心里那点儿不应该有的想法，她起身去拿手机。

电话是方方打来的。

"慕瓷，好消息！李导那边先不管了，陆川那部《相思》你知道吧，剧本都准备了三年，原定的女一号是任菲，刚才他们打电话给我，说想找你合作。老天爷，是陆川啊！你这是走了什么狗屎运！"

方方很兴奋，慕瓷一时间没反应过来。

任菲是顾笙的闺密，有顾泽捧着，一线地位雷打不动，只有她不想演的，没有她拿不到的资源。

陆川是业界有名的导演，有人评价他"天生就是干这一行的"。

慕瓷还在读大学的时候有过一次去他的剧组试镜的机会，但最后因

为别的事情错过了。

陆川的作品不多，几年才一部戏。《相思》从去年就开始选角，主演一直没有定下来，前段时间有报道称将由任菲主演，任菲的工作室没有出来辟谣，大家都默认了，只等官宣。

“哈哈哈，开玩笑的，是金子总会发光，说不定是哪位田螺先生在你不知道的时候默默为你铺路，把你推荐给陆导，让陆导看到了你的演技。”

好事突然落在自己头上，慕瓷只能想到沈如归。

这也太快了，明明早上他还嫌她烦。

难道他白天就是去帮她争取角色了？

田螺先生……

慕瓷起了一身鸡皮疙瘩，这个词跟沈如归搭在一起好诡异。

方方是真心实意地希望慕瓷好：“总之，咱们要翻身了！我把剧本给你，你这几天好好准备，到时候约好见面的时间和地点，我再通知你。”

慕瓷稀里糊涂地应了两句。

她不是运气好的人，挂断电话之后心里还有种不真实的感觉。她和陆导之间的距离太远了，如果没人引荐，她不可能这么幸运。

沈如归在翻她的书看，喝她喝过的茶。

慕瓷主动跟他说话：“我今天去把那边的东西都收拾好了。”

“嗯。”

“贺昭帮了忙，得谢谢他。”

贺昭是自己人，沈如归从不跟自己人客气：“用不着。”

慕瓷走过去坐在他身上，摘掉他的眼镜亲他：“那我谢谢你。”

“谢我什么？”

“谢你帮我。”

沈如归面不改色：“好笑，我什么时候帮过你？”

“你这个人怎么这么别扭？”慕瓷只在一个颁奖晚会上见过陆川，还是电视直播，“你怎么认识陆导的？他有什么喜好吗？我想给他准备点儿小礼物。”

沈如归还是那副事不关己的模样：“不认识，不知道。”

慕瓷自顾自地说：“做一些面包或者饼干，他应该不嫌弃吧。我看过一个报道，不知道是不是真的……”

沈如归索性用最简单的办法让她安静下来。

她连杯水都没给他倒过，给陆川做面包做饼干？

他其实没有做什么，只是把她准备的视频发给陆川看了，决定权在陆川手里。

慕瓷没见到陆川。

她将试演的片段拍成视频发到陆川的邮箱，几天后收到了回复。

负责签约的工作人员知道点儿什么，眼睛总往慕瓷身上瞟。他想：到底是哪位祖宗能正面和顾氏对抗，挤掉留给任菲的角色，送来一位花瓶？

这个花瓶漂亮是真漂亮，年轻，有灵气，只不过娱乐圈从不缺漂亮姑娘，大部分都是昙花一现。

娱乐圈看着光鲜，其实残酷。

“辛苦大家了，我们小瓷还是新人，各个方面都要向各位老师学习，希望未来三个月合作愉快。”方方的业务能力没的说，场面话张口就来。

“客气客气。”对方给慕瓷介绍其他人：“这位是武术指导，程老师。进组前演员都要训练一个月，陆导要求严。”

慕瓷礼貌地打招呼：“程老师，您好。”

“下周三早上九点的剧本研读会，陆导会到场，别迟到。”

“好，我会准时到的。”

突然有人推开门，所有人都看过去。

顾笙身后跟着两个保镖，一左一右守在门口。

慕瓷知道她来者不善，但不打算跟她闹，忍一忍也不会掉块肉。

顾笙脾气大，直接上去就是一巴掌。

慕瓷的后腰撞到桌角，碰倒了几个水杯，玻璃的破碎声很是刺耳。

事发突然，其他人都蒙了。慕瓷被那一巴掌打得侧过头，脸上很快就显出红红的印子。

“装什么可怜，说话啊！哑巴了？敢在背后动手脚却不敢承认，我还以为你有多清高呢。”

顾泽的妹妹没人敢拦。

顾笙看着慕瓷那张脸，心里的怒气不消反增，手扬起来要打第二次。

方方第一个反应过来，冲过去把慕瓷护到身后。

“顾小姐，有误会我们私下调解，以您的身份，当众动手多不合适。”

顾笙显然不会把这种小角色当回事：“你算什么东西，滚开！”

慕瓷摸了摸自己的脸，有点儿疼。她抬起头，笑盈盈地看向顾笙：“顾小姐，我可是你的救命恩人，你这么不知好歹，我很为难。”

顾笙脸色微变：“谁要你救？！”

她扬起手就要打上去，却在落到慕瓷脸上之前突然被慕瓷抓住手腕，反向一折。啪的一声，巴掌打在她自己脸上。

虽然没爹没妈这些年，慕瓷没少吃亏，但当众被扇巴掌还是第一次，有仇当场报，省得夜长梦多。

“你敢打我！”顾笙难以置信地捂着脸。

“我是合法自卫，这里有监控，应该拍得很清楚。”

“慕瓷，你放开笙儿。”顾泽及时赶到，把顾笙护在身后。

顾笙刚出门，就有人通知他。

和那天晚上一样，周围都是围观者，受了委屈的顾笙被顾泽小心翼翼地护着，而慕瓷是被隔离在外的那一个。

刚才玻璃碴四处飞溅，她的小腿被划破一道口子，鲜血渗出来，流到了脚踝。

对上顾泽一瞬间阴冷乍现的目光，慕瓷忽然笑了：“对，我就是欺负她了，你打我啊！”

这场面谁都觉得尴尬。

“小瓷，你不用这样，”顾泽压低声音，“是笙儿先动的手。”

慕瓷依然在笑。他看见是顾笙打人在先，可依然护着顾笙。

“是她表面一套背后一套！”顾笙急着辩解，姣好的面容涨得通红，“哥哥，我不是故意的，我就是生气……”

慕瓷私下的穿搭以黑色为主，今天来的时候穿了条鱼尾裙，显得小腿伤口处的血迹格外明显。

她没觉得疼。

“大家各凭本事竞争，在确定人选之前，任何人都有机会，就算你不了解事实直接认定是被我抢走的，那也是你没用。”

“你！”

“笙儿。”顾泽沉着脸拦住顾笙，吩咐身后的保镖：“送小姐回去。”

“哥哥……”

“闭嘴，回去。”

顾笙虽然骄纵，但对顾泽是言听计从，闻言只能先离开。走出房门之前，她还回头狠狠地瞪了慕瓷一眼。

很快就有人送药箱进来，放下东西就走，其他人顺势跟着出去，拥挤的房间安静下来，门被带上，房间里就只剩慕瓷和顾泽。

看戏的人都走了，慕瓷意兴阑珊，懒得再演。

顾泽皱了下眉：“坐着。”

慕瓷置若罔闻，然而在碰到门把手之前就被三两步追上的顾泽拦腰打横抱起，他的脸色不好看，可把她放到沙发上的动作是温柔的。

“会疼，忍着点儿。”顾泽坐在沙发另一侧，打开药箱，一手轻轻抬起慕瓷流血的左腿，帮她脱掉高跟鞋。

伤口的刺痛让慕瓷清醒过来。

这个男人太会骗人了，带她去喜欢的餐厅吃饭，送她独一无二的礼物，会说好听的情话，抱她，吻她，可他转眼就把她送到了沈如归手里。

他打她一巴掌，再喂她一颗糖。

感觉到慕瓷的抗拒，顾泽头也不抬，只是握在她脚踝处的力道重了

几分："别乱动，不及时处理可能会留疤。"

慕瓷搞不懂他是在演什么，正要推开他的时候，手机响了。

祖宗的电话，她不敢不接。

"喂？"

"……"

"没见到。"

"……"

"已经结束了。"

"……"

"不用，我自己回去。"

伤口浅，只是被玻璃碴划破了皮，顾泽拿着一根棉签处理伤口周围凝固的血迹。

不知道电话那边的人说了什么，她一下子垮下脸，直接将通话挂断。

顾泽认识的慕瓷，脾气虽然不怎么好，但只是小孩子性格，跟谁说话都是笑盈盈的，讨人喜欢，很少有冷脸的时候。

他抬头看过去，还亮着的屏幕上有备注：沈如归。

手上的动作停住，他的脑海里闪过那天在酒店厕所撞见的那一幕。他明明没那么喜欢慕瓷，可……只要一想起她满脸绯色、双眸迷离地倒在另一个男人怀里的画面，就仿佛有一只手穿透皮肉捏着他的心脏，松一下，紧一下，说疼也不疼，但就是无法忽视，夜晚让他睡不安稳，白天让他静不下心。

"小瓷，不要理他了，我带你回去好不好？"

好你个头。

慕瓷抵在男人肩上的手用力推了一把，顾泽往后倒，两个人之间的距离被拉开。

"顾泽，我在你眼里是什么？一条狗吗？想丢就丢，想要回去就要回去？"

就在顾泽的注视之下，慕瓷毫不掩饰地用力擦着被他吻过的唇角，表情像是被什么恶心的东西碰过，恨不得擦掉一层皮。

“我就算是条狗，记吃不记打，你也没养过我啊，你凭什么以为你勾勾手指我就会觍着脸凑过去？”

她生气的时候说话向来刻薄，顾泽认识她不是一天两天了，对她的性格相当了解。

“沈如归没有表面那么简单，他的底细你不清楚，小瓷，你跟在他身边迟早会被连累。就算是普通人，想脱身也没那么容易，更何况是你，在娱乐圈，任何一件小事都会被无限放大。”

慕瓷听着只想笑。

是啊，沈如归那么可怕。可现在的局面不是你顾泽亲手造成的吗？

“我的事跟你没关系，是福是祸都不用你管。”

“小瓷，我知道你介意那天的事，我是不得已，笙儿她……”

“我知道，笙儿她只是你的宝贝妹妹，身体不好，受不了委屈。我不一样，没有自尊，什么委屈都可以受。”慕瓷替他说。

反反复复都是这些，她早听腻了。

“你们俩到底还要恶心我几遍？顾泽，我丑话说在前面，这部戏要是被你搅黄了，可别怪我全报复在顾笙头上，虽然我没什么本事，掀不起风浪，但沈如归的耳边风很好吹，他可不会管顾笙身体好不好。”

“人生苦短，谁也不知道明天会怎么样，过好今天就行了。”慕瓷看着顾泽，笑意浅浅，“我图他钱多，图他年纪大会疼人，行吗？”

顾泽知道她是在故意气他，忍着脾气：“小瓷，别说气话。”

慕瓷懒得应付他，起身，散乱的发丝从肩头滑落，藏在隐秘角落的那处吻痕落在顾泽眼里，就成了点燃怒气的导火索。

顾泽攥紧慕瓷的手腕，把她甩在沙发上。

“顾泽你疯了？”

“你本来应该是我的，小瓷，你本来就应该是我的。”

慕瓷脸色发白，挣脱不开，五脏六腑都在隐隐作痛。

她看着男人陌生的眉眼，一下子哭了出来。

“顾泽，你浑蛋！”

方方在外面大声敲门，顾泽耳边却只有慕瓷的哭声，恍惚间，他想起了他带她去换顾笙的那天。

那天，她穿得很漂亮。

但他一颗心都挂在顾笙身上，没有看得很仔细，他记不清她戴的耳坠是什么材质，也忘了她穿的是什么颜色的高跟鞋。

那天，她所有的欢喜和小女生的心思都是因为他。

可如今，只剩下厌恶和恨意。

那时候他还可以狠下心，而现在，看她哭得这么难过，也觉得自己好像确实挺混蛋的。

游乐场门口。

贺昭扭头往外看，余光瞥到一个眼熟的身影，连忙停车，降下车窗。

“沈哥，你家小宝贝在路边蹲着呢，啧啧啧，可怜死了。”

他们能找到这里，也是因为慕瓷的手机开着定位。

“她这是被欺负了吧？不应该啊，她都能轻松地给我来个过肩摔，肯定是学过一点儿防身技巧的，欺负她的人难不成是个金刚芭比？”

沈如归比贺昭先看见慕瓷，不等车停稳就下了车。

路口人来车往，一双锃亮的黑色皮鞋出现在视线内，越走越近，慕瓷反应慢半拍，直到对方在她面前停下来才慢慢抬头。

腿可真长啊！

下一秒，被她夸过的长腿就抬起来踹了她一脚。

力道不重，只是她穿着高跟鞋，重心不稳，直接跌坐在地上。

娱乐圈不好混，但慕瓷从来没被人那样欺负过，如果方方没有敲门，顾泽不一定会收手，她离开休息室的时候，外面的人都用异样的眼神看着她。

忍了好久的情绪彻底崩溃，慕瓷仗着自己是没人认识的小演员，就这么坐在地上捂着脸哭得稀里哗啦。

没想到她说哭就哭，沈如归怔住了，看着滴在地上的眼泪，他的眼底藏着不易察觉的烦躁。

沈如归半蹲下来，帮她重新穿好鞋，又脱下外套举到头顶遮住她：“你是去成为著名演员的，怎么像去打了一架？”

她的腿上贴着创可贴，手背上也有一大块乌青，整个人灰扑扑的。

“我说去接你，你还不要。白眼狼，没良心，就会在我面前横。那些本事都白学了，别人欺负你，你不会欺负回去？”

往常如果被这样数落两三句，她早一脚踹过来了，今天怎么会这么委屈？沈如归知道问不出来，也不问，想着回头让人直接去找陆川。

“乖，别哭了。叫声哥哥，哥哥带你去玩。”

慕瓷不理他，脑袋扭到另一边，眼泪止不住地往外涌。两个小时前，她沙哑的哭声让顾泽找回了自己泯灭的人性，中途停了下来。是屈辱感或者是别的什么让她觉得活着真累，她也才二十二岁而已。

沈如归继续说：“去游乐场，你想玩多久就玩多久。”

“人家都快关门了，只准出不准进。”她终于开口了，哭腔让人心软。

沈如归摸摸她的头发：“我想办法。”

“行，可以。”慕瓷抹了把眼泪之后就挂在他的身上，“哥哥背我。”

沈如归笑骂了一句。

“别的小朋友都有人背，就我没有。”她哽咽着说道，听着更可怜了。

沈如归低头看着栽在胸前的那颗脑袋，又看了看游乐场的方向。这边的是侧门，离过山车最近。过山车这一项要求十岁以上才能玩，天快黑了，从里面出来的人大部分是学生和情侣，没有大人带着小孩。

他几乎跑遍半个城市才在游乐场门口找到她，她是想起以前了？

游乐场离她以前的家不远，那时候她和奶奶一起生活，每天上学放学都会经过这里。她从来没有进去玩过，只是偶尔会多停几分钟看看。

“别哭了，我背还不行吗？”沈如归轻轻拍着慕瓷的背，扶她站起来。

外套被她顶在头上，沈如归拉着袖子遮住路人好奇的目光，帮她擦

脸，她的碎发都汗湿了。

“热不热？把头发扎起来？”

慕瓷哭累了，像是没长骨头一样靠在他身上，声音闷闷的：“我没有头绳。”

沈如归翻遍衣服所有的口袋都没有找到一个能将就用来绑头发的东西。

天色暗了下来，路灯还没亮，他解下藏在手腕上的那条暗红色丝带，给慕瓷绑了个粗糙的马尾。

慕瓷从耳朵后面扯出几根碎发，告诉他：“这是小心机，能显得脸型更好看。”

沈如归点头：“好，记住了。”

“这都可以？”跟着出来找人的楚宋难以置信地扒在车门上，眼睛都快揉瞎了，看见的还是那幅画面，顿时觉得沈如归在他心里的形象完全崩塌了，“沈爹！你还是我的沈爹吗？”

他跟着沈如归的时间不算短，也有几年了，什么时候见过这么好脾气的沈如归？不择手段、心狠手辣的一面倒是见得多。

“昭哥，那狐狸精到底什么来头，不接电话玩失踪，还在街上又哭又闹的，沈哥竟然都不生气，不生气就算了，竟然还背着哄？”

贺昭一巴掌拍在他的后脑勺上，笑道：“那可是你沈爹的宝贝疙瘩，不该问的别问，当祖宗供着就行了。”

楚宋半信半疑：“不能吧？这么多年，沈哥身边连一个女人都没有，从哪儿冒出来的宝贝疙瘩？”

“那你去沈哥面前叫一声‘狐狸精’试试。”

“不敢不敢。”都怪黑子总在他耳边说“狐狸精”，他一时嘴上没注意。

沈如归等了十年，才等到小女孩长大。

这家游乐场从建成开始就是全年开放，被人称赞的是有最长的过山车、最高的跳楼机，但很少有人知道游乐场背后的老板是沈如归。

清场后里面很安静，灯都亮着，工作人员给慕瓷找了双拖鞋。沈如归的目光扫过去，楚宋把贺昭推出去。

“陪她上去。”

贺昭看了看慕瓷，又看了看沈如归，不敢相信地指着自己：“我？”

慕瓷很大度地让出相对来说没那么可怕的位置：“我让你坐里面。”

“我不爱玩这个，”贺昭连连摆手，脸都快笑僵了，“我看着你玩就行。”

“坐第一排吧，第一排比较刺激。”

楚宋把贺昭架过去摁在座位上，忍着笑竖起大拇指给他加油：“昭哥好样的。”

贺昭认命地闭上眼睛。过山车起速慢，越往上越快，他也越来越紧张。从高处冲下去的那一刻，他顾及着面子才忍着没叫出声。风声呼啸，慕瓷在他旁边大叫，然后全程都在骂骂咧咧，也不知道在骂谁。

五分钟后。

过山车终于停了下来，贺昭松了口气，擦擦额头的汗，叫人过来给他解开安全锁。

慕瓷兴奋地喊：“再来一次！”

贺昭：“……”

两人一共玩了十次。

到最后，贺昭趴在马桶上，差点儿把胃吐出来，到家了走路还在晃。

慕瓷跟没事人一样，哼着小曲上楼。

贺昭这辈子都没这么无语过，不死心地想跟进去。上次他帮慕瓷搬行李，慕瓷说要好好谢谢他，当时他还客气，万万没想到她是这么谢的。

她肯定是在报复他背后告密的事。

“我这算一级工伤吧？”

沈如归面无表情地甩上大门：“滚。”

阿姨做了夜宵，一直温着，沈如归接过去端上楼。

慕瓷窝在沙发上摆弄沈如归给她买的一个玩具。说明书看着很复杂，她刚洗完澡，头发都没吹干，就打开玩具包装，研究怎么组装。

沈如归抽出一根烟，想了想又放进烟盒。

“高兴了？”

慕瓷点点头：“嗯。”

被狗咬一口不算什么，发泄完，她就什么事都没有了。

乐高小零件散落了半个沙发，怎么拼都不对，她耐心不足，有些泄气，抬头看着沈如归，水洗过的眼睛澄澈明亮。

“我不会弄，你会吗？”

“先放着，明天再给你弄。”沈如归手掌轻拍慕瓷的脚，“腿伸出来。”

慕瓷心想：自己果然不该太感动。

“我困了，今天先记账。”

沈如归看着她装困，笑了一声：“让你把腿伸出来，给你擦药，你的脑子里在想什么？”

“没想什么。”慕瓷窘迫得面红耳赤，挣扎着要从男人怀里出去，“我自己可以，不用你。”

“别动，再扭来扭去一会儿别哭。”

慕瓷不敢动了。

沈如归拿过一支药膏，挤出一些抹在伤口处。

慕瓷抓过一个抱枕盖在脸上。人在看不到的时候，所有的感觉都会被放大无数倍：他的手指蘸了些药膏在她的小腿上轻轻打圈揉按，药膏凉凉的，他的手指有层茧子。虽然她感觉不到疼，但房间里太安静了，气氛怪怪的。

这是什么人间苦难？

“你快点儿。”

“马上就好。”

她不说，沈如归也不问，又换了一支药膏，抹在她手背那片乌青上，最后才拿开抱枕。外面灯光暗，看不清她脸上的巴掌印，这会儿他看得一清二楚。

刚才还是一脸无所谓没心没肺的人，这会儿又蔫了。

“又怎么了？”

慕瓷叹气：“我在陆导那里闯祸了，他肯定对我有意见，觉得我是个大麻烦，还没进组就给他惹事。”

沈如归把夜宵递给她，阿姨煮的是银耳甜汤。

“不是大事，他说只要钱给到位，导演都能让给你当。”

慕瓷装作听不出他是在故意抹黑陆川，露出惊讶的表情配合他：“陆导居然这么没有原则！”

沈如归点头：“没错，他就是这种表里不一的人，所以不要对他有滤镜，面包、饼干也不要送了，他喜欢钱，但是小钱他看不上，大钱你送不起。”

“嗯嗯，知道了！”慕瓷舀了一勺银耳喂到他嘴边，“好甜，你要不要尝尝？”

“等你吃完。”

“我吃完了你怎么尝？”

沈如归低头亲她：“这样尝。”

慕瓷要看剧本，睡得晚，沈如归也睡得晚——他不关心那些无关紧要的事，但不代表谁都可以欺负他身边的人。

她什么都不说，一个人跑到早就被拆迁改建的地方哭，沈如归即使不问也知道是因为谁。

顾笙来之前，沈如归已经等了两个小时。

“顾小姐，请吧。”黑子把门推开，礼貌地做了个“请”的手势。

顾笙记得他，这个极其讨人厌的家伙。

今天他依旧是同样的作风：在没人的路上堵她的车，等到了这里，却又客客气气地跟她说“请”。

她不想进屋：“我要回去。”

黑子笑笑：“事情说清楚了，自然会送你回去。”

顾笙冷声道：“我跟你们这种人没什么好说的，一条狗而已，还真把自己当回事了。”

黑子收起笑脸。这个女人被惯出一身大小姐脾气，什么东西在她眼里都分三六九等，人也一样。

这么对比起来，还是慕瓷看着更顺眼。

黑子不再多说什么，伸手推了顾笙一下，顾笙没站稳，差点儿摔倒。

客厅是深色系风格，安静又空旷，墙壁上贴着色彩偏暗的油画，让她想起欧美电影里吸血鬼的城堡，冬天还有烧得很旺的壁炉和加了冰块的烈酒。

坐在沙发上的沈如归像是融在画里。

她上次来没有见过沈如归。别人口中的沈如归是个浑蛋加无赖，从污水沟里爬出来的食人草，没人性，粗鄙低俗，长得也很可怕，脸上布满疤痕。

然而她眼前的男人俊美如神祇，脸上没有一条疤痕，戴着一副金丝边眼镜，有几分斯文模样，深色家居服显得他皮肤很白，长腿交叠而坐，随手摆弄着一个乐高玩具。

整个房子静悄悄的，没有一点儿多余的声音。

“沈如归，我的玩具呢？是你拿了吗？还落下一块。”穿着睡衣的慕瓷愣在楼梯口。

再看一眼，发现确实是顾笙，睡眼蒙眬的她彻底清醒了。

“她怎么在你家？

“你腻了我，要换一个？

“沈如归，你什么眼光？你是不是故意气我？就算要换也得换个比我强的吧，她是比我漂亮，是比我身材好，还是比我会撒娇？你不说个一二三出来我是不会走的。”

她演得还挺像那么回事。沈如归被逗笑了，抬头看了慕瓷一眼。

“睡好了就下来。”

慕瓷垮着脸瞪他：“我不。”

可能她自己都没有意识到，在沈如归面前，她的脾气一天比一天大，沈如归不仅不生气，反而越发纵容。

“那把你手里的东西扔下来，就差最后一块了。”

“你拼好了？”慕瓷眼睛一亮，踩着木质楼梯跑下楼。

沈如归把最后一块组装好，把完整的玩具递给慕瓷。

这是她最喜欢的动漫人物。

“你好厉害，可我都没看见你是怎么弄的。”

“一会儿再教你一遍。”

顾笙越看越疑惑。她想着慕瓷多少会吃点儿苦，可实际情况怎么跟传言中的差这么多?

沈如归在慕瓷耳边低声说了句什么，随后抬头看向顾笙。

两人的目光直直地撞上，这是她走进大门之后沈如归看她的第一眼。

顾笙下意识地往后退，但双腿僵硬：“沈先生，我……”

“不用解释，直接道歉就行了。”沈如归说得轻描淡写，视线只在顾笙身上停留了一秒。

顾笙以为自己听错了：“什……什么？道歉？我为什么要道歉？”

慕瓷虽然预料到沈如归不会太客气，但也没想到他会这么直接。

顾笙是顾老爷子带回家的，虽然没有血缘关系，但顾老爷子临终前留了话，并且给她留了股份，所以顾家没有一个人敢轻看她。

慕瓷因为顾泽认识了顾笙，两人年纪相仿，其实最初也有过两三年的闺密情深，可不知道从哪天开始，好好的一个姑娘长着长着就长歪了，骄纵跋扈，目中无人，那股高高在上的优越感越来越明显。

后来慕瓷也想明白了，顾笙对她的态度转变大概是从发现她对顾泽的那点儿心思开始的。

男人为女人反目成仇，女人为男人姐妹情断，不管是在影视作品中，还是在现实生活里，都不是什么新鲜的事。

顾泽也是真的宠这个妹妹，即使知道顾笙对他的感情也一如既往，揣着明白装糊涂，任何时候都能拿“妹妹”这个称呼当借口。

沈如归开口就让人跪下磕头，娇生惯养的千金小姐哪受得了这种委屈？

顾笙高傲地说道：“沈先生，你总该讲点儿道理，更何况我也不是好欺负的人。”

沈如归说：“顾家为你收拾烂摊子的时候也没有讲理，你可以把顾泽叫过来，你们兄妹一起道歉也能给我省点儿时间。”

顾笙因为上次的事和顾泽吵架了，所以这时候不道歉，也不提顾泽，但沈如归并没有耐心去探究这对兄妹之间的事。

“嫌道歉太简单，”他头都不抬，手指钩着慕瓷的一缕头发把玩，“想磕个头？”

慕瓷：“……”

他没看到人家都快气哭了吗？

“那个……”慕瓷刚开口，沈如归就捂住她的嘴巴，强行让她闭嘴。

显然他并不会怜香惜玉。

桌上放了根棍子，他拿在手里掂了掂，站起身，将球扔到空中的同时抡起棍子，球打到墙上，声音清脆响亮。

弹开的球从顾笙耳边飞过，顾笙的身体僵住，一动不动，连呼吸都屏住了。球如果打到她的腿上，她可能已经站不住了。

沈如归捡起滚到脚边的球，轻描淡写地问：“顾家只纵容你，不教你懂礼貌看眼色？”

顾笙咬牙道歉：“对不起，上次的事是我不对。”

沈如归摸摸慕瓷的下巴：“你可以不原谅。”

慕瓷总感觉他这个动作和摸狗一样，但眼前的情况不适合聊这个。顾笙向来对她没什么好脸色，就算道歉也是心不甘情不愿，既然如此，她又何必装大度。

“嗯，不原谅。”

沈如归挡住顾笙愤愤的目光：“下次动手之前先想想后果，别不长记性。”

他叫黑子进屋，吩咐道：“把顾小姐送回去吧。”

“好嘞！”黑子嫌弃归嫌弃，办事还是很利索的。

顾笙走后，家里又恢复了清静。

“沈如归，”慕瓷仰着头叫他，笑盈盈的，“你不会是突然发现自己爱上我了吧？”

已经下午了，阳光落满客厅，沈如归侧身站在一处阴影里，五官立体，轮廓鲜明。

他没说话，但慕瓷看到他又掂了掂那根棍子。

“那……那不然你怎么还背地里那什么呢？”慕瓷僵着脸，干巴巴地笑，不动声色地往后躲，尽量离他远一点儿，“你如果没有那什么，怎么知道我和顾笙的事？”

这不是大佬的风格啊！

在她睡觉的时候，沈如归给陆川打过一通电话。陆川不会管这些，本来想直接把监控视频给他，但顾泽先一步拿走了视频，陆川就让当时在场的人把事情从头到尾说了一遍。

“我只是有点儿近视，不是瞎了。”

见沈如归看过来，慕瓷不太自然地摸了摸昨天被顾笙扇过一巴掌的脸：“我其实还回去了，就是心里有点儿不痛快。”

顾家的背景不简单，他是不知道还是压根就不在乎？

“她道个歉就行，你一个男的，欺负她干什么？”

慕瓷眼看男人的脸色沉了下来，立马跳起来解释：“不是，我不是在指责你，沈如归，你别误会，我的意思是……多一事不如少一事，反正我也打了她，没吃亏，你为我得罪顾家不划算。”

沈如归只是说：“又不是第一次为你得罪人。”

慕瓷恍惚地看着他：“嗯？”

“老子愿意，不用你管。”

“哦。”

慕瓷说不清是什么感觉。她到现在都还是个不温不火的十八线演员，缘由很复杂，其中顾笙没少“出力”。刚才顾笙跪下来给她道歉，实话实说，她是解气了，但也有心理负担。

沈如归那么不留情面，顾笙又是个有仇必报的人，虽然顾家现在有更重要的事，不会明着对付他，但始终是个祸患。

“你和你那个前男友单独在房间里待了二十分钟，都干了些什么？”

“我们……”慕瓷有些紧张，脑袋里一团糨糊。

顾泽发疯是不顾场合的，那会儿可能是被沈如归的那通电话刺激到了才会突然变脸，把她吓哭了，他又什么都没有做，后来也一直在道歉。

“谎话编好了？”沈如归冷笑。

“那我还是不说了。”

“不敢说，还是不想告诉我？”

“没什么好说的。”

“你如果问心无愧，有什么不能说的？”

“沈如归，你怎么这么难伺候？！”慕瓷火气上头，“我说吧，你觉得我是在编谎话骗你；不说吧，你又觉得我心里有鬼。天天被你这样折磨，我迟早会断气，你干脆一次说清楚，到底我要怎么做，你才能满意！”

沈如归又生气了。

慕瓷又得哄他。

乐高玩具被摔在地上，零件散得到处都是，她还是不会拼，怎么弄都不对。

“王叔，他出门了吗？”

“先生一直没有下楼，应该还在家。”

冷静过后，慕瓷也意识到是自己不对，不知好歹的人到哪里都会讨人嫌。

已经九点多了，沈如归一直没有下楼，那就是从中午到现在都没吃东西。

慕瓷进厨房翻冰箱：“王叔，他平时喜欢吃什么？”

家里以前不讲究吃喝，自从慕小姐住进来之后，自己每顿都是做她喜欢的饭菜。王叔笑笑："先生没什么喜好，只要是你做的，先生肯定都会喜欢。"

慕瓷不是不会做饭，是不喜欢做，油腻腻的厨房味道很难闻。以前爸爸告诉她，女孩子不用学这些自己不喜欢的东西，后来她是没办法，不学就会被饿死。

"王叔，沈如归的生日是哪天？"

"先生从小无父无母，不过生日。"

慕瓷愣了一下，锅里烧热的油溅到手背上，火辣辣的刺痛感让她回过神："他没有，我也没有……不对，也不算是完全没有，但还不如没有。"

王叔被她绕晕了，没听明白。

慕瓷炒好两个菜，简单地煮了碗面。

"没想到小瓷还有这么好的手艺，闻着就很有食欲。"

"王叔，你千万不要告诉他这些是我做的，味道不怎么样，我怕他笑话我。"

"放心，我不说。"

慕瓷里里外外找了一圈，才发现沈如归在楼顶的露天泳池游泳。

这栋别墅建在城市外围，晚上格外安静，还能在夜空中看到几颗星星。

晚上气温低，慕瓷把餐盘放到旁边，手伸进泳池试水温，还好，没有她想象的那么冷。

慕瓷给小腿的伤口贴上防水创可贴之后，坐在泳池边，打算等沈如归游到这一侧的时候装个"不小心落水"之类的。

连落水的角度都盘算好后，她却发现面前空无一人。

她就几秒钟没看住，人就不见了。

"人呢？哪儿去了？刚刚还在……啊！"慕瓷被吓了一跳。

原本在泳池另一侧的沈如归不知道什么时候从水底潜到了这一侧，水面寂静，他突然浮上来，溅了她一脸水。

慕瓷拍拍胸口，深呼吸，做好心理建设才敢看他。

他只穿着一条泳裤，刮风了，湿透的短发随风晃动。

“冷不冷啊？”

“下来试试就知道了。”

人总不能在同一个地方跌倒两次。

“等等等等！”慕瓷紧紧地搂住男人的脖子，讨好般在他的唇角亲了一下，“给我两分钟的解释时间。”

她的脸上有水滴，头发也湿了，故意做出一副可怜兮兮的模样。

沈如归游了十几个来回，心里那股躁意不仅没有减弱，反而愈演愈烈。

她还知道上来。

“解释什么？”

他没戴眼镜，慕瓷能清晰地捕捉到他眼底浓浓的戾气和不耐。

“沈哥哥，”慕瓷低着头，又凑近吻他，“别生气啊！”

她一只手探入水中。

沈如归忍着把她拽进泳池的冲动：“慕瓷。”

除了这个男人，再没有任何一个人只是叫一声她的名字，就给她一种仿佛被掐住脖子的窒息感。

像是有条毒蛇从她的尾椎骨往上爬，哦，不，那是沈如归的手，很凉。

“怎么啦？我的要求过分吗？不过分啊，古代罪人断头之前还有申冤的机会呢，我怎么不能有？”

“你是不是欠收拾？”

都已经到了这一步，哪有中途放弃的，慕瓷避开男人阴森森的目光，一鼓作气。

然而下一秒，她差点儿就废了——沈如归掐在她腰上的力道重了很多，而且掐的刚好是昨天磕到桌角的地方。那里有瘀青，他昨天明明看见了，还帮她擦过药，这会儿肯定是故意的。

慕瓷痛得叫了一声，这是恶意报复。

沈如归呼吸加重："慕瓷。"

"沈如归你多大的人了，能不能把话听完再走？虽然我表达的方式不对，但你那么聪明，为什么不能自己把我说的话重新理一遍？"

她没那么不懂好赖，知道沈如归白天那一出是在给她出气。虽然他不问也不说。

"顾笙受了委屈，回去就会跟家里人告状。虽然她不敢惹你，可顾家不一样，敏感期迟早会过去。他们兄妹俩是一个德行，一个打我的脸，一个扎我的心，我气死了，顾泽那个浑蛋也被我扇了一巴掌，我才不会任由他们欺负。"

前面那些慕瓷是一口气不喘噼里啪啦吼出来的，可到这儿，声音忽然低了下来："话是这么说，但顾家的背景挺厉害的，你……"

堵在沈如归胸腔里的那团闷气莫名其妙就散开了。

"担心我？"

"少自作多情，我是怕你连累我，我未来可是要当著名演员的，不能有黑料。"

他笑了笑："好，你去当著名演员。"

慕瓷拿起浴袍扔在他身上："准著名演员亲自给你端上来的饭菜，快点儿吃。"

沈如归看着那碗面："怎么不是亲自做？"

"你想得倒挺美。"慕瓷躺在旁边的躺椅上，幽幽地说，"浪费粮食是可耻的，你必须吃光。"

楼顶只开着一盏灯，淡淡的月色映在水面上，波光粼粼。

夜色很暗，天上的星星就显得格外亮。

"沈如归，你的生日是哪天？"

"不记得了。"

他的身份证上的日期是随便填的。

"没人告诉过你吗？"

沈如归想了想："可能有过，时间太久，忘记了。"

"你再想想。"慕瓷说，"生日那天可以收到礼物的。"

他很久都没有说话，没吃完的半碗面都快坨了。

慕瓷好像在他身上看到了一股孤独感。他的身体上有很多疤，尤其是后背，深的，浅的，有的像鞭痕，有的像刀伤。

“想起来了吗？”

沈如归看着她亮晶晶的眼睛，从漫长的回忆里抽离，缓缓地说道：“5 月 21 日。”

慕瓷笑道：“这么浪漫的日子啊！”

“嗯。”

“真好记。”

“嗯。”

5 月 21 日，是沈如归遇到慕瓷的那一天。日子确实很好记，好记到他十年都忘不掉。

现在十月份都过了。

“那今年你没有礼物了，明年如果我还……”慕瓷的话音顿了几秒，明年如果她还在他身边，“明年如果我还记得，你就可以收到著名演员送的生日礼物。”

沈如归拿起筷子继续吃饭：“刚才还说日子很好记。”

“是很好记啊，但我记性不好。而且著名演员很忙的，除了拍戏、拍广告，还会有很多通告，忙起来连吃没吃饭都说不清楚，哪还有精力想这些？”

“听着就很麻烦。”

慕瓷叹气：“是啊！”

“你不是很怕麻烦吗？”

“这不一样。沈如归，你相信命运吗？”

“不。”

“我也是，别人都说我不行，但我偏不认命。”慕瓷拢了拢手臂，裹紧毯子，“凉了就别吃了，王叔养了鸭子，倒给鸭子吃也不算浪费。”

“没凉。”

“看着都没有热气了。”

“汤还是温的。”

她看他吃得差不多了，凑过去试探着问：“不难吃吗？”

“还行，吃不死。”

“给我尝一口。”王叔一直在厨房，她做好后都没好意思尝一下味道。

沈如归没让她碰：“凉了，你吃了会不舒服。”

慕瓷：“……”

贺昭说沈如归很好哄，从慕瓷的经验来看，这话不假。不过，他好哄是好哄，在某些事情上的作风却堪称分裂。有时候禽兽不如，有时候又冷静得有些变态，即使把慕瓷折磨得苦不堪言，他那双幽深的眼眸里也没什么可以深究的情绪，只是静静地看着她。

慕瓷累得沾床就睡，迷迷糊糊感觉到好像还泡了个热水澡。

沈如归坐在床边，看她睡得香，就用手捏住她的鼻子。

鼻子不通气，她只能张着嘴呼吸，沈如归低头吻她，等到她憋得满脸通红才让她喘口气，然后又吻住她，如此反复。

慕瓷被惹烦了，一巴掌拍在沈如归手上，翻身换了个睡姿，还嘟嘟囔囔地骂了句“神经病”。

被骂的沈如归却是满眼笑意。

“慕瓷，这世上恨不得我死的人多的是。我活一天，你就可以肆无忌惮地嚣张一天，懂了吗？”

甜言蜜语任何时候都格外让人心动，可人心总是贪婪的，一旦有了开始，想要的东西会越来越多。

上次是顾笙有错在先，所以她根本不敢跟家里人告状，即使受了委屈也只能忍着，但这次不一样，她找慕瓷的事在顾家看来很平常，打她的脸就等于打顾家的脸。

她那个位高权重的叔叔最近刚调回来。

顾笙在沈如归那里受辱，跪下的也是顾家的脸面。

仅仅一个星期，沈如归名下七家产业被查，必须按要求停业整顿。

顾泽找上沈如归的时候，慕瓷正在剧组开剧本研讨会，沈如归在家给她重新组装那个摔坏的乐高玩具。

慕瓷不在场，沈如归并没有之前那么客气，甚至都没有让人倒杯茶。

顾泽也不是来喝茶的："你那点儿脏东西我就当没见过，叔父那边我会打招呼，你的生意也都可以继续做下去，当然，有条件。"

得天独厚的世家公子身上总会有股子傲气。

沈如归脚边卧着一条半人高的藏獒，绒毛颜色很深，但很干净，闻到陌生人的味道，叫了两声，显得凶神恶煞。沈如归拍拍它的脑袋，它又乖乖地坐下去，但眼睛始终盯着顾泽，仿佛就等着一声令下，然后扑过去将对方撕成碎片。

沈如归像是听进去了，又像是满不在乎："比如？"

"让小瓷离开这里。"

"我早说过了，不是我留她，是她愿意留下来的。"

"你耍了什么手段，自己心里清楚。"

"人为财死，鸟为食亡，我为心中的执念耍点儿手段又如何？顾总如果也想要，"他不甚在意，"那就来抢。"

他并不屑于在顾泽面前掩饰对慕瓷的那股病态的执着。顾泽拳头紧握，神色冷漠："你别后悔。"

"后悔？"沈如归笑了笑，"只有弱者才会否定自己曾经的决定。"

是顾泽后悔了。他后悔把慕瓷推向沈如归。

"沈如归，你这是要和顾家为敌吗？勉强一个不爱你的女人，这不是你的行事风格，何必呢？"

沈如归站起身，那条藏獒犬跟着站起来。它喘着粗气，面露凶相，像是下一秒就要扑过去咬断对方的腿。

他说："我偏要勉强。"

第三章

悬崖上的红丝带

陆川是圈内脾气最差的导演，但演员们依旧对他追捧不已。

电影圈有这样一句话：没有陆川捧不红的人。

他年少成名，二十五岁就拿下了导演界最高奖项，现在也才三十岁出头而已，累计票房就已经高达四百亿，再没有第二个人能和他比。

慕瓷进组第一天，就被他当众批评。他不是不允许演员状态差，而是对一些细节要求很苛刻。

周围的工作人员是他的固定团队，大部分都合作很久了，已经习惯了他这样的工作态度。

慕瓷只是刚才那一会儿觉得有些难堪，过去了就想开了：没事没事，人家是天才，有点儿性格才够特别。

“别多想，陆导从来都是对事不对人，绝对不是对你有意见，只是单纯觉得刚才那个镜头演得不行，没有达到他的要求而已。”

慕瓷心想：姐姐，您这么说更伤人好吗？

“不会多想，是我台词没背熟，陆导要求严格是应该的。”

今天的戏份结束得晚，散场时没有外人在，慕瓷泄气地躺在沙发上。

方方回头看到她毫无形象的衰样，瞬间抓狂：“你是即将爆红的女演员，请注意自己的仪态，给我坐起来，背挺直！”

慕瓷白眼一翻，换了个更舒服的姿势：“红个屁，搞不好明天就要滚出剧组了。”

“不许说脏话。”方方一巴掌拍在慕瓷的肩膀上，给她“打鸡血”，“你丧什么丧？没有可塑性的演员，陆川是不会多费口舌的，他骂你，就是对你还算满意。他缺钱吗？缺赞助吗？缺曝光率吗？他什么都不缺，能签你就说明你的演技在他这里过关了。”

慕瓷演过各种各样的配角，基本功没的挑，经验也算丰富，只是一直没有一个机遇而已。

“毕竟是第一天，出点儿错没什么大不了，放轻松，别紧张，‘美艳小妖精’这种人设你完全可以本色出演。”

几年龙套不是白跑的，演技当然不是问题，她今天确实是紧张了。

“小瓷，你缺的是机会，现在机会找上门了，难道你要为了那点儿自尊一辈子被顾笙踩在十八线摩擦？自尊能当饭吃吗？自尊能换成钱支付你奶奶的医药费吗？自尊能让你大红大紫吗？都不能！”

慕瓷不缺长相，不缺实力，很多时候却连句台词都混不上，因为大家都不愿意为了一个随时都有可能被换掉的小角色得罪顾笙。

看破不说破，谁都知道，得罪顾笙，就是得罪顾家。

“现在有人愿意捧你，并且有能力捧你，咱们就应该铆足了劲儿往前冲。我就奇怪了，那天你在顾笙面前还挺拎得清，怎么人后这么没出息？唉，其实不怪你，我见着陆导也有点儿发怵。”

方方一旦开始精神教育就停不下来。

慕瓷默默地开始换衣服。

终于讲完八百字小作文的方方歇了口气，跑了几步追上慕瓷，偷瞄她脖子上的那个吻痕。

“今天早上送你来剧组的是贺家那位处于叛逆期离家出走的小少爷吧？慕小瓷啊，你到底背着我跟谁好上了？”

慕瓷：我听不见，我什么都听不见。

“公司那边不约束你的私人感情，但是如果被媒体拍到了，你得想好怎么处理。”

“知道了，你放心吧，我心里有数。”

贺昭的车就在剧组外面停着，慕瓷坐进去就把车门锁了，隔着车窗看到方方笑得一脸猥琐。

贺昭启动车子往外开：“今天累死了，慕小瓷，叫声‘哥哥’。”

慕瓷拿出手机，点开通信录："好啊，我打电话给沈如归，让他听着我叫。"

"开玩笑开玩笑！"贺昭立马抢走慕瓷的手机丢到后座，一声接着一声叹气，"沈哥竟然能做出让我来剧组给那群人送吃送喝这种事，真是活得久了什么都能见到。"

慕瓷愣住了。

难怪刚才下班的时候工作人员人手一杯咖啡、一份甜点，见着她还跟她说"谢谢"。

"还有，黑子明天会开一辆房车过来，你拍戏间隙就有个清静点儿的地方休息休息了。慕小瓷，你可得有点儿良心，陆哥那边不需要我们客气，这都是为你。沈哥今天心情不好，你回去别故意惹他生气，你是没事，倒霉的可是我们。"

慕瓷转过头，继续喝水，小声吐槽了一句："他天天心情不好。"

"所以你得哄着他点儿啊，他好你好大家好，谁都没烦恼。"

"我不要，我没惹他。"

"别这么无情嘛，小瓷瓷……"

"你好恶心！"

沈如归不在的时候，整个园子都是慕瓷的，他在也一样，因为他不管，她就算把房顶掀了也没人管她。

除了三楼书房，慕瓷还有一个地方不能去。

主楼只有沈如归和慕瓷，连王叔都不住主楼，黑子和他那些兄弟也都有自己的住所。距离主楼最远的一栋小楼没人住，慕瓷有一次无聊逛到了那里，黑子还挺生气，但不敢骂她，回去的路上瞪了她一眼又一眼，慕瓷都担心他眼睛抽筋。

慕瓷以为里面养了什么，从屋里传出的声音听着像狗叫声。黑子只是警告她以后少往这边逛，其他的一概不提。

沈如归对他们其实没那么多规矩，平时大家没事聚在一起吵吵闹闹，沈如归虽然嫌烦让他们滚蛋，但也只是嘴上说说。

今天园子里过于安静了。

贺昭把车停在小楼旁边的路上。小楼大门紧闭，看不出里面到底开没开灯，凉风吹过来，空气里好像有一股淡淡的血腥味。

慕瓷才意识到，贺昭刚刚不是在跟她开玩笑。

“发生了什么？”

贺昭收起那副吊儿郎当的模样，神情是少见的严肃，只简单地说：“有人管不住嘴，抖了点儿事出去。”

“那……他有麻烦了吗？”

“那点儿破事算个屁，姓顾的……呸！”贺昭及时闭嘴，骂了句脏话。

慕瓷没听清：“什么？”

“我说，沈哥最不能容忍的就是背叛，损失的那点儿钱不算什么，但那家伙触及他的底线了。”

贺昭知道什么能说，什么不能说，点到为止，慕瓷应该懂。

“如果沾上人命，就真的麻烦了，但没人敢进去劝。”贺昭挑眉笑了笑，“小瓷瓷，靠你了。”

他说完，下车往外走。

慕瓷跟着下车：“你干什么去？”

“去找个没人的地方等着挨揍。”贺昭背朝着慕瓷摆了摆手。

他把沈哥的小宝贝带到这里来，沈哥肯定不会放过他，他估计又得在床上躺一个星期。

“唉，天将降大任于是人也，必先苦其心志，劳其筋骨，牺牲我一人，幸福千万家。”

贺昭走是有原因的：他待在那里就等于在给慕瓷施加压力，所以他把选择权交给慕瓷。她也可以当作什么都不知道转身就走，反正在这里的时间不短了，路都熟悉，丢不了。

小楼里一点儿声音都没有，阴森森的，慕瓷虽然不至于害怕，但也觉得瘆得慌。

脑袋里一直有个声音告诉她，不要管，不要进去，不要插手，长久不了的事就不要有开始，这是沈如归的事，和她无关。

可在试图找一个理由说服自己之前，她就已经推开了那扇门。

屋里空旷，没有窗户，四面幽闭，就算开着灯，光线也昏暗。

慕瓷只看到地上躺了个人。

还好还好，那个人还活着。

他身边站着一条藏獒，藏獒嘴边的毛发湿漉漉的，看起来凶神恶煞。

沈如归在最暗的地方，背对着门的方向。

“找死？滚。”

刚入秋，慕瓷却打了个寒战：“沈如归，是我。”

沈如归回头，看到他的小女孩站在门口，路灯在她身后，她像是融在光里。

贺昭是活腻了吗？

半分钟后，沈如归拿出手帕，将每一根手指擦干净，从黑暗里走出来，关上门，隔绝了屋内的一切。

沈如归问慕瓷：“剧组好玩吗？”

“不好玩，我被骂了。”慕瓷把自己的手放进男人的手心，过了几秒，另一只手也缠上去，抱住他的手臂，“陆导好凶啊，真是一点儿面子都不给你，明知道我和你关系不一般，居然还当众骂我，我丢死人了，好气好气。”

她很少主动，更别说撒娇，沈如归也不拆穿，由着她拉着离开小楼。

“骂你什么？”

慕瓷哼了一声，瘪着嘴说：“骂我没长脑子，我气死了。”

沈如归低笑：“他已经是客气的了。”

慕瓷只好当没听见，接着说：“他还嫌我胸小，说我不性感，不像狐妖！这简直是对我人格的侮辱。”

沈如归停下脚步，目光从她脸上往下移动。“陆川怎么回事？你在剧组拍的什么戏？不能拍就别拍了。”

慕瓷：“……”

陆导，对不起。

慕瓷为了上镜好看，每天全靠“吃草”续命，晚上也忍着不吃夜宵。

她不吃，但会记得让沈如归吃，因为他总是不按时吃饭。

今天的夜宵很简单，还是一碗面、两道菜，但怎么都做不出那天的味道了，沈如归也没吃太多。

慕瓷洗漱完躺在床上背台词。沈如归进屋，她听到声音，就掀开被子坐起来，把衣服往肩膀下面拉了一点儿，又拉了一点儿。

“我性感吗？”

沈如归顿了两秒，神色如常地关上房门：“差一点儿。”

慕瓷虚心求教：“差在哪一点？”

沈如归摘掉眼镜：“露少了。”

慕瓷低头看了看：“不少……吧？人家都说隔着一层朦朦胧胧的雾比一眼看到底更让人印象深刻。”

他边走边解睡衣扣子：“知道还问。”

慕瓷笑笑：“因人而异嘛，大部分人代表不了你和陆导这种特例。”

“我和他什么时候成一类人了？”

“你这个人好较真，我就随口一说。”

“那就别说了，做比较实际。”

凌晨一点半，陆川被手机振动声吵醒。

他有严重的失眠症，很多时候都只能靠安眠药入睡，但是电影开拍后，他的手机会二十四小时开机，否则也不会让沈如归在这个时间烦他。

“你有病？”他被吵醒后会更难入睡，所以开口就不是什么好话。

“火气这么大。”沈如归笑了笑，不紧不慢地说道，“哦，没有夜生

活的男人晚上下班早，十点就睡。”

慕瓷睡得沉，在被褥里缩成小小的一团。沈如归披了件睡袍走出卧室，关上门，走廊里开着灯。

“抱歉，我没有这个概念，打扰到陆导休息了。”

即使隔着半座城市，陆川也能想象到电话那端的沈如归是副什么样的丑陋嘴脸。

陆川被气笑了，讽刺道：“不就是有了个女人，你至于吗？用不用再给你送个扩音器，站在望江大厦楼顶喊？”

“低调低调。”沈如归点了根烟，“我这个人还是很重义气的，好兄弟的女人跑了，整晚失眠还得吃药，我却在他面前秀恩爱，实在是不忍心。”

空气陷入死一般的寂静。

两分钟后，陆川睁开眼睛，那点儿残存的睡意散得干干净净。

“有事说事，没事滚蛋。”

“第一，慕瓷是去跟着你拍戏的，不是去受委屈的。上次她就在你的地方被欺负了，只不过她不说，我就当不知道，毕竟我忙，没空找你算账，但别再有第二次。第二，你骂两句就行了，我都舍不得骂。还有……”

烟雾缭绕，沈如归垂着眸，侧脸轮廓看上去格外冷厉。

“慕瓷是长得跟她有那么一丁点相像，但慕瓷是慕瓷，她是她，你管好自己的眼睛，不该看的就别乱看。”

没人知道，陆川有过一段婚姻。

一个星期后，贺昭才又去剧组接慕瓷。

他表面看着没什么，还是那张随处都能招蜂引蝶的脸，但是慕瓷偷偷从背后拍了他一巴掌，他瞬间疼得嗷嗷叫，显然是被揍过。

“小点儿声。”慕瓷捂住贺昭的嘴，“我问你，那个人……没事吧？”

贺昭不以为意：“能有什么事，沈哥有分寸。”

“那你还让我去拦住他，”话音未落，慕瓷目光不善地看着对方，“你要我？”

贺昭打方向盘拐弯：“沈哥做事不需要我们担心，那天晚上叫你去拦，就是想试试你到底值不值得……”

他的话只说了一半。

慕瓷蹙眉：“值得什么？”

“没什么。”贺昭笑笑，“你啊，还算有点儿良心。”

慕瓷听得云里雾里，正要问他，手机振动声突然响起。

是医院打来的电话。慕瓷心一抽，莫名地紧张起来。

贺昭瞟了她一眼：“谁啊？”

“嘘。”慕瓷让贺昭别说话，按下接听键，把手机拿到耳边：“奶奶。”

“小瓷，你还在忙？”

“我刚下班。奶奶今天怎么样？有不舒服吗？”

“都好，都好，就是有段时间没有见到我孙女了，很想她。”

慕瓷笑着说：“那我转告她，让她去看奶奶。”

老太太的手术费高，术后休养也需要钱，慕瓷赚的那些片酬几乎都花在了医院，但她也没办法时时刻刻守在病床边，只能请护工。

老太太瘦得厉害，掀起病号服的袖子，胳膊简直就是皮包骨头。

慕瓷挤出笑脸，推开病房门：“奶奶。”

“又瘦了。”

“真的啊，太好了，那说明我减肥还算有点儿成效。”

“天天减肥，身体怎么受得了？”

“不是天天减，就是有工作的时候减个一两斤，别人都觉得没区别，只有奶奶看出来了。”

老太太高兴，拉着慕瓷说了很多话。同病房里还住着一个病人，要年轻一些，一辈子没结婚，无儿无女，父母也早就过世了，平时不觉得孤单，但病来如山倒，住院几个月，连一个来看她的人都没有，这时就非常羡慕老太太有个好孙女。

慕瓷在医院，就没有让护工帮忙，而是自己给老太太擦身体。

“奶奶快过生日了，有什么愿望吗？”

“都一把年纪了，哪还有什么生日愿望，我只盼着你和小顾两个人好好的。你们好，我就放心。不要买什么，你们俩一起来看看我就行了。”

慕瓷没有告诉老太太她和顾泽分手了，也不知道该从哪里说起。

“我晚上问问他，奶奶，他如果没时间，您可别生气。”

老太太笑着说：“能来看看我，我会很高兴，不能来也没关系，年轻人工作都忙，忙点儿好。”

慕瓷去住院部的时候，贺昭在车上等她，也不知道她跟老太太聊了些什么，就觉得她出来之后不太对劲儿，情绪有点儿低落。

慕瓷一路上都没说话，到家后下车没走几步就突然停下来，贺昭差点儿跟她撞上。

慕瓷以为沈如归不在家，但……他不仅在，身边还有个女人，一个相当美艳的女人。

天气已经变冷了，但那个女人穿得格外清凉，长发烫成大波浪，看沈如归的眼神都带着钩子。

“她是谁？”

贺昭有点儿蒙：“不知道，没见过。”

慕瓷没再问，转身从小路走了，从侧门进屋。

贺昭看了看慕瓷走的方向，又看了看沈如归。

这……真是令人费解。

等那个女人走了，贺昭走到沈如归身边，添油加醋一顿说：“沈哥，你家小宝贝刚才全都看见了，那个脸色啊……啧啧，肯定是误会你喜新厌旧，这会儿搞不好躲在哪个旮旯哭呢。”

车开进来的动静不小，沈如归怎么可能不知道？

“你想多了。”

贺昭：“哎嘿？”

“她不仅不会哭，还会开心地跳起来，想着终于能摆脱我了，正快乐地收拾行李准备离开。”

“不可能！慕小瓷虽然没心没肺，但是……”

沈如归没兴趣听贺昭啰唆：“要赌吗？”

贺昭觉得可能有陷阱：“赌？赌什么？”

“如果我猜错了，我叫你大哥；我猜对了，你闭嘴一个星期，多说一个字就自己把舌头割掉。”

贺昭：“……”

二楼主卧房门大开，门口摊着两个行李箱，慕瓷背对着他们，正风风火火地往里面扔东西。

衣服、鞋、化妆品全都被一顿乱扔，她的脸上明明白白写着“迫不及待”四个字——迫不及待想要飞出这个牢笼。

“不要着急，再给我十分钟，再多十分钟，我就能把卧室腾出来，绝对不留一根头发，我可以的！”

贺昭：“……”

他忽然觉得舌头一阵疼是怎么回事？

这两个人绝对是在合伙阴他！

沈如归掐灭手里的烟走进卧室，贺昭被关在门外。

“累死了，”慕瓷直接坐在行李箱里，“我先歇一会儿。”

其实她住进来的时候连一件内衣都没带，这里所有的东西都是用沈如归的钱买的，不带走等于白折腾这么久，她多亏。

“但是衣服太多了，箱子好像装不下，能不能借我辆车啊？”慕瓷想的是直接把车顺走，车库里随便一辆都非常可以。

等等，哪里不太对？

“你你你……”慕瓷指着男人的手都在颤抖，“沈如归你脱衣服干什么？”

衬衣扣子太多，沈如归解开三四颗之后就没这个耐心了，俯身把慕瓷从行李箱里抱起来。

“晚饭还没好，我先吃一口饭前甜点。”

慕瓷：“……”

他要不要脸啊？！

“你不是有长腿细腰的大美女了吗？怎么不去找她……呸！”酸溜溜的话脱口而出，慕瓷反应过来之后恨不得当场咬舌自尽，“沈如归你别咬我……呜呜……你这个浑蛋简直丧心病狂，没人性，光天化日朗朗乾坤欺负无辜弱小温柔美少女，我要报警了啊……”

“省省力气。”

慕瓷气得想踹他。

饭前甜点，当然要慢一点儿，一口一口地吃进去。

他并不温柔，弄疼她后才停下来，脸上一本正经，想了想，问出这么一句：“慕瓷，你是不是过了发育的年纪？”

慕瓷吼道：“嫌小就找大的去！”

慕瓷的脾气上来了，挣扎着踹了沈如归一脚，直接摘掉他的眼镜扔远了。

扔完她也不动了，随便他。

两分钟后。

“就说你今天胆子格外大，处处挑衅，我还以为你去了趟医院就不想活了，原来是在这儿等我呢。”

慕瓷被他盯得浑身不自在：“生理现象也不是我能控制的，肚子好疼，要不行了，痛经真的很难受，没骗你。”

真正的勇士敢于直面强权。

“你就只顾自己，到底还有没有人性……”

她话没说完就被沈如归扔上床，用毯子卷成了一条毛毛虫。

慕瓷偷笑，却被他抓个正着，果不其然，他的脸色更难看了，头顶仿佛冒着一团黑气。作死的慕瓷嘴角上扬的弧度都来不及收回去，以为自己这次死定了，然而只是被他抱起来捧着脸狠狠地亲了一下。

一直到第二天早上，沈如归都没跟慕瓷说半句话。但餐桌上多了一样东西：红糖水。

也不知道他从哪儿知道红糖水能缓解痛经，虽然事实上并不能。

过来蹭饭的贺昭一进门就发现气氛不太对：沈如归面无表情，一身凉意，而坐在他对面的慕瓷春光灿烂，眉开眼笑，吃嘛嘛香。

怎么跟他想的不一样？

“嘘——”慕瓷顺手往贺昭嘴里塞了个肉包子，托着腮，笑眯眯地问，“知道电影里那些路人甲、路人乙通常都是怎么死的吗？”

贺昭咬着肉包子，茫然地摇了摇头。

慕瓷微微一笑，小声说：“他们啊，都是死于话多。”

贺昭：“……”

沈如归拿着车钥匙出门，贺昭连忙跟上，一桌早饭，他就吃了个肉包子。

“拜拜。”慕瓷送他们到门口，“开车注意，一路平安，早去早回，天天开心。”

太欠抽的下场就是被溅了一身泥，幸好她穿了一件比较耐脏的衣服。

沈如归去哪里、去干什么、去见谁、要去多久，慕瓷从不过问。

她只是早上看到王叔帮沈如归收拾行李，猜测他应该是去外地。

拥有自由生活的慕瓷快乐似神仙。

在剧组，陆川对她还是那副态度，关掉摄像机之后就跟个陌生人似的，有事也是助理来传话，慕瓷怎么想都不知道自己到底哪里得罪过他。

10 月 23 日是老太太的生日。

慕瓷拖到今天也没敢告诉老太太她和顾泽分手了。

本来老太太不愿意做手术，因为知道自己就算做了手术也没有多长时间能活，加上手术费凑不够，只能借，她怎么舍得让慕瓷把后半辈子全耗在她身上，慕瓷还那么年轻，家里的债也才刚还清。

后来，是顾泽告诉老太太，慕瓷和他在一起了，钱不是问题，有他。

老太太对顾泽是感激的。上次慕瓷去医院，老太太说起顾泽，慕瓷满口都是“他对我好着呢”“他工作忙”“下次一定和他一起来看奶奶”。

撒了第一个谎，就要用另一个谎去圆第一个谎。

慕瓷捂着脸叹气，不想去求顾泽。

方方眼尖，先看到顾泽的车，暗暗戳了戳慕瓷的胳膊提醒她。慕瓷抬头看过去，见顾泽下车朝这边走过来，方方识趣地回避。

慕瓷坐在藤椅上，没主动打招呼，等着顾泽先开口。

顾泽走近后微微俯身，伸手拿掉落在慕瓷头发上的一片枯叶。

“今天是奶奶的生日，我之前答应过你陪奶奶吃顿饭。”

“有这事儿？”她装糊涂，“我不记得了。”

顾泽笑了笑：“小瓷，你还是老样子。”

剧组人多口杂，工作人员来来往往，顾泽却没有躲着藏着的意思。

慕瓷已经拍完今天的戏份，卸了妆，一张小脸干干净净，目光冷淡，顾泽在她眼里看到了自己的影子。

有那么一瞬间，顾泽好像忘了这几个月发生的事情。仿佛他们之间没有隔阂，有的只是年少相识的纯粹和多年后重逢的情意。

他偶尔绕路去见她，她会很高兴；他亲亲她，她的耳朵就会红透，满天星辰像是碎在她的眼里。

慕瓷皱眉，扭头避开了他的触碰：“顾总，你什么意思？”

顾泽很快清醒，眼底的情绪转瞬即逝：“没什么意思。”

他站直身体，含笑凝视着慕瓷：“我不来，你也会去找我的。”

老太太唯一的牵挂就是小孙女。她才刚毕业，人生也才刚开始，却孤零零的，有个人照顾她，老太太才能放心。

慕瓷和顾泽青梅竹马，慕瓷喜欢顾泽那么多年，终于得偿所愿，老太太知道两个人在一起的那天，既高兴又欣慰，虽然眼泪没停过，但一整晚都是笑着的。

所以，慕瓷怎么都不可能在这个时候告诉老太太，他们分手了。

“少往自己脸上贴金了，我才不会……”

“你会。”顾泽温和地笑。

“别自作聪明，你以为你是谁啊，什么都能猜对。”

顾泽也不戳穿，只是笑看着她。

慕瓷讨厌他这副嘴脸：“而且我早就跟奶奶说过，咱俩性格不合，一拍两散了，还吃什么饭，看见你就倒胃口，胃里的隔夜饭都能吐出来。”

顾泽说：“如果真是这样，你压根不会理我，在我下车之前就走了。”

慕瓷：“……”

认识太久的人就是不好糊弄。

她在顾泽面前是赤裸的。

他知道她撒谎的时候会有什么小习惯，也很了解她的软肋。

僵持两分钟后，慕瓷一败涂地：“说吧，什么条件？”

顾泽叹气，似是无奈：“小瓷，我是真心想陪奶奶过个生日。”

慕瓷听了想笑。

真心？

他有心吗？还真心呢。

他这种天之骄子，走到哪里都是被捧着哄着的对象，从来都是别人讨好他，他觉得自己给出一点儿耐心，这就是真心了。

“顾泽，你这是在弥补对我的亏欠吗？”慕瓷笑着问他，“想两清？”

“不想，”顾泽神色不变，“你和我两清不了，我不想，你也别想。”

她又问：“那你是不是真的特别特别特别愧疚啊？是不是只有我收下你的补偿，你才能心安？”

之前她不想让他好过，想着等她事业和感情都有了，他还在为曾经对不起她而愧疚，晚上失眠，白天烦心事一件不少，这样才好。但现在她觉得没必要了。

“那好，我收下，你心安了，以后就不要再来找我，咱们井水不犯河水，你管好自己，我管好我，谁都别越过界限。”

顾泽听得懂她话里的意思。他想借老太太生日的机会拉近彼此之间的距离，她却把这顿饭当作他们之间彻底两清的起点。

“小瓷，你不想我去见奶奶可以直说。”

“我说了你又不相信，说了也白说。我同样很不想看见你，你不照样总出现在我面前？”

慕瓷给顾泽时间考虑。

她明知道，他今天不去医院，老太太肯定会猜测他们之间的感情是不是出了什么问题，因为这段时间她每次都是自己去，如果连生日这天他都抽不出一两个小时去医院看看，怎么都说不过去，就算她有借口，老太太也会觉得他不重视她。

“想好了吗？”

顾泽打开车门：“上车吧。”

这就是答应了。

慕瓷坐上车，不说话，顾泽也没有刻意挑起话题。

到了医院病房，进门之前，顾泽牵住了慕瓷的手，慕瓷想甩开，却被他握得更紧。

“奶奶。”

“小顾？”老太太十分惊喜，“小瓷说你工作忙，出差了，怎么……”

“没那么忙，提前回来了。”顾泽也不拆穿慕瓷的谎言，牵着她走到病床边，“奶奶最近感觉身体怎么样？”

老太太看着两人牵在一起的手，笑着点头：“好，都好。”

“我去跟医生打声招呼，带奶奶出去吃顿饭。”

慕瓷没想到他会来，所以订了蛋糕，准备早点儿回去做几道菜带到医院，就在病房里简单地过个生日。

老太太一直待在病房，最多让护工推着轮椅去住院部楼下晒晒太阳。

她看着奶奶满是希冀的眼神，拒绝的话就说不出口了。

老太太怕耽误他们的事：“很麻烦吧？”

顾泽从助理手里接过提前买好的衣服，放在床尾："不麻烦，等我一会儿就好。小瓷，你帮奶奶换衣服。"

慕瓷点头："嗯。"

顾泽去找医生，慕瓷拉上帘子，老太太夸顾泽细心，她心不在焉地点头。

老太太问："吵架了？"

慕瓷笑笑："没有，就是来的路上拌了几句嘴。"

"偶尔吵吵没什么，你们俩都还年轻，要互相体谅，互相理解。工作忙，平时见一面都不容易，时间却用来闹别扭，多不划算。"

"知道了，听奶奶的。"

顾泽订了包厢，环境清静，视野开阔，能看到很漂亮的城市夜景。

老太太忌口，吃不了太多食物，但能走出医院看看，她也是高兴的。

"小顾啊，我这个孙女脾气不好，你多担待。"

"不怪小瓷，是我做事之前没有考虑周全，她生气是应该的。谈恋爱和当朋友不一样，计较得越多，说明我在她心里的分量越重，奶奶放心，我心里都明白。"

老太太对顾泽是满意的："那你们俩有没有结婚的打算？"

慕瓷深呼吸："奶奶，我们还没想……"

"我当然想早点儿娶到小瓷，"顾泽抢过话，握住慕瓷的手，"但也要看小瓷什么时候才能答应嫁给我。"

他深情款款地看着慕瓷，老太太的目光也落在慕瓷脸上。

慕瓷笑不出来，顾泽又很体贴地为她化解尴尬："看样子，我还需要继续努力。而且小瓷还小，我能等。"

回到医院，老太太拉着顾泽说了好多话，慕瓷在旁边陪着。十点多了，再晚会影响临床的病人休息，老太太才恋恋不舍地让他们回家。

出了门，慕瓷就甩开顾泽的手，脸色也没那么好看了。

刚才，顾泽又答应下次老太太化疗的时候陪慕瓷过来。

顾泽身高腿长，几步追上，两人一起进了电梯。

电梯里有其他人，慕瓷忍着没说话。下楼走到没人的地方，顾泽主动开口解释：“奶奶身体不好，难得一起吃饭，我总不能当面告诉她：我们分手了，都是演戏而已。”

“别以为我不知道你心里在想什么。”

“那你说，我在想什么。”

慕瓷移开目光，懒得跟他多说：“顾泽，你适可而止。”

物极必反，顾泽了解慕瓷，把她逼得太狠，她只会离自己越来越远。

“上车，我送你。”

“用不着，”慕瓷把西装外套还给他，“我自己回去。”

在漆黑的角落，有一抹亮光闪现。

助理眼尖，看见了躲在车后面的狗仔。

慕瓷拦了一辆出租车，上车扬长而去。顾泽眸里的柔情淡去，将外套搭在臂弯。

名门世家的贵公子，淡漠矜贵。

助理毕恭毕敬地问：“顾总，不知道是哪家报社，要不要我过去……”

顾泽收回视线：“不用管。”

“好的。”

回去这条路越走越偏，平时有人接送，慕瓷习惯之后就不觉得害怕了，而且司机都是沈如归身边的人，她有几次下班晚，都能在车上睡着。

她还是第一次坐出租车回去。

司机不说话，车里静悄悄的，慕瓷难免有些紧张，连手机响一声都会被吓一跳。

贺昭发消息说沈如归现在闲着，孤独求骚扰。

慕瓷存了沈如归的电话号码，但拨通之前想起贺昭不久前坑过她一次，虽然沈如归很能给人安全感，给他打电话能缓解心里的紧张，但她最后还是放弃了。

慕瓷从来都没有主动联系过沈如归。

沈如归联系她的次数也是少之又少，仔细想想，也就只有那么一次。

还有十几分钟的路程，慕瓷试着跟司机聊天，刚聊了两句，贺昭的电话就打了过来。

“什么事？”

贺昭打开免提：“没事，就是替想你的某人打个电话问候一下你这几天好不好。”

“想我的某人为什么不自己打电话？”

“想你的某人害羞嘛！你也真是，一点儿都不主动。”

“想我的某人不知道主动，凭什么我主动？”

两个人谁都不肯退一步，贺昭在中间调解，很不容易：“好好好，你们各自高贵，我主动总行了吧。”

他把手机放在桌上，装作若无其事的样子，起身走远了些。

电话那边好一会儿都没有声音，慕瓷不耐烦地道：“不说话我就挂了。”

沈如归关掉免提。

“脾气这么大，谁又惹你了？”

慕瓷说：“声音大，能显得我很不好惹。”

她就是给自己壮胆。

沈如归被逗笑了，慕瓷听着他低低的笑声，就没那么害怕了。

“今天干了什么？”

“就……打工啊！”

“累吗？”

“还行吧，今天的盒饭不错，但我没敢多吃，怕胖。陆导其实挺帅的，跟着他能学到很多，他最近没有骂我，我都有点儿不适应。”

“要睡了？”

“再等一会儿。”

慕瓷还在说话，司机问她：“是前面亮灯的地方吗？”

慕瓷往外看，发现已经到了，捂着手机小声回答：“对，在这里停也行，几步路，我自己走回去。”

“沈如归，我挂了。”

“你现在才回家？出租车？”

他果然还是听见了。

“家里那么多人，你都不知道叫一个去接你？”

“下次就知道了。我这不是安全地回来了吗，你生什么气？”

司机等着慕瓷付钱，她就先挂掉电话。

沈如归看着突然被挂断的手机界面，脸色越来越难看。贺昭也拿不准这两个人又怎么了，只看出来沈如归不高兴，可刚才明明还好好的。

今日头条：顾氏集团继承人的神秘女友曝光，疑似怀孕。

但凡熟悉慕瓷的人，肯定能认出照片里的那个背影是她。也是因为不红，除了之前陆川工作室公开定妆照那段时间，都是查无此人，她才没有在新闻出来后立刻被曝光。

狗仔不是拍慕瓷，目标是顾泽，但网友们的侦查能力不容小觑，眼看着“神秘女友”的真实身份就要被扒出来了。

绯闻满天飞的时候，慕瓷人还在剧组，剧组的出口被媒体记者堵得水泄不通，拍摄被迫停止。

没有哪个记者敢拦陆川的车，慕瓷靠他帮忙才勉强脱身。

陆川开车，慕瓷的坐姿比幼儿园时期还要端正。

“你脚踏两条船？”陆川开口就是王炸。

“我没有，”慕瓷小声辩解，“我也没有怀孕，被拍到去医院是因为……昨天是我奶奶生日，方方也知道，是他们乱写。”

陆川并不关心新闻是真是假，把慕瓷送回去已经是他最大的妥协。慕瓷下车后，陆川当着她的面把副驾驶的坐垫拆掉并且丢进了垃圾桶。

“谢谢”两个字卡在慕瓷的喉咙里，说也不是，不说也不是。然而陆川并没有理会她，更没有进屋喝茶的意思，掉头就把车开走了。

“小瓷。”

夜色笼罩，王叔突然叫她，冷不丁的一声，慕瓷被吓了一跳。

“先生等你很久了。”

“他回来了？”慕瓷莫名地紧张，问完又忽然反应过来，如果不是沈如归打了招呼，她就算被踩死在人群里，陆川也不会皱一下眉头，更别提开车送她。

也就是说，沈如归回来了，并且看到了那些无聊的新闻。

“他什么时候回来的？”

王叔说：“下午四点左右。”

慕瓷连忙拿出手机看时间。今天的戏份没拍完，耽误了进度，她挺抱歉的，但现在顾不上想这些了。

“先生在三楼的影像室，让你回来之后上去找他。”王叔提醒她，“小瓷，先生好像生气了，你见到他好好说话。”

慕瓷含糊地点头。

她当然知道沈如归为什么生气。

王叔说完就出去了。关上门之后，整栋楼静悄悄的。

慕瓷站在影像室外，闭着眼睛深呼吸，犹豫了一会儿才轻轻敲门：“沈如归，我进来了？”

没有得到任何回应，慕瓷轻轻把门推开一条细缝，往里看。

房间里没有开灯，只有投影在墙壁上的电影画面发出淡淡的光，空气里弥漫着一股浓郁的酒味。慕瓷往里走，先看到桌上的酒杯，然后是一截红丝带。

坐在沙发上的沈如归仿佛和黑暗融为一体。

慕瓷转身就往外跑，到门口的前一秒，房门自动落锁，严丝合缝，她的指甲折断了一截也没能推开。

身后的脚步声越来越近，越来越近，直到男人冰凉的手摸到她的

后颈。

慕瓷双腿发软，身体顺着墙壁往下滑，直接坐在地上。

“跑什么？”沈如归背对着投影仪，俊脸隐藏在阴影里，唇边淡淡的笑意并不明显。

他在慕瓷面前蹲下来，捏着她的小脸抬起，指腹在她的唇边缓缓摩挲，跟逗猫似的：“不想看见我，还是，我又一次平安回来了，宝贝很失望？”

“没有！”慕瓷否认得快，只是脸色微微发白，“我没有那么想，沈如归，你能不能别这么阴暗？”

“我阴暗？”沈如归低声笑了笑，“那么，在宝贝心里，谁是明亮的？你那个前男友？”

巨大的压迫感笼罩下来，慕瓷仿佛被一张巨大的网困在角落，网越收越紧，让她喘不过气。

“沈如归，”慕瓷强自镇定，“你讲点儿道理。昨天……昨天是奶奶的生日，你在外地，我就没有告诉你。至于顾泽……”

她想解释和顾泽的绯闻，但沈如归没有耐心听，点了点头，轻描淡写地说道：“那以后就别再去医院了。”

简单的几个字，慕瓷却如同被推进冰窖，整个人僵硬无比。

“凭什么？我是人，不是你的宠物，你凭什么限制我的自由？”

沈如归被逗笑了：“凭什么？”

他摘掉手表，将慕瓷拉起来。

他如同一个狩猎者，居高临下地看着被困在笼子里的猎物拼命地做无谓的反抗。

“沈如归你个神经病！无耻！这么欺负女人，你还是不是男人？”

慕瓷还在骂，沈如归笑着在她的额头印下一个轻吻。

她的身体突然僵住，显然是后悔了——她不应该在这个时候来，还骂他。

“怎么不骂了？”沈如归轻笑。

因为慕瓷知道害怕了。更准确地说，是从走进房间看到沈如归的那一刻起，她就有了畏惧的心理。

她的头垂得很低，手指紧紧地抓着男人的袖口，双眸紧闭。

“我错了，沈如归我错了，我不该骂你，我也不该瞒着你和他见面，我跟你道歉，对不起，对不起，你别生气。奶奶见不到我会担心的，求你……沈如归，我错了，我真的知道错了，你别这样好不好……”

“还喜欢他吗？”

“不喜欢。”

“看着我说。”

慕瓷抬头对上男人似笑非笑的目光，低声重复那三个字：“不喜欢。”

她自觉问心无愧，也没有犹豫，但沈如归似乎并不相信。

第四章

暗里着迷

慕瓷发烧了。

以前她总和方方开玩笑说自己壮得像头牛，在剧组跑龙套当替身的时候，在结冰的水里泡几个小时都没事，洗个热水澡照样生龙活虎地继续跑下一场。

平时很少生病的人，一旦病了，情况就会很严重。她烧得神志不清，连眼睛都睁不开，白天都在浑浑噩噩地说梦话，到了晚上更糊涂。医生进了卧室就没出来过。

贺昭找遍了园子，才在一间训练室里找到沈如归，地上躺着几个陪练，个个都是一脸苦瓜色。这根本不是陪练，纯粹是单方面被殴打。

陪练看见贺昭过来跟见了救星似的，贺昭叹气，使眼色让他们赶紧溜。

贺昭虽然没有亲眼看见昨晚慕瓷回来之后发生了什么，但大概能猜到。

慕瓷混的是娱乐圈，顾泽在媒体前亲口承认慕瓷是他女朋友，就等于现在全网都知道了他们是一对，并且已经在商量婚期了。

“沈哥，你说你……唉，这是何必呢？”

虐老婆一时爽，最后还不是自己心疼？

沈如归的心里堵着一团火焰，那团火横冲直撞，越发泄烧得越旺盛，他三两下就把贺昭放倒了。

贺昭揉着肩膀躺在地上哀号。

“对她好没用，所以只能让她记着，一辈子都忘不掉。”

沈如归换好衣服往外走，贺昭看着直摇头。他真是搞不懂。

贺昭站起身，跟着出去："慕小瓷高烧不退，不吃药也不打针，再拖就要烧成傻子了，你真不去看看？她一直在哭，我听着都挺难受的。"

慕瓷从小到大没生过什么大病，老太太总说这是她的福气，所以她觉得感冒发烧这种小病睡一觉就好了。

但这一觉她睡了很久。

她知道自己一直在梦里，可怎么都醒不过来。

梦里各种光怪陆离的画面交替出现，有很多人，有的陌生，有的是她那些所谓的"亲人"，说她不配姓慕，说她丢慕家的脸。

曾经的慕家，即使是顾泽也高攀不起。

可她早就不是被爸爸捧在手心里的公主了。

要还债，要给奶奶治病，要生活，她没有办法，只能紧紧地抓住一根救命稻草。

沈如归走进房间的过程中没有发出声响，但他的手刚碰到慕瓷的脸，她就惊醒了。

慕瓷洗澡的时候天还亮着，外面开始下雨了，再睁眼时，外面已经黑了，雨也大了。

她习惯趴着睡觉，怀里抱着枕头更有安全感，生病之后，她完全把自己藏在被褥里，医生根本没办法给她打针，药也喂不进去，只能用酒精帮她擦擦额头。白天还好，到了晚上，她烧得更厉害了。

明明刚醒，一会儿她就又昏睡过去，根本不听旁边的人说话。

贺昭是看不过去了才去找沈如归，否则，这种感情上的事他也不愿意掺和。

"你干什么？"她的喉咙哑得厉害，鼻音很重，像是想把自己藏起来，"这也不行，那也不行，难道我连睡觉都不行？"

沈如归坐到床边把慕瓷抱起来，捏住她乱动的双手："把药拿过来。"

医生连忙把剂量合适的药递过去，贺昭顺手递了杯水。

慕瓷烧得浑身没力气，水喂到嘴边，她闭上眼睛扭头躲开，水泼了沈如归一身。

“沈如归，”她其实不想说话，因为喉咙太疼了，“我怕你。”

沈如归垂眸凝视着女人憔悴苍白的脸，许久才开口：“怕我？”

“对，我怕你，”慕瓷神色恹恹，声音也低，“所以不敢吃你给的药。发烧只是头疼而已，虽然难受，但还能忍，你给我的，我害怕。”

沈如归听完后，眼里没什么情绪波动，只是把药片喂到嘴里，没有喝水，全部吞了下去。

他的动作太快，贺昭没拦住：“正常人吃退烧药会不舒服吧？”

沈如归头都不抬，让医生准备一份和刚才一模一样的药。

他看向慕瓷：“现在可以吃了？”

他眼里的血丝比慕瓷还要多，却平静得像一摊死水。

“可以。”慕瓷移开视线，慢吞吞地坐起来，接过水杯，把药吃了。

医生在旁边低声说：“最好再输个液。”

慕瓷当没听见，手脚都往被褥里缩。

沈如归握住慕瓷的右手，把缩到手肘的睡衣袖口拉下来，遮住那些她不想被人看见的东西。

“轻点儿。”

医生赶紧准备，弯着腰，先拿棉签帮慕瓷的手背消毒。

外面下着雨，卧室里除了雨声，没有其他声音，静悄悄的。

慕瓷知道自己拗不过沈如归，懒得白费力气。

第一针扎进去，鼓包了，只能重新来。

“慕小姐，您放松……”

眼睛被沈如归的手捂住，慕瓷就看不到那根尖尖的针头了，看不见，反而没那么害怕，第二针很顺利。

慕瓷断断续续病了一个星期，一直是睡睡醒醒的混沌状态。她向剧组那边请了假，手机也关机了。

第一天，沈如归回来让她吃药打针。那之后，他又回来睡过一晚，

然后就再也没有露过面。

慕瓷几乎没出过房门，园子太大，虽然沈如归这几天其实都在，但只要不来主楼，慕瓷就看不见他。

雨下了一个星期，天终于放晴了。

慕瓷闷在房间里都快发霉了，王叔劝她去外面晒太阳，说今天天气好。

慕瓷坐在沙发椅上，身上盖了条毯子，只背了两页剧本就昏昏欲睡。

王叔端着一杯热茶出来："小瓷，该吃药了。"

慕瓷看着面前的药片，脸皱成一团。

她的嘴里都是苦味，连喝白开水都是苦的。

"已经退烧了，这顿就算了吧，晚上再吃。"

王叔忍着笑，病了的慕瓷既怕打针又怕吃药，每天到吃药的时间就有各种理由逃避，像小孩子。

不过，她确实还是个小姑娘。

"医生交代，这些药必须按时吃才能好得快。你刚退烧，身体还虚着，没有完全好，还是得吃……"王叔看见推门走过来的沈如归："先生。"

慕瓷背对着门的方向，身体不自觉地僵硬了。

她以为沈如归是不知道她在这里，碰巧撞上了，接下来，他要么转身就走，要么直接无视她，结果他居然过来了。

脚步声越来越近，在身后停下来，慕瓷僵了几秒，将剧本摊开，盖在脸上，眼不见心不烦。

沈如归把药和水杯接过去："我来。"

王叔看了看慕瓷，似是不放心，但又不敢说什么。

下午两三点，有太阳，还算暖和。

沈如归站在慕瓷身边，用水杯碰了碰她的脸："把药吃了，有事跟你说。"

"不吃，"慕瓷压着剧本，把耳朵也盖住，"不听。"

“慕瓷。”

和别人不一样，沈如归叫她的名字从来都是连名带姓。带着笑意的戏谑，拉长尾音的轻佻，清冷淡漠的不屑……只是两个字，不需要任何修饰，就能传递出不同的情绪。

像现在这样，清清冷冷、毫无波澜的语调，像是把她咬在齿间碾。

慕瓷明明知道自己的态度已经惹得沈如归不高兴，但也不知道从哪儿冒出来的熊心豹子胆，不仅毫无收敛，反而更甚，可能是因为病了一场，无所谓了。

“我知道我叫慕瓷，我也知道我应该有点儿该有的觉悟，你任何时候有需求，我都得乖乖配合，不能有半句怨言。”慕瓷说话还带着浓浓的鼻音，故意做出懒散的模样，破罐子破摔，“但现在我病了，没力气，脑子也不清楚，你看不惯就别看。”

沈如归也不废话，拿开剧本丢到一旁，一手捏着她的下巴逼她张嘴，把药喂进去，然后喂了水。

慕瓷没设防，被呛得差点儿把五脏六腑都咳出来。

她的脸上终于有了点儿血色，不再是病态的苍白。

“再瞪，眼睛给你挖掉。”

他的手伸到慕瓷面前，慕瓷下意识地往后躲。

可他手里的只是一颗糖而已。

慕瓷别开脸，语气生硬：“我又不是小孩，不吃糖。”

沈如归没说什么，手指轻轻一捻，剥开糖纸，和刚才喂药一样，捏着慕瓷的脸让她张嘴。

任何时候，即使牙都掉光了，你依然是我的小女孩。

糖在嘴里融化，牛奶味的，一嘴甜腻盖住了药片的苦涩。

医生说饮食要清淡，还要忌口，王叔每天都盯着厨房，慕瓷只能喝粥，吃小青菜。

医生说最好不要吃甜食，喉咙会不舒服，王叔每次拿给慕瓷的都是白开水。

糖是被强喂的，慕瓷原本想直接吐出去，可又舍不得这点儿甜，还

很没出息地想再要一颗。

头可断，血可流，面子不能丢，吵架得有个吵架的样子，所以慕瓷是绝对不会主动理他的。

然而，刚走了两步，她就被沈如归拽回去，喂了第二颗糖。

“把水喝了。”

“不要你管，别拽我，我头疼，想回去睡觉。”

沈如归刚来五分钟，慕瓷就要走，明显是在躲他。

这种排斥和抗拒不加半点儿掩饰，她不看他，也没有半点儿好脸色，一个星期了，跟他说的话加起来都不够十句。

“我说有事，你聋了？”

慕瓷烦死他了，扭着头用力一吼：“那你倒是说啊！”

她的嘴里含着牛奶糖，腮帮子鼓鼓的，吐字含混不清，因为还病着，喉咙也还是哑的，病恹恹的眼神更没什么气势可言，碎发被风吹得落在鼻尖，看起来奶凶奶凶的。

沈如归不自觉地放缓语气：“贺昭晚上可能会带个女人回来。”

“哦。”慕瓷没有太大反应。

万年单身狗竟然也有女人了。但是这种事跟她说干什么？

整个园子都是他沈如归的，贺昭带人回来只要他点头就行了，没必要通知她。

慕瓷捡起地上的剧本，绕过沈如归往屋里走。

通往主楼有扇小门，慕瓷刚进屋，身后远远地传来王叔无奈的叹气声。

慕瓷回头看了一眼，是沈如归踹翻了一个花盆。

花盆不值钱，值钱的是花，王叔天天把它当宝贝一样养着，这下好了，被沈如归一脚踹进了人工湖。

慕瓷在心里骂了句：“社会的蛀虫。”

慕瓷先联系了方方。她只请了一个星期的假，开机后，剧组每天的花销不小，再耽误下去，她良心不安。

晚上，贺昭果然带了个女人回来。

王叔也没见到人，只是远远地听见有动静。

慕瓷拍夜戏，要通宵，出门的时候在院子里遇到了贺昭。

“慕小瓷，”贺昭几步跑到慕瓷面前，上下打量她，“你的病好了？不再养几天吗？沈哥同意你去剧组了？不应该啊……”

慕瓷：“谢谢关心。”

但是后两句大可不必。

她多躺一天就多耽误一天进度，损失到最后都得算在她的头上。何况奶奶还在医院，她不工作就付不起那些昂贵的医药费。

贺昭也要外出，两个人是同一条路，他追上去和慕瓷一起走：“那个……我有个……朋友，姓安，她暂时在这里住几天，你如果遛弯的时候遇到眼生的人，别被吓着。”

关于安萝，贺昭并不愿意多提，因为安萝现在的精神不太正常。

“我知道。”慕瓷没多想。

“你知道？”

“沈如归跟我说了。”

“这样啊，难怪他下午脾气那么差，原来是来看你了。”贺昭恍然大悟，“慕小瓷，真没第二个人能像你一样。”

慕瓷嫌弃地看着贺昭。他的脑子有问题吗？

“你不会以为他是顺路吧？”贺昭都替沈如归觉得憋屈，“他忙成那样，会为这点儿小事专门回来一趟？不就是找个借口想看看你，跟你说句话吗？慕小瓷，你怎么没心没肺的？”

慕瓷说：“你有心，你有肺，那你怎么不去陪他？”

贺昭：“……”

在娱乐圈，绯闻的热度维持不了多久，总会有新的更劲爆的新闻出来，“吃瓜”第一线的群众永远都有吃不完的“瓜”。

顾泽公开承认和慕瓷是男女朋友关系，慕瓷的名字被挂在微博热搜

榜一整天，这么大的关注度其实是因为顾泽。

顾氏集团的继承人，多少双眼睛盯着，首次曝光私人感情，必然会引起轰动。

慕瓷充其量也就是个十八线演员，进娱乐圈之前所有的资料又都被人保护了起来，网友们挖不出什么有意思的料，就开始考古她以前演过的角色，结果发现，嗯……她演过的角色差不多一百八十种死法，不带重样的。

眼尖的网友发现慕瓷长了张相当耐看的脸，淡妆浓抹总相宜，既能把妓院的花魁演得千娇百媚，又能把破破烂烂的乞丐装穿出落魄的美。

见鬼，这样的人怎么就没红呢？

怎么都火不了的慕瓷总算小火了一次。

方方走路都是飘的，觉得终于有了点儿盼头，见到慕瓷就对她说："好姐妹，苟富贵，勿相忘啊！人嘛，吃一口回头草不丢人。我有个朋友，正规医院泌尿外科的，专治那方面，改天介绍给你，你带顾总去看看，治好了你好他好大家好。"

慕瓷说："你直接介绍给他吧，他会感激你的。"

方方当然只是在没有外人的时候开开玩笑，慕瓷病了一遭，没有以前活泼了，方方也是想逗她开心，但很快就看出来，她不想提起顾泽。

"公司那边的意思是，你不用明确地公开回应，现在总有记者在剧组附近蹲拍，顾总会来接你的吧，到时候让他们拍几张照片就行了。"

对女演员来说，作品和人气都上来才是真正的红，否则也就是昙花一现。

《相思》后面还有很多大场面的戏份，这是比绯闻更重要的东西。演员认真搞事业才是第一位。

方方苦口婆心地说了半天，慕瓷才勾唇笑了笑："你以为，顾泽是真的爱我吗？"

沈如归那么对顾笙，顾泽怎么可能轻易就算了？他只是在利用她而已。

"小瓷，你不会是想否认恋情，打顾总的脸吧？"方方吓得直接给慕瓷来了个锁喉，“你不想混了吗？顾笙暗地里搞点儿小动作都能把你摁在十八线几年都爬不上去，更别说顾总。男人的自尊心碰不得，尤其是顾总这种只可远观的高岭之花。你如果惹到他头上，可就真的完了，他踩死你跟玩泥巴一样简单。”

这道理谁都懂。

“不啊，”慕瓷无辜地眨眼，“我又不是傻子。”

“那你还……”

“谈爱多累，还是谈钱好。他想演，我就陪他演，反正是他欠我的，谁也别觉得委屈。”

人心这个东西啊，怎么看得清？

方方欲言又止，想说什么，莫名觉得后背冷飕飕的，果不其然，一回头就撞上陆川那双冷冰冰的眼睛。

走廊对面，陆川面无表情地盯着慕瓷，但仅一秒就移开视线，继续跟身边的助理说话。

慕瓷本来想起身打招呼的，但他就那么直接走了，仿佛没有看见她。

“老天爷，吓死我了！”方方大口喘气，竟然有种劫后余生的错觉。

她眯着眼看向慕瓷，越想越可疑：“陆导是不是……是不是看上你了？小瓷，你最近桃花挺旺啊，先是旧爱回心转意，后是陆导这种万年铁树无声无息地开了花，哦，对了，还有一位神秘人物。慕瓷你行啊，不鸣则已，一鸣惊人。”

慕瓷无语地翻了个白眼，摘掉耳机回片场。

连续几天拍戏都是凌晨才结束，所有人都很累，哈欠连天，慕瓷还有点儿感冒，但怕自己犯困影响拍摄效果就没吃药，熬久了头疼，就趁着休息的时间去外面透气，想着吹吹风能清醒一些。

顾笙的好闺密任菲就在隔壁剧组拍摄一部电视剧，是根据一本很火的小说改编的，热度很高，主演都是当红演员，配角也大部分是老演员。

顾笙过来探班，后面跟了六七个保镖，排场大得令人咋舌。

开车送她的人是顾泽。

慕瓷捧着杯热咖啡，跟他们撞了个面对面。

“笙儿，你先进去。”顾泽推开车门下车。

顾笙一听这话就知道事情没那么简单，哥哥今天亲自送她来剧组是不是为了见慕瓷？

她心里波涛汹涌，表面却不动声色：“还早，我等哥哥走了再进去。”

顾泽说：“外面冷，你先进去。”

顾笙虽然不愿意顾泽和慕瓷单独相处，但也只能点头：“那……那好吧。”

慕瓷还穿着戏服——正宫红，像一团火焰，发间插了一支金步摇，被风吹得晃啊晃的，灵动明艳。

她没理会顾笙刀子一样的眼神，只是在想，手里的这杯咖啡还很烫，如果一会儿没忍住全泼到顾泽脸上，她会不会被方方掐死。

除了在剧组，顾泽根本没有机会见到慕瓷。

沈如归不屑于做出让人监视慕瓷这种事，是慕瓷自己躲着顾泽。

“病刚好就吹冷风，还穿得这么少，万一落下病根，以后可怎么办？”顾泽往前半步，脱下西装外套披在慕瓷身上，“咖啡也别喝了。我给你带了早饭，去车上吃。”

别说，他还挺像个男朋友的。

慕瓷仰着头笑：“顾总啊，这一大早的，你恶不恶心？”

顾泽也不生气，棱角分明的脸英俊如斯：“我知道你恨我，不相信我是真心的。”

又是“真心”，真是玷污了这两个字，慕瓷怎么听怎么反感。

他这样的人，哪懂真心的可贵？

“小瓷，你再给我一点儿时间，我会证明给你看，只有我能救你。”

说得这么好听，可……难道不是他亲手把她推进火坑的吗？

“这么说我还得谢谢你。”慕瓷长叹一声，发自内心地问，“顾泽，我上辈子是不是做过什么对不起你的事？”

顾泽笑了：“可能是我做过对不起你的事，所以这辈子来还债。”

“那你怎么总是坑我害我呢？”

“新闻的事……是怪我，我应该提前跟你商量，但我事先也不知情，记者在发布会现场问起，我如果避而不答，会给你造成更大的伤害，所以我就自作主张了。当然，我知道你心里并不会感激我，甚至还会怪我没有在新闻爆出来之前就处理好，但是小瓷，你真的误会我了，我每天有很多工作，没有精力关心这些事。”

事情已经发生了，慕瓷不想再听他编谎话哄骗她：“你别忘记你答应过我什么。”

顾泽解释道：“我今天也不是来找你的，笙儿来她朋友的剧组探班，我顺路送她，看见你在这里，来跟你打声招呼而已。至于早餐……好吧我承认，早餐也不是特地给你带的，只是多出一份。”

她丝毫不留情面：“以后如果顾总在某些场合看见我，麻烦您不要来跟我打招呼，多出来的东西更不要往我这里塞。”

顾泽笑得无奈：“小瓷，你非要跟我撇得干干净净吗？”

“是，最好能回炉重造。”

许久后，他说：“回不了炉，我们之间的那些年也抹杀不了。”

《相思》剧组第一次聚餐，慕瓷结束拍摄之后又累又困，加上病刚好，本来不想去的，结果负责组织聚餐的工作人员当着她的面直接说了句“这还没红呢，就开始耍大牌”。

那她得去啊，但凡还有口气，就必须去，爬也要爬过去。

陆川晚到半个小时，只有慕瓷旁边空了个位置，是副导特意给他留的。

一拨接着一拨人过来敬酒，陆川每一杯都喝。

在酒气冲天的大包厢里，慕瓷隐约闻到他身上干净好闻的茶香。

慕瓷想，她也得敬陆川一杯。

等到最后一个人敬完回到自己那桌，慕瓷酝酿了一下，双手拿起面

前的酒杯："陆导……"

"我还有事，"陆川站起身，"先走了，你们继续。"

他走之前留下了一张银行卡，交代组织者，大家今晚吃多少喝多少都算在他的账上。

众人齐声欢呼，大叫"陆导大气"。

陆川离开后，热闹继续，慕瓷看着自己举到半空的酒杯，别人尴不尴尬她不知道，反正她是挺尴尬的。

在场所有人敬酒他都喝，唯独不喝她敬的，她难道不要面子的吗？

不喝就不喝，她自己喝，慕瓷仰头一口闷。

周围人看见了，立马过来跟她干杯。慕瓷私下是很讨喜的性格，见了谁都是一张笑脸，剧组的工作人员都挺喜欢她，当然，不包括陆川。

她一旦喝了第一杯，就会有第二杯，第三杯……

慕瓷的酒量其实很一般，相当一般。

意识到自己看什么都有好几道影子的时候，她才知道自己喝醉了。

来接慕瓷的人是贺昭，方方被他叫了一声"漂亮妹妹"就飘了，只说了一句："走，直接带走，不用问我。"

慕瓷醉得厉害，这会儿就算被卖了估计也没什么意识。

好在她上车后没有太闹腾，贺昭一个人勉强还能应付，听着她在后座含糊地碎碎念些什么，他没忍住笑了一声。

"连你也笑话我。"

贺昭心里大喊不好，连忙解释："我可不是笑话你啊，我就是觉得你可爱！"

后面又没有声音了，贺昭默默地加快车速，想早点儿回去陪安萝。

安萝怕生，而且现在情绪很不稳定，虽然有人照看，但还是他自己在她身边更安心。

"沈哥，人给你接回来了。"

不见其人，先闻其声，贺昭人还在门外就大声喊了一嗓子。王叔擦擦手，赶紧出去接人。

刚好下楼的沈如归站在楼梯上，目光从慕瓷红扑扑的小脸开始，一寸一寸往下，最终定格在贺昭搂在慕瓷腰上的那只手上。

一秒，两秒……

突然被打通任督二脉的贺昭反应过来：“她喝多了，软得跟棉花似的，根本站不住！”

命重要，贺昭也顾不上那么多，立马松开慕瓷，双手举到头顶，展现出满满的求生欲。

失去支撑的慕瓷摔在地毯上。

“看！”贺昭指着地上那一坨，“我如果不扶着，她都进不来。”

沈如归说：“手留下，人滚蛋。”

“好嘞！”贺昭嘿嘿一笑，左手立起来当成刀，装模作样地砍了一下右手手腕，滚得很迅速。

慕瓷醉成了一摊烂泥，王叔怕弄疼她，不敢用力，怎么都扶不起来。

“小心。”

“我没醉……我自己来，我可以……”

话是这么说，但她不仅没能站起来，还把扶她的王叔拽得一屁股坐在地上。

这幅让人哭笑不得的画面持续了好几分钟，沈如归看烦了，大步走过去把慕瓷捞起来扛着上楼。

他真的是扛，像扛大米和扛麻袋那样。

慕瓷脑袋朝下，很难受，被晃得有点儿想吐，双腿蹬来蹬去，嘴上也一点儿都不老实，被沈如归在屁股上拍了一巴掌之后就怒了。

“沈如归你个浑蛋！”

沈如归心想，还算乖，没认错人。

偷偷地躲在门外的贺昭看得直摇头：啧啧，慕小瓷，你怕是要“遭殃”。

“我不要睡觉。”

沈如归把她放下来，横着抱：“给你洗澡。”

慕瓷揪着他的衣服闹别扭：“我也不想洗澡，我就愿意当一个脏

小孩。”

“不睡觉，不洗澡，那你想干什么？”

“我不要去楼上，我害怕……我想你背我。”

怀里的人一身酒气，胡言乱语，脸也很红。沈如归在楼梯口站了一会儿，转身抱着她下楼。

抱着不行，她要背着。

外面冷，沈如归就背着她在客厅来来回回地折腾。

不知道过了多久，感觉她睡着了，沈如归才慢慢上楼，王叔准备去帮忙开门，但沈如归没让他跟着。

刚到卧室，慕瓷就醒了，但这次没有闹着要出去。

她站不稳，被沈如归一手搂住。在沈如归给浴缸放水的几分钟里，她糊里糊涂地扯开他衣服的扣子，手往里摸，还突然使坏用力掐了一下。

扑通一声，慕瓷被丢进浴缸，水溅得满地都是。

她的眼睛都睁不开了，但酒壮人胆，她一点儿也不配合，脑袋扭来扭去躲避沈如归的吻，手也不老实。

沈如归被闹烦了就停下来，也不动，一双沉沉的黑眸就那么沉默地、居高临下地看着她。

慕瓷醉得神志不清，即使睁开眼睛，看到的也是一片模糊的红色。

她才不管沈如归高不高兴，头一歪，找了个舒服的姿势睡了。

浴室里水气朦胧。

她全身湿透，毛衣吸水之后格外沉重，像是有一只手拽着她往浴缸里滑。

直到水面即将没过她的鼻子，沈如归才重新把她捞起来，给她脱衣服。

“别脱我的衣服。”警觉性几乎为零的醉鬼忽然朝着空气甩了一巴掌，“你居然还敢摸我……”

沈如归反问：“摸你怎么了？”

“你要先夸夸我……”

“怎么夸？”

“夸我漂亮、性感……可爱……我可爱吗？”

可爱死了。

“还敢摸……你完了，沈如归一定会揍死你的！”

她是故意气他，还是真认错人了？

“慕瓷，你把眼睛给我睁开。”

“我不睁开，我睁不开。”

沈如归打开花洒对着慕瓷的脸冲，慕瓷稍微清醒了，沈如归才停下来：“现在能睁开了吧。你好好看看，看清楚我是谁。”

慕瓷看了又看，男人的五官还是模糊的，她抬起湿漉漉的手盖在他的脸上胡乱揉捏。

“哦，是你啊……那……你揍你自己吧。”

沈如归：“……”

慕瓷憋得难受，脑袋糊里糊涂，什么都敢说，毫无羞耻感：“沈如归，我想……尿尿……”

沈如归：“……”

他这是养女人还是养女儿？

沈如归知道现在不能跟她讲道理，其实也气不起来，把她从浴缸里抱出来放到马桶上。

慕瓷被热水泡软了，根本坐不住，靠沈如归扶着勉强支撑住身体的重心，嘴里嘟嘟囔囔说着他听不懂的话。

上一秒还是随时都能吵起来的气氛，下一秒两人之间剑拔弩张的火气就被水浇灭了。沈如归快速把慕瓷洗干净，扯了一条浴巾将她包起来扔到床上，自己折回浴室。

他洗完出来时，以为没良心的白眼狼早就睡着了，结果并没有，她还在哼哼唧唧。

慕瓷滚到床边，咚的一声摔在地毯上。

不知道是摔疼了还是被吓到了，她低低地啜泣起来。

沈如归如梦初醒，大步走过去把她抱起来塞进被窝：“摔疼了？”

慕瓷安静了几秒钟之后，忽然哭出声：“难受……我难受……”

她只有脑袋露在被褥外面，眼泪止不住，湿了的碎发贴在脸上，可怜兮兮的。

沈如归其实舍不得骂她：“你活该，谁让你喝酒的？”

她爬起来问他：“我是大人，不高兴，喝点儿酒怎么了？”

“沈如归，我怕你。”女人冷淡的声音在耳边回响，沈如归抹了把脸，在桌上找到空调遥控器，把温度调高。

他只是转个身的时间，原本盘腿坐着的慕瓷就栽倒在床上，长发凌乱地铺散开来，露出一双雾蒙蒙的眼睛，是在看他，眼里却又没有他。

沈如归拿着吹风机走过去，坐到床边。

她靠在他的怀里，声音模糊，低如呢喃，根本听不清：“为什么没有人爱我？”

“哭什么？”沈如归打开吹风机，手指穿过湿发轻轻拨动，他第一次给女人吹头发，动作明显很生疏，说的话也不怎么好听，“你哭也没用，我又不会心疼你。”

慕瓷忽然翻身把沈如归推倒，趴在他身上睡，倒是不哭了，迷迷糊糊地哼哼。

“我可爱吗？”

沈如归被她当玩偶一样抱着：“要不要脸？”

被讽刺的慕瓷没那么安分。

明明是她先挑事的，却冷得像块冰，不给他一点儿反应。

“小瓷，别怕我。”

在这寂静的深夜，沈如归放下了自尊心，把唯一柔软的地方捧到醉了酒什么都不知道的慕瓷面前。

因为他知道，她酒醒了会全部忘掉。

自己抢回来的一块瓷宝贝，就是得藏起来啊！

“我保证，不会再弄疼你了。”

“不舒服。”

“那我亲亲你好不好？”

沈如归像是着了魔。

第五章

冰糖葫芦

慕瓷坐在床上愣了好长时间，从茫然到窘迫，最后完全清醒。

她做春梦了。

喝酒果然容易坏事。

宿醉的下场就是头疼得快要炸开，还好陆川给剧组放了一天假，慕瓷可以在家休息。

一觉睡到下午，慕瓷饿得胃疼，洗漱完就下楼了。

家里除了慕瓷就只有做饭的阿姨。慕瓷虽然饿，但又没什么胃口，只喝了碗粥。

自从上次莫名其妙地踹翻那盆价值不菲的花之后，沈如归已经好多天连人影都见不着了。

这空荡荡的房子可真安静啊！

慕瓷看着桌上精致的点心发呆，有种自己是被养在这里的金丝雀的错觉。

这种念头刚冒出来，慕瓷就自嘲地笑了。

自己哪里是金丝雀，明明是条小狗。

他有兴致的时候就逗一逗，觉得没意思就晾在一边不闻不问。

“慕小姐，先生在家的。”阿姨从厨房端出一杯热牛奶，“昨天晚上你醉得很难受，一直在哭，先生都不许我们碰你。”

慕瓷差点儿一口水喷出去，下意识地四处张望，寻找沈如归的身影。

他竟然在家。

那……那些到底是不是梦？

“你自己站不稳，摔疼了哭，渴了也哭。”阿姨想起昨晚的场面，还是忍不住想笑，“一直是先生在照顾你，凌晨三四点那会儿，我还听到先生下楼给你倒水，估计是一晚上没合眼。”

慕瓷面露尴尬。

喝个酒而已，哭什么哭，她怎么还有这种大小姐的臭脾气？

自己酒量不好她知道，平时也基本不碰酒——虽然是个十八线演员，但万一有人太闲，拍到她醉成一摊烂泥的照片，方方会骂死她的。

昨晚是真的断片了，发生过什么她一点儿都不记得。

“不是吧，我很乖的，喝醉了倒头就睡的那种。”

阿姨捂着嘴笑：“你简直跟小孩子一样，还闹觉呢，非要先生背。外面冷，先生就背着你在客厅走了半个小时。”

“慕小姐，你在找什么啊？”阿姨也弯腰跟着慕瓷往墙角看。

“找个地洞钻进去。”

“……”

慕瓷抬起头坐正：“沈如归他人呢？”

“小贺先生好像遇到了点儿麻烦，先生去他那边了。”

慕瓷披上一件外套往外走：“我也去看看。”

园子很大，小路绕来绕去，慕瓷当初也是混了两个多月才认清路，分清这栋谁住，那栋谁住。

沈如归就在贺昭那栋楼的院子里，慕瓷一眼就看见了。

太阳还没落山，正是温暖的时候，阳光落了他一身，周围散发出一圈一圈光晕。

沈如归今天没戴眼镜，穿得也随意，看到慕瓷后似乎皱了下眉。

慕瓷猛地回过神。她不躲着就算了，怎么还主动往他面前凑，是不是酒还没醒？

“站住。”

她不听不听。

“再跑，放狗咬你。”沈如归慢条斯理地说，“是你跑得快还是狗跑得快，心里没点儿数吗？”

慕瓷已经跨出院门的那条腿再也迈不动一步。

她记得沈如归有一条不知道从哪里弄来的藏獒，凶神恶煞的，手臂粗的骨头都能咬得嘎嘣响，除了沈如归，谁都不敢靠近。

“我散步，路过，你叫我干……干什么？”慕瓷说话没底气，结结巴巴的，一不留神就咬到了舌头。

沈如归看她哈气，舌尖隐隐透出粉色，昨晚那点儿事突然全部回到脑海里，铺天盖地的。

他扭头看向别处。

慕瓷当然不知道沈如归在想什么，腹诽：“让我回来又不说话，有毛病。”

沈如归揉乱她的头发：“丑死了，别在我面前晃来晃去，滚回去睡觉。”

慕瓷很无语，他有神经病吧。

走就走，他有本事别叫她。

“你以为我很想看见你吗？”在他发脾气之前，她用力地在他的鞋上踩了一脚，踩完转身就走。

贺昭正好从客厅出来，看见慕瓷跟看见了救星似的，眼睛一亮：“慕小瓷！”

“哎！别走啊，姑奶奶，别走别走！”贺昭追上去，“帮我个忙，求你了。”

慕瓷生沈如归的气，这哥俩又穿一条裤子，她自然对贺昭也没什么好脸色：“忙，没空，不帮。”

“耽误不了你几分钟。”

“贺昭。”沈如归眼里透出一股不显山不露水的冷厉之气，让人不寒而栗。

安萝这个女人，是个大麻烦。一旦贺西楼找到这里，事情就会没完没了。

“我说过，和那个女人有关的人和事都不许让慕瓷掺和，你把话都记在狗脑子里了？”

贺昭一个激灵，顿时清醒，往脸上拍了一巴掌："对不起，我太着急了，不会再有下一次了。"

慕瓷听得云里雾里的，没明白发生了什么，但强烈的逆反心理让她偏要跟沈如归对着干。

不让她帮是吧，她就要帮。

"我又不忙了，你说吧。"

贺昭偷偷看向沈如归，心想这一顿揍怕是逃不掉了。

慕瓷不高兴："你看他干什么？我还不能自己做主吗？"

贺昭眼睛一闭心一横："周嫂给安萝洗澡的时候吓着她了，她现在还在浴室，没……没穿衣服，我一个男的，不方便。"

"哦，帮她穿个衣服啊，简单，小事。"慕瓷无视沈如归。

她大步往里走，忽然又停下来。

"你是来看人家漂亮姑娘洗澡的？"慕瓷扭头，恶狠狠地瞪着沈如归，"沈如归，你够可以的啊，专门来看漂亮姑娘洗澡！"

沈如归冷着脸："谁看了？"

"你自己心里清楚，"慕瓷讽刺道，"总不能是来晒太阳的。"

沈如归提了提狗绳："你过来说。"

慕瓷气哼哼地走进客厅，用力摔上门。

贺昭连忙去拦："冷静，冷静，慕小瓷这样肯定是吃醋了！"

沈如归又不傻："你瞎了？"

她吃的不是醋，是炸药和枪子吧。昨天晚上自己就该掐死她，白眼狼！

"别不信啊，所谓'当局者迷，旁观者清'，我可是看得清清楚楚的旁观者。吃醋最明显的表现就是没事找事。这种小女孩脾气逃不过我的眼睛，慕小瓷刚才差点儿气哭了，虽然是误会，但能说明问题。"

有慕瓷进去看安萝，贺昭暂时也能松口气了。

他把手搭在沈如归的肩上："说明她心里开始有你了，否则巴不得你去找新欢，自己好脱身呢，还发什么脾气？"

发现沈如归的脸色有所缓和，他的胆子也大了，凑过去贼兮兮地

笑：“是不是特别开心？”

沈如归一脚踹在他身上：“人是你带来的，屁股给我擦干净，如果把麻烦惹到慕瓷身上，就别怪我不顾兄弟情分。”

贺昭离开贺家之后就一直跟着沈如归，也算是了解他的脾性——在慕瓷面前幼稚得可怕，但在外人面前就是十足的冷血动物，敢说错半句话，天灵盖都给你打开。

慕瓷是沈如归的底线。

“我明白，沈哥你放心，等贺西楼那边放松警惕了，我就带安萝离开，绝对不会连累你和慕瓷。”

“听不懂人话是不是？我怕你连累？先待着。”

“沈哥你太好了，我就知道你不会见死不救。”

“再恶心我一句现在就滚。”

“……”

慕瓷见过安萝一次。

那天慕瓷拍夜戏，凌晨四点多才回来，车没走正门，从侧门开进园子，偶然见到了被贺昭藏在这里的安萝。

她深更半夜不睡觉，却坐在屋顶上，把贺昭吓了个半死。

贺昭半哄半抱把她带到安全的地方，气得厉害，但又舍不得说重话。

那晚慕瓷只是远远地瞧着，看不真切，只觉得安萝很瘦，太瘦了，仿佛旁人的力气大一点儿就能把她的腰折断。

今天走近了看，慕瓷才发现她的眉眼精致得像个洋娃娃，左眼眼角有颗浅浅的小泪痣。

但……她是个木偶美人，眼神空洞，毫无生机。

“你好安萝，我是慕瓷。”浴室里乱七八糟的，慕瓷怕吓着她，小心翼翼地靠近，轻声细语，“别怕，我不是坏人。地上有碎玻璃，很危险，如果划伤了，会流血的，贺昭也会担心你。”

安萝不说话，只是看着慕瓷。

“你喜欢自己一个人待着，对吗？”

慕瓷半蹲着，对她笑了笑：“那你穿上衣服，然后我们都走，就没人来烦你了。”

安萝还是没有什么反应，像是不知道慕瓷是在跟她说话。

她不动，慕瓷也不催，只是拿了一条干净的毛巾盖在她身上。

过了好几分钟，安萝才低着头轻轻说了声：“好。”

穿上衣服后，慕瓷看到安萝回到房间，抱着一只猫坐在角落里，安静得过分。

那两个男人还在楼下，隔着一扇门，慕瓷换鞋的时候隐约听到他们在说话。

“沈哥，如果是你，你会怎么办？算了，咱哥俩这情况不一样，安萝她……我……唉……”

“没什么不一样，已经到嘴边的肉，就趁早咽下去，否则只会夜长梦多。”

贺昭看见慕瓷，跑过去问：“怎么样？”

“多简单的事，你别小看我。”

“我找一个好日子沐浴更衣，拜完佛念完经再去谢谢你。”

“得了吧。”

贺昭担心安萝，说话的时候就已经往屋里走了。进屋后，他几步跑上楼，到了房间门口，轻声敲门。

“安萝，是我，我可以进来吗？”

房门从里面反锁了，阿姨说：“我去找钥匙。”

“不用，你先走吧。”

贺昭等阿姨离开后才对着房门说：“安萝，我就在外面，等你想我了，你就把门打开，开门就能看到我了。”

不开门，他就一直等着。

天都快黑了，里面才勉强有了点儿动静，贺昭听见拧动暗锁的声音，快速把烟头摁进旁边的花盆。

房门只打开了一条缝，贺昭忍着没去推。又等了一会儿，一只白白

嫩嫩的手伸出来扶着门框，贺昭还是没动。他在等，等安萝出来找他。

这个过程很漫长。但他等到了。

“安萝，我要生气了，你竟然这么久才想我。”

她低着头不说话，只是悄悄地看了贺昭一眼，就足够让贺昭心软，舍不得责怪她，甚至还觉得刚才那两句话语气太重了，怕她不高兴。

“以后不能把自己一个人锁在屋里，不高兴也不行，我都快吓死了。”贺昭忍不住过去抱她，“可以把我们俩锁在一起，不让别人进来。”

贺昭把安萝放到床上，她把脚缩进被子，他就伸进去握住：“都流血了还不让我看。”

脚背划破了一条很浅的口子，她自己拿纸巾擦过，其实不明显，是慕瓷走之前跟贺昭说过。

“我也贴一张。”贺昭用嘴咬着撕开一张创可贴，随意地贴在自己手上，又撕开一张给安萝贴，“贴着防感染，明天洗澡之前再撕掉。”

贺昭下楼倒水，拿着药进屋：“安萝，我们先吃药，再去吃饭。”

“你没有生病，这是预防感冒的。”贺昭骗她，“你今天吹冷风了，吃两粒免得晚上发烧。我是男的，身体好，不用吃这些。”

路面铺了一层小石子，踩上去咯吱咯吱地响。

慕瓷走在前面，沈如归走在后面打电话，隔得远，慕瓷听不太清他在说什么，也不想听。

她待在沈如归身边，知道得越少越好，当个傻子才能长命。

慕瓷越走越快，把沈如归远远地甩在后面，想着一会儿进屋就锁门，不然他如果翻昨晚她撒酒疯的旧账，她肯定没有好果子吃。

结果大藏獒卧在楼梯口，把路挡死了，王叔都不敢靠近。

“啊！”慕瓷一进门就和藏獒黝黑的眼睛对上，吓得直接坐在地上，动都不敢动一下。

她跑得太快，王叔都来不及提醒。

“小瓷没事吧，快起来……”

慕瓷在心中呐喊：呜呜呜，我也想起来，可是腿软啊！

王叔收到沈如归的眼神，没敢去扶慕瓷，默默地走了。

藏獒从楼梯口过来。慕瓷看到它的嘴张开有那么大，就彻底忘记了十分钟前两个人还在吵架，也顾不上面子问题，紧紧地抱着沈如归的腿求庇护："你快点儿把它弄走。"

"你不是挺厉害吗，还怕它？"

"我现在不厉害……我困了，要睡觉，你不让我睡觉就是虐待我。"

"吃了睡，睡了吃，你是猪吗？"

"沈如归你精神分裂吧，刚才不是你让我滚回来睡觉的吗？！"

"眼睛瞪得这么大，哪儿像困了？"沈如归嗤笑，揉揉她的脑袋，像逗狗一样，"吃点儿东西，换件衣服，带你去玩。"

慕瓷觉得肯定不是什么好事："能不去吗？"

沈如归说："不能。"

慕瓷只能认命："你先把狗弄走。"

"它不会咬你的。"

"那我也害怕。沈如归……它好像在舔我的脖子。"

"又不是我舔，你抖什么？"

"这种话你都说得出口！"

沈如归把狗绳拴在门上，又把几乎瘫软在脚边的慕瓷拉起来："做都敢做，有什么不敢说？"

既然聊到这里了，慕瓷就顺势问出口了："你昨天在哪里睡的？"

沈如归想都不想就回答："外面。"

慕瓷狐疑地看着他："真的？"

"好笑，难道我还能因为这点儿小事花心思骗你？"

他又要放狗，慕瓷不敢再问了，赶紧上楼。

沈如归给慕瓷准备的是礼服，一件红色，一件黑色，某品牌秋冬高定系列，很正式，但日常穿也不会夸张。

红色太过嚣张，黑色又显得沉闷。

"哪件好看？"

沈如归看都不看："穿什么都丑，穿什么都一样。"

慕瓷就知道他嘴里不会有好话："那你的口味可真独特。"

"老子愿意，不服忍着。"

他也不催，随便她磨蹭多久。

慕瓷有选择困难症，尤其是在两个里面选一个的时候，就会特别纠结。

看衣服档次就知道不是什么随便的场合，她并不想得到关注，平安去平安回来就好，还是黑色比较安全。

"我要换衣服了，你出去。"

沈如归这才抬头看了她一眼："你让我出去？"

她理所当然地道："难道我出去？"

那晚之后，她很抗拒和他在一个房间里，昨天只是因为喝多了意识不清。

最后出去的人是沈如归。

慕瓷换衣服快，但化妆比较慢。

沈如归没带司机，自己开车。

慕瓷到了才知道他是来参加订婚宴的，人家办的是喜事，结果她穿了一身黑，跟奔丧似的。

他们其实已经迟到了，算是最后一拨客人。

"你怎么不早跟我说？"

"怎么穿随你高兴，不用管别人。"

"我现在多尴尬……"

"我在你身边，怕什么？"

慕瓷想说，就是因为他在身边，她才会不自在——过来跟他打招呼的人客气地寒暄几句之后，总会把话题转移到她身上。

"早就听说沈老板家里藏了个天仙。"一道慵懒的嗓音在身后响起。

慕瓷回头，对上一双妖媚的桃花眼。

男人一身黑色燕尾服，五官立体，棱角分明，气质很温和，却又显得深不可测。

两秒钟后，男人移开落在她身上的目光，看向沈如归，笑得意味深长：“原来这美人是慕家的女儿。沈老板，我们挺有缘分。”

沈如归不否认也不承认：“恭喜贺先生。”

慕瓷把礼物送上。

“破费了。”贺西楼让人收下礼物，客套地道谢，“贺昭不懂事，给沈老板添麻烦了。”

沈如归笑了笑：“多个人一起吃饭而已，没什么。”

这时过来一个人，低声跟贺西楼说了几句话。

“贺先生先忙。”

“招呼不周，沈老板不要见怪。”贺西楼微微抬高手里的香槟和沈如归碰杯。

等他走远，慕瓷才悄悄戳了沈如归一下，小声问：“他就是贺昭同父异母的大哥？跟哪家的千金小姐订婚啊？都没听说过。”

贺西楼，大名鼎鼎，和贺昭完全是两类人。

沈如归把酒杯送到她嘴边：“尝一口？”

“不喝不喝，”慕瓷敏锐地往后仰，脑袋摇成拨浪鼓，“我不喝酒。”

她才不会上当。

“贺昭跟家里闹别扭，是因为他这个哥哥吗？贺西楼看着就很不好惹的样子，也难怪贺昭一把年纪了还在闹离家出走。贺昭偏偏跟着你，是不是故意给他哥添堵？他也就会玩点儿这种小把戏，幼稚死了，你看人家贺西楼完全没有放在心上……你怎么不回答我？”

“你怎么有这么多问题？”

“嫌我烦啊？”

“知道就好。”

“那我就烦死你。”

慕瓷故意恶心沈如归，挽着他的手臂往他怀里凑，沈如归忍不住笑。

订婚宴刚开始，宾客都集中在大厅，暖气开得足，慕瓷没待多久就

嫌闷。她对贺西楼的订婚对象不感兴趣，只是来凑热闹。

“外面有什么？”

“可能会放烟花。”

“我们先去找个好位置。”慕瓷拉着沈如归去后院。

这两人从到场的那一刻开始，就是不容忽视的焦点。没人敢当着沈如归的面问出那句话，只敢悄悄在背后议论。

“沈如归身边的人是慕瓷吧，她不是顾泽的女朋友吗？”

“就是她，我刚才还以为自己看错了，啧啧，真绝。”

“难怪顾泽今天晚上带的是他那个妹妹。我好像看见他也去后院了，他先去的。哎，你说一会儿三个人会不会撞上啊，两男一女的狗血修罗场？”

“刺激！”

南方冬天的风又湿又冷，慕瓷穿得少，裙子外面披了件沈如归的西装外套。

宴会厅奢华贵气，温暖如春，人们推杯换盏，好不热闹，这种场合是拓宽人脉的好时机，而且想巴结贺西楼的人太多了，机会难得，没谁会来人工湖旁边吹冷风。

沈如归打完一通电话，回头走向慕瓷：“冷不冷？”

慕瓷搓着手摇头：“不。”

撒娇女人最好命，如果换成别人，怎么都会嚷嚷着“嘤嘤嘤好冷啊你抱着我我就暖和了”，可怜兮兮地往男人怀里靠，而她恨不得离沈如归十米远，“不认识，不知道，别问我”都明明白白地写在脸上。

“不冷就把衣服还给我，我冷。”

慕瓷：“……”

眼看着沈如归真的要动手扒她身上的衣服，她警惕地往后退。

“冷吗？”沈如归倾身靠近，搂着慕瓷的腰，顺势把人推到墙角，“那我们想点儿能让你暖和起来的办法吧。”

突如其来的暖意，带着香槟的醇香，带着熟悉的沈如归的气息，紧紧地朝她包围过来。

距离太近，他只要稍稍低头就能吻到她。

虽然周围都是树，但几米外就是宴会厅的一个出口，慕瓷都能听到里面热闹的声音。她怕沈如归发神经，真的在这里整她，就本着“敌不动我不动”的想法，没想到适得其反——越是安静，气氛就越让她紧张。

她今天涂的唇膏有股淡淡的蜜桃味，沈如归闻到了。

鲜嫩多汁的水蜜桃，甜不甜，他尝了才知道。

沈如归轻笑：“又在心里骂我呢？”

“我没有，你污蔑我。”慕瓷梗着脖子狡辩，被迫踮着脚，视线越过男人的肩膀，看着他身后那片夜景，“我的经纪人不让我说脏话。”

“这么听她的？”

“因为她是真心实意地为我好，我又不蠢。”

沈如归也不说什么，只是看着她。慕瓷被看得烦了，刚要开口，话音就被堵在喉咙里。

他亲一下，退开，过了两秒，又凑过来亲一下。

“我以后也会学着真心实意地为你好。”

“什么？”

“没听清就算了。”

“你都说了！”慕瓷追上去，“再说一遍又不会少块肉。”

沈如归自然不会再说一遍。

慕瓷不甘心，一路都在闹他，他护着她防止她掉到水里，别的再不肯多说半句。

远远地站着神色冷漠的顾泽，地面上的影子轮廓极为暗淡。他听着慕瓷灵动娇俏的说话声，想起了很久以前的她。

以前的慕家不比现在的贺家差，慕瓷放学后经常在小花园玩，等她爸爸下班，然后一起走路回家。她有说不完的话、很多奇奇怪怪的问题，从她身边经过的人都会被她逗笑。这才是她最真实的性格。

顾泽有段时间觉得很挫败，她是喜欢他的，可不会跟他撒娇，也从

不开口问他要什么，他不去见她，她也不会主动找他。后来他想，女大十八变，有些变化很正常，更何况她经历了太多。

现在他才惊觉根本不是这样。

她能开口让沈如归帮她拿到陆川新电影的女主角，能旁若无人地和沈如归如同恋人般亲昵，会对沈如归发脾气，会不讲道理，会撒娇，会耍赖，也会笑得那么好看。

“顾总。”

“去守着门。”

山雨欲来风满楼。

助理只觉得上司身上的戾气太重，却又不敢多问，只说了句：“是。”

草地软，慕瓷走着走着，高跟鞋突然掉了，她赤脚踩在草地上，白嫩的脚趾冻得通红。

“扶着我，站稳。”沈如归握住慕瓷的手放在肩上，让她有个依靠，然后蹲下去给她穿鞋。

从慕瓷的视角，只能看到他黑色的短发。

“阿嚏！”她到底是穿得太少了。

沈如归听到慕瓷打喷嚏，快速帮她把鞋穿好：“烟花也没什么好看的。”

“我就想看。”

“等开始了再出来看行不行？”

“行吧。”她心情不错，好说话。

两人回头就看到站在路口的顾泽。他居然还没走，到底听了多久？

沈如归放开慕瓷：“外面冷，你先进去。”

慕瓷侧头看他。

沈如归回应她的目光，神色如常：“我打个电话就进去。”

“那把外套给你。”

“你穿着。”

“哦。”慕瓷一手抓着西装外套避免滑落，一手提着裙摆，往前走了几步，就听到身后传来打火机的声响。

烟味顺着风的方向散开，她都能闻到。

这人又抽烟。

顾泽看着慕瓷一步步走近，那双灿若琉璃的笑眼里并没有他。

回大厅的路就一条，慕瓷绕不开。

两人身形交错的瞬间，慕瓷被一股力道攥紧手腕。

不等慕瓷说话，一道倨傲淡漠的声音在她身后响起："啧，顾总啊。"

两个男人对视，空气里有无形的硝烟。

慕瓷是真的冷，又打了个喷嚏："麻烦让让，还有，把手松开。"

顾泽认为，有些话没必要让她听见。

"在休息室等我几分钟。"

"顾总如果有事情跟我说，可以告诉沈如归，让他转告我。"

顾泽的脸色往下沉，她太懂如何往他身上戳刀子最疼。

慕瓷一根一根掰开顾泽的手指，拉开距离之后回头看向沈如归。他嘴里咬着根烟，那点红红的火光忽明忽暗。

她像是在用眼神替自己辩解：刚才是他非要拉我的，我不让，但他不听，不能怪我。

那次她瞒着沈如归和顾泽搅和在一起，还上了热搜，后来大病一场，不仅在她心里留下了阴影，沈如归也不见得有多舒坦。

沈如归吐出烟圈："放心，不动手，我保证。"

毕竟这是别人的订婚宴。

慕瓷这才放心，绕过挡在路口的顾泽回大厅。

沈如归等慕瓷进屋后开口："顾总长话短说吧，太长了我不一定能原话转告。"

"我和她之间的事没必要说给外人听，以后有的是机会。"顾泽神色冷漠，"你难道没感觉到，她很怕你吗？"

沈如归答应过慕瓷不动手就真的不会动手，只是淡淡地说道："顾总的意思是，她不是真的厌恶你，而是因为怕我，所以不敢当着我的面

跟你藕断丝连？”

“你自己心里明白。”

“我自然明白。希望顾总也能明白，为她散尽千金我都无所谓，更何况你现在还没有这个本事。”

“我到底有没有这个本事，你早晚会知道的。”

“那就拭目以待。”

顾泽也点了根烟，走近几步，望着不远处的人工湖：“我最近在查一件事，已经有些眉目了，相信沈老板会很感兴趣。”

“是吗？”沈如归笑笑，“希望顾总早点儿查清楚。”

顾泽也笑：“我也希望到时候沈老板还能像今天这样洒脱。”

他说的那件事和慕瓷有关，巧的是和沈如归也脱不了干系。

如果真相是他猜测的那样，就很有意思了。

“哥哥呢？有人看到哥哥出去了。”被助理挡在门口的顾笙面露不悦，“你拦我干什么？”

“小姐，顾总他……他不在外面。”

“在不在用不着你说，我自己会看。”顾笙双手抱胸，命令道，“让开！”

顾笙在门口跟助理耍大小姐威风，慕瓷听着好笑：“打扰一下，可以先让我进去吗？”

助理连忙把路让开。慕瓷和顾笙不是见了面会打招呼的关系，大厅里人多，顾笙也不想让别人看自己的笑话。

慕瓷前脚走进洗手间，顾笙后脚就跟了进来，等补妆的人出去之后，把门关上。

“我还以为你不会来呢，没想到你的脸皮这么厚。”

“是啊是啊，我就是厚脸皮。别人订婚，你这么生气干什么？”慕瓷站在洗手池前整理妆发，“绿帽子是顾泽自己抢着戴的，又不是我非要往他脑袋上扣的。”

顾笙最烦她这副油盐不进的样子：“你敢说不是你缠着哥哥？你敢

说不是你玩手段耍心机自导自演把照片发给媒体，逼哥哥承认你是他的女朋友还装无辜？你敢说你问心无愧？”

慕瓷挤了点儿洗手液，揉出泡沫：“你还不如拿原话去顾泽面前问。”

一个绯闻而已，明明花点儿钱压下去就好了，顾泽却违背家里的意思公开承认恋情，顾笙不接受是顾泽单方面抓着慕瓷不放，所以把问题全都推到慕瓷身上。

“你什么意思？”

慕瓷笑了笑：“什么意思？就是字面上的意思，你觉得顾泽能比你还蠢吗？”

镜子里，顾笙脸色惨白，如丧考妣。

“说明什么？”慕瓷歪着头看向顾笙，笑眼弯弯，“说明他爱我呗。”

顾笙气极：“你也配？！”

慕瓷不甚在意地耸耸肩，准备开门出去。

顾笙不依不饶，扯住慕瓷的手，却反被慕瓷折过手臂连人带包一起推到墙角。就像贺昭说的，慕瓷以前不是听话的小孩，顾笙衣来伸手，饭来张口，娇滴滴的千金小姐像纸糊的一样，轻轻一推就倒。

顾笙撞疼了，慕瓷以为她会立马去跟顾泽告状，哪知道她会跟过来，不顾场合，不顾后果，突然从后面狠狠地推了慕瓷一把。慕瓷没设防，整个人都被推得往前倒，撞倒了半人高的香槟山。

刹那间，玻璃杯的破碎声响彻大厅。

淡黄色的酒液淌得到处都是，一地狼藉。

所有人的注意力都被这场突如其来的意外吸引，刚开始的订婚仪式也戛然而止。

“呀，怎么这么不小心啊？”顾笙捂着嘴惊呼，连忙过去扶慕瓷。

在旁人看不到的角度，她贴到慕瓷耳边，用只有两人能听到的声音在慕瓷耳边讽刺她。

“就算慕家十年前就完蛋了，那你也是当过十年的豪门千金吧，连这点儿教养都没有，是爸妈都死绝了吗？哦，我忘了，你啊，可是被亲

妈痛恨的扫把星。你九岁生日那年，在你爸车祸去世当天，宁阿姨当着所有人的面给了你一巴掌，问你：‘你怎么不去死啊？！’哎，不对，那个时候我还不认识你呢，我怎么知道的呀？当然是……哥哥告诉我的。哥哥只是可怜你，对你有那么一点儿愧疚而已，你却把他的愧疚当成爱，爱你？真是笑死人了。”

顾笙满意地看着慕瓷的脸色渐渐发白。

“你还不知道今天是谁的订婚宴吧？刚才听你说话的语气，是不是以为宴会主角是个无关紧要的人？”

顾笙从包里拿出纸巾帮慕瓷擦脸，一副关心的模样：“没伤着吧？带备用的衣服了吗？要不要去医院看看？”

啪！一记清脆的巴掌声响起。

慕瓷站起身，轻轻吹了吹手心：“要扶就扶稳了，不知道的还以为顾小姐是在推我呢。”

周围一片哗然。

顾笙当众挨了一巴掌，眼睛很快就红了，在场和她相熟的富家小姐过去安慰她。

忽然，人群之外传来一道不太确定的声音：“小瓷？”

说话的人是今晚的主角，相貌姣好，温婉恬静。

她身旁站着一位脸色煞白的贵妇，因为保养得好，旁人瞧不出真实年纪。在慕瓷侧首看过去的瞬间，贵妇双腿发软，几乎站不住，跟丢了魂似的。

慕瓷扶着额笑出声。

难怪那位贺先生认识她，真算起来，她还得叫他一声姐夫。

难怪顾笙阴阳怪气地讽刺她，挨了一巴掌都没有还手，原来是等着看她的笑话。

“很抱歉，我是无心的。”慕瓷轻声道歉，眼角的笑意淡到近乎虚无，“焉夫人心善，应该不会怪我吧。”

宁倩勉强笑了笑：“没事，没人伤到就好。”

焉董事长满脸不悦，慕依低声告诉他：“爸，那是我以前的妹妹，您别生气，我会处理好的。”

慕依把慕瓷带到二楼休息室：“小瓷，你先休息一会儿，我去帮你找一件干净的衣服。”

“谢了。”

宁倩像看仇人一样看着慕瓷，毫无人前的高贵优雅：“慕瓷，你阴魂不散闹到依依的订婚宴，到底想干什么？”

慕瓷还穿着一身满是酒气的湿衣服，坐在沙发上无辜地眨眼：“我不知道是订婚啊，有人说这里在办丧事。”

“你看看你尖酸刻薄的样子！”宁倩气得手都在颤抖，“慕瓷，你的心怎么这么坏？依依是你姐姐啊，你非要闹得我和你姐姐不得安宁你才甘心，是不是？”

慕瓷诚心诚意地解释：“我是真的不知道。我如果知道你们又要攀上高枝了，肯定不会来丢你们的脸。”

宁倩扬起手要打慕瓷，门外的慕依冲进来把慕瓷护到身后：“妈，您别生气，小瓷不是故意的，是顾家小姐推她，我看见了。”

“那么多人在场，贺家丢了面子，西楼连话都没说一句就走了，都怪她这个祸害！”

“他是临时有急事，不怪小瓷。”

“什么事能比订婚重要？他把你一个人丢下，是在打焉家的脸。”

联姻而已，彼此心知肚明，慕依不爱贺西楼，也不觉得伤心：“妈，您冷静一点儿，贺家会给我们一个交代的。”

“依依，慕瓷盼着我死啊！”

“您想太多了。”慕依安抚好宁倩，追着慕瓷下楼：“小瓷，等等。”

贺西楼突然离场，这场订婚宴就无法继续，宾客陆陆续续地离开。沈如归从侧门走进大厅，隔着人群看到了一身狼狈的慕瓷。

慕依情急之下直接抓住慕瓷的手。

不知是谁碰歪了摆在桌上的一排香槟，那排酒杯眼看着就要砸到慕瓷和慕依。沈如归几步跨过去，用背挡住了危险。

慕依被吓到，呆滞地看着面前英俊如斯的男人，好一会儿才反应过

来，耳根绯红，说道：“谢谢。”

沈如归把慕瓷拉到怀里：“就十分钟没看着你，你是去酒池子里打滚了？”

慕瓷任他抱着，声音闷闷的：“好丢人。”

沈如归身上也是湿的，酒精气味浓，他的手掌贴在慕瓷的后背上，轻轻拍了两下：“现在我跟你一样了，没人敢笑话你。”

“他们是在背后偷偷地笑，你又不知道。”

“没能耐才会躲在背后嚼舌根，跟没能耐的人计较什么？”

“你为什么不说是来喝喜酒的？害我以为是来奔丧的。”

“谁让你蠢。”

“那你去找聪明的。”

宁倩从二楼下来，看着大厅中央那对亲密的男女，脸色一阵青一阵白，经过精心护理的指甲几乎陷进掌心。

沈如归瞧着不远处的焉氏夫妇：“焉先生，焉夫人，抱歉，小女孩年纪小不懂事，平时惯得脾气大了点儿，给二位添麻烦了，希望你们别怪罪，我回去收拾她。”

慕瓷不轻不重地哼了一声，满不在乎的模样。

对方哪敢怪罪：“沈老板言重了，都是小事。依依，你替我送送沈老板。”

天气冷，慕依拢了拢手臂：“小瓷，还是换件衣服吧，那件是新的，没人穿过。”

慕瓷摇头：“穿了还不起。”

慕依说：“不用你还。”

沈如归拉开车门：“车里有我的衣服。”

慕瓷一秒钟都不想多待。

直到送走最后一位客人，慕依还看着沈如归离开的方向失神。

沈如归车上会放不止一套备用衣服。他身高一米八八，衣服和裤子穿在慕瓷身上都长了一大截，她缩在副驾驶，像个偷穿大人衣服的小孩。

从宴会厅出来之后她就不说话，眼眶发红，眼里却是干涩的，不像哭过。

沈如归忽然有些后悔带她来。可如果没有这一趟，他找不到和她亲近的理由。

“你再拿后脑勺对着我试试。”

转过一个路口，脑袋被男人捏着转向他，慕瓷无语地翻了个白眼：“你脸上有花啊，我盯着你看什么？”

沈如归一本正经：“都说单手开车的男人很帅。”

慕瓷：“……”

这人无不无聊？

“请注意措辞，是单手开法拉利的男人很帅。”

他竟然很认真地点头：“知道了，下次出门不开这辆。”

车开了大约二十分钟后，遇到了一个时间很长的红灯，慕瓷抱着膝盖发呆，恍惚中好像看到有什么东西从夜空中往下落。

起初，只有几片落在玻璃窗上，很快就融化了。

慢慢地，那东西越来越多，被风吹得纷纷扬扬。

“沈如归，是……是下雪了吗？”

“嗯。”

“都多久没下过雪了，有三四年了吧？”

南方城市的冬天很少下雪，慕瓷长这么大一共没见过几次。

大概是因为这场突如其来的初雪，慕瓷的话多了起来，没刚出来时那么蔫了，眼睛里有了光。

“你会堆雪人吗？算了，你肯定不会。

“我爸说，我两岁那年的冬天下过一场好大的雪，都能把我埋进去。你比我大，还记得吗？”

慕瓷 22 岁，沈如归 28 岁，他比她早出生 6 年。

8 岁的沈如归每天连温饱都是问题，吃了上顿没下顿，如果那个人不高兴，他还要挨打。

8岁的沈如归只想活着，是晴天还是阴天，下雨还是下雪，对他来说都只是从白天熬到黑夜，又过去了一天而已。

“没印象了。”

“没关系，反正我也不知道，都是听大人说的。”慕瓷贴着车窗往外看，“马路边还有老人在卖糖葫芦呢，有葡萄和橘子的，还有草莓的，我还是觉得山楂的最好吃。”

“有什么不同？”

“嗯……说不上来，可能是山楂的最常见，我第一次吃就是山楂的，先入为主了吧。她还剩下好多串，都这么晚了，不知道今天能不能卖完。

“沈如归，你前几天干什么去了？”

几秒钟后，慕瓷忽然清醒，意识到自己刚才说了什么。

她怎么能问这些？

“不是，那个……我……我不是问你……”

她含糊地解释，企图混过去，却没想到沈如归会认真地回答她。

“卖命，赚钱。”养你。

沈如归把车停在路边，推开车门，折回路口，跟着人群过马路。

没多久他就回来了，肩头落了些雪。慕瓷还处于愣神状态，一串冰糖葫芦被递到她面前。

“拿着。”

“哦。”慕瓷接过来，咬下一颗山楂，又甜又酸。

单手开法拉利哪有拿着一串十块钱的冰糖葫芦帅？

“你怎么不买两串？”

“一串不够吃？”

“我够了啊，就是解解馋。”戏还在拍，她得控制饮食，“你不想吃吗？”

沈如归打方向盘：“我不爱吃甜的。”

“那我把外面裹的这层糖吃掉，只给你一颗山楂。”

糖还很黏，慕瓷咬得慢，车里暖气足，离手最近的那颗已经融化了一点儿，糖滴到手心，又顺着皮肤往下淌。

“张嘴。”她捏着一颗山楂喂给沈如归。

看他的眉头皱了一下，她问道：“不好吃吗？”

“很酸。”

她的手伸过去：“那你吐出来。”

沈如归把山楂咬碎了咽下去，握着她的手送到唇边。宽松的袖子滑落到手肘，露出一截细白的胳膊，他从手腕舔到手心，但很快就放开，专注地开车。

慕瓷像是被这场雪蛊惑了。

吃掉竹签上最后一颗山楂后，他正好把车停下来，她解开安全带，凑过去亲他。

沈如归怔了两秒，很快反客为主。

山楂很酸，但他尝到的只有甜。

她含糊地出声：“不许摸。”

还在路上，沈如归忍住加深这个吻的欲望，声音里满是戏谑：“你说不许就不许，你是我大哥？”

慕瓷咬他的手。

“好，”他笑着揉乱她的头发，“你是我大哥，不许就不许。”

到家后，两人先洗了个热水澡。慕瓷其实有点儿累了，但又很想多看看外面的雪景。

“希望这场雪能下得久一点儿。我明天拍完就杀青了，最后两场戏要在雪地里拍，运气真好，不用人工造了，能省很多事。”

沈如归看了看时间：“几点起床？”

“六点半吧，不用太早。”慕瓷接过他递来的杯子，里面不是白开水，“这是什么？”

“预防感冒的，喝了再睡。”

“闻着就很难喝。”

“我尝过了，没有那么苦，趁热喝才有效果。”

她捏着鼻子往下灌，没跟他讨价还价，喝完后小脸皱成一团。

抽屉里还有几颗牛奶软糖，沈如归准备去拿，但慕瓷突然双手钩住他的脖子坐到他怀里，没让他起身。

“我身上还有酒味吗？”

“我闻闻。”

他从睡衣领口闻到耳后。

“有吗？”

“没有，洗干净了。”

慕瓷学着他刚才的样子：“我检查一下你有没有洗干净。”

不知道是不是错觉，她总觉得还有酒味，不是他身上的，是她自己身上的。

“沈如归，我其实有妈妈。”她靠在他的肩上，看窗外飘雪，“你怎么一点儿都不惊讶？”

他平静地说：“有什么稀奇的，你又不是从石头里蹦出来的。”

“我跟贺昭也算沾亲带故了。”

“不一定。”

“都订婚了，不可能再取消吧？”

“结婚都能离婚，更何况只是订婚而已。”

不愧是他。

“啧啧，”慕瓷摇头，“你这个人真是的，虽然是这个道理，但不好听的话别人都不爱听，在心里偷偷想就好了，别总这么欠收拾。”

贺西楼能在订婚宴上抛下慕依，丝毫不顾及她的脸面，就摆明了他并不重视这门婚事。

“你昨天晚上到底在哪儿睡的？”

沈如归拉上窗帘，把人塞进被窝，顺手关了灯：“同一个问题你一天到底要问几次？”

“因为我觉得你在撒谎。”

“有什么根据？”

“我……”慕瓷羞于启齿，“我做了一个那样的梦，但又不太像梦。”

主要是她喝醉了，脑袋里一团乱麻，什么都记不清。

他偏偏要细问："哪样的梦？"

"就是……你问这么多干吗？睡觉睡觉！沈如归……你把手拿开。"

"你都到靠做梦缓解的地步了，还让我拿开？"

"……"

第六章

人间中毒

早上六点，慕瓷被闹钟叫醒了。

沈如归有起床气，慕瓷识趣地乖乖送上早安吻，再去洗漱。因为她今天要工作，沈如归处处都留了劲儿，没太过分。

对比起来，慕瓷更像是粗暴的那个。

“看什么？”沈如归脱掉浴袍随手扔到一边，打开花洒，“想过来给我揉揉？”

慕瓷表示拒绝：“不，我不想。”

镜子里的她状态还可以，气色也不错。

昨晚宁倩见到她跟见到仇人似的，晚上睡得着才怪，不过她睡得挺好，那对母女心里不痛快，她挺痛快。

慕瓷收拾完准备出门，发现沈如归也拿着车钥匙下楼了。

明明不近视，他却总戴副眼镜。

这人脱了衣服禽兽不如，穿上衣服是斯文败类。

慕瓷突然发现自己竟然看这个男人顺眼了，不禁感叹男色上头。

沈如归也是一身黑色，两人无意间又配了一身情侣装。

“顺路，送你。”

“送我？你不忙吗？”

“再忙也不差这点儿时间。”

“哦。”慕瓷撇撇嘴，嘀咕了一句“见鬼”。

这几个月，接送慕瓷的人要么是司机，要么是贺昭。安萝来了之后，贺昭所有的心思都在安萝身上，偶尔几次也是出去给安萝买东西顺路接她。

这是沈如归第一次送她去剧组。

雪还在下，园子里白茫茫一片，地上落了一层厚厚的积雪，一脚踩下去咯吱咯吱地响。

“我给你惹了麻烦，贺西楼会找你的事吗？”

贺西楼和贺昭这对同父异母的兄弟不和不是秘密，沈如归和贺昭在一条船上，那么，他和贺西楼之间应该不像表面那样友好。

“问题不大，找机会给他送点儿钱就过去了。”

他说的“点儿”，当然不是真的“点儿”。

“那得多少啊？昨晚打碎的那些杯子好像还挺值钱，我有生之年能还清吗？”

沈如归面不改色：“我先给你垫上，你慢慢还，争取活到八十岁。”

“你是不是又趁机讹我？”

“不信就自己赔，机会只有一次，你赔我就不干涉，我赔你就得听我的，随便你怎么选。”

慕瓷穷得没底气：“你等着，我拍完最后两场戏就能拿到片酬了。”

沈如归点头：“嗯，我等着。”

慕瓷索性闭嘴。

沈如归腿长走得快，慕瓷在原地站了一会儿就落下了一大段路。

车都停在车库，走过去要好几分钟。下雪天路滑，慕瓷怕摔，踩着沈如归的脚印一步一步往前走。

刚七点，天还没有完全亮起来。

沈如归往后看，眼底满是笑意。

不知不觉，两个脚印之间的距离越来越远，慕瓷走得有些吃力，抬头看向前面的沈如归，他的步伐正常，不太像是故意的。

这人走得那么快，赶着去投胎啊？！

身后传来女人的惊呼声，沈如归停下来，回头就看到慕瓷可怜兮兮地坐在雪地里。

“好疼，我不会骨折了吧？”

如果是真骨折，她早开始骂人了。沈如归看着好笑，原路返回走到她的面前："很疼？"

"嗯嗯！"

沈如归蹲下去，握住她的脚踝轻揉："哪里疼？"

"就是你摸的地方。"

"可能是骨折了。"

"那怎么办？我还没拍完呢。"她一脸苦瓜色，"陆导肯定又要骂我了。"

"别演了。"沈如归戳穿她，"起来，不嫌冷？"

慕瓷索性破罐子破摔，抱着他耍赖："腰疼腿疼走不动，你背我。"

沈如归虽然一脸嫌弃，但还是转身半蹲着，慕瓷趴到他的背上。

她在袖子里藏了颗小雪球，趴好后，悄悄拉开沈如归的衣领，把雪球塞进去，沈如归被冰得倒吸一口凉气。

"慕瓷。"

"怎么了？走啊，再磨蹭我要迟到了。别松手，我会掉下去的。"

"摔死你算了。"

"我警告你啊沈如归，我现在是有粉丝的人，你说话做事注意点儿，下次再这样，我让我公司给你发律师函，哎哎哎！开玩笑，开玩笑的，别当真嘛，我真的要掉下去了。"

贺昭陪着安萝在宽敞的地方堆雪人，安萝怀里还抱着那只猫。那只猫是贺昭弄来的，又肥又懒，不让别人抱，只黏着安萝。

慕瓷看了一会儿："他们是起得早，还是根本没睡觉？"

沈如归不关心这些："闲的。"

"你懂什么，这叫浪漫，看人家贺昭多会哄安萝开心。"慕瓷朝他们挥手："早上好，安萝。"

贺昭还在滚雪球。慕瓷假摔的时候他就看到了，已经见怪不怪："一起出门啊？"

"他顺路。"

"嗯，一个走东岳路，一个走公园路，确实很顺路。"

两条路是完全不同的方向。

“他真没意思，我们走，不理他。”慕瓷忘了自己一分钟前刚夸过贺昭，双手抱紧沈如归：“拜拜安萝，晚上见。”

安萝从住进来到现在没说过话，慕瓷笑着跟她打招呼，她也只是看着。

贺昭给她穿上最厚的羽绒服，裹得严严实实的，还给她塞了一个热水袋，但还是担心她冷，过一会儿就去摸摸她的手。

堆雪人不是轻松的事，贺昭累出了一身汗，但能让她开心，做什么都值得。

“安萝，你喜欢这里吗？”

贺昭知道她不会有任何回应，但还是自顾自地说：“这里比家里好，没人管我们，但不能待太久，会给沈哥惹麻烦。等我找机会把你的证件从贺家拿出来，就带你去更好的地方。”

贺西楼还在找她。在这里至少是安全的，贺西楼再有能耐也有所顾忌，不会光明正大地闯进来找人。

“安萝，我给你堆的雪人好不好看？

“还差个鼻子，一会儿我去厨房拿根胡萝卜。

“安萝，你还记不记得，小时候，我总拉着你半夜溜出去玩，但次次都会被我妈抓到。有一次我藏在雪地里，谁都没发现，只有你找到了我。

“安萝，我是不是很没用？连你都保护不好。

“外面那些人都说我是只会吃喝玩乐的废物，远远比不上他，说如果没有他，贺家肯定早被我败光了。安萝，你会不会也这样想？

“安萝……你跟我说句话吧。

“以前我每次泄气的时候，你都会抱抱我；现在你不理我，也不跟我说话，算了……还是我抱抱你吧。”

贺昭抱够了，牵着她往回走：“走，回去给雪人找鼻子。”

积雪厚，地很滑，贺昭走得慢。想起沈如归背着慕瓷的画面，他也在安萝前面蹲下去，拍拍自己的背：“上来，我也像沈哥那样，背着你走。”

安萝没动。

贺昭说："没关系，你很轻，一点儿也不重，而且我力气很大，你看我的肌肉，不会累的。"

安萝看着怀里的猫。

"它不怕冷。"贺昭拍了拍猫脑袋，猫跳到地上。

贺昭背着安萝回屋："想睡个回笼觉吗？"

她不点头也不摇头。

贺昭叹气："好吧，那就不睡。"

昨晚煮汤剩下的胡萝卜还很新鲜。

"安萝，想要兔子吗？不是用来吃的，给你买只活的，养着，你负责每天喂它吃东西，给它洗澡，陪它玩，和养猫一样。"

贺昭想着，有点儿事情做，她就不会总是一个人坐着发呆了。

"想要吗？"贺昭没有走近，只是站在厨房门口看着她，"想要就过来抱抱我，我就知道你想要。"

其实每根胡萝卜都差不多，但安萝选了很久。

贺昭也不催，安静地等着，等她选好，然后走过来抱他。

安萝进屋后脱掉了厚厚的羽绒服，里面是一件毛衣，很软，她双手抱住贺昭的腰。贺昭每顿都看着她吃饭，她已经不像刚来的时候那么瘦了。

"好，我知道了，吃完早饭就去买，我一定给你挑一只最漂亮的。"

慕瓷拍《相思》的最后两场戏很重要，不仅准备的时间很长，而且每个镜头都要反复打磨。

陆川喊"咔"，慕瓷就去摄像机前看回放。她擅长打戏，动作干净利索，站在观众的角度看着很舒服。

慕瓷看完一遍，觉得这条是到目前为止最流畅、完成度最高的，至少她自己满意了。

"陆导，您觉得还行吗？"

陆川淡淡地道："勉勉强强，也就那样吧。"

镜头里的慕瓷一身鲜红嫁衣，仿佛立在火焰里，手里拿着一把滴血的剑。那把剑，刺进了心上人的身体。

无论是眼神还是情绪都很到位，陆川将画面放大一倍，忽然视线定在某一处。

他看到了隐匿在慕瓷耳后的那个暗红色吻痕。

陆川侧眸对上慕瓷的目光，她蹲在地上，眼睛亮晶晶的，仿佛藏着无数颗破碎的星星。

他想到了家里那条哈巴狗。

“陆导，我可以再来一遍。”

他转过头：“这条过了，休息十分钟。”

“好。”慕瓷松了口气，转过身，悄悄揉肩膀。

方方走过来，把水杯递给慕瓷，朝她眨了眨眼。

谁不知道陆川是出了名的严格，没有达到他的标准，只能不停地重来重来再重来，连续二十四小时拍摄都是常事，他说可以过了，就说明是满意的，只是嘴上没好话而已。

“累吧？坐着歇会儿。对了，外面有人找你，等了半个多小时，说是你姐姐。”

慕瓷喝水的动作一顿，几秒钟后就恢复了自然，仿佛什么都不曾发生过，只是眉眼间的那种灵动淡了些：“我哪里来的姐姐？”

“是哦，你除了你奶奶也没什么亲人了，可能是粉丝吧。不过，你知道那女的开了辆多贵的车吗？咱俩一年不吃不喝都买不起一个车轱辘。一身国际大牌，连发卡都是上万的奢侈品，我一年下来连上面的一颗钻都赚不到。啧啧，慕瓷，你出息了啊，都有这种貌美多金的粉丝了。”

方方一边说着一边往外看，像个操碎了心的老母亲。

“天都黑了，还在下雪，这里又很偏僻，你估计一时半会儿也结束不了，女孩子一个人挺危险的，而且那姑娘还长了张纯良无害的脸，万一出事了可不得了，我让她别等了先回去？”

慕瓷嗯了一声，脱下棉服，搓了搓冰凉的手，过去和男演员对机位。

方方跑出去，那位“粉丝”果然还在等。

“小姐姐，不好意思啊，慕瓷要拍到很晚，你先回去吧。你一个人来的，晚上太危险了，下个月慕瓷就有场见面会，到时候你就能见到她了。”

慕依约不到慕瓷，只能来剧组找她：“谢谢关心，我还是再等等。”

方方心想：她还挺执着。

天气这么冷，方方想着去给“粉丝”倒杯热茶，结果走了没几步就发现两个人躲在墙角抽烟，说的话句句都难听。如果说的是别人，方方可以当作没听见，但他们议论的人是慕瓷。

一年不刷牙的嘴都没有他们的嘴臭，方方气得恨不得扑过去撕烂那两个人的嘴，可还没迈出一步，就听到痛苦的叫声，下一秒，那两个人就被人像扔垃圾一样揪出来扔在地上。

其中一个人刚才说话字字下流，不等他爬起来，一只脚就踩在他脸上用力地碾了碾。方方僵在原地，视线从他丑陋的嘴脸往上看，那只皮鞋干净得一尘不染，再往上，是一双堪称艺术品的手，最后，是和这暴戾行径极其不相符的清俊眉眼。

她要怎么形容呢?

男人戴了一副金丝框眼镜，但很显然，只是看似斯文。

慕依先回过神，连忙跑过去阻拦：“沈先生，您冷静点儿。”

方方也反应过来了。附近都有监控，事情搞大了大家都麻烦。然而下一秒，她就看到那位柔弱的“粉丝”被推得摔倒在地。

事情已经超出方方能控制的范围了。

“陆导，陆导！”方方转身就往摄影棚的方向跑，“陆导不好了，外面出事了！您快去看看吧。”

陆川很反感工作的时候被打扰。

他刚走出去就看见了沈如归，下着雪的冬天，晚上的气温接近零摄氏度。

陆川和沈如归认识多年，知道沈如归要么不动手，要么就会把对方

踩在脚底下让对方一辈子都没有报仇的机会。

“你是不是有病，跑到我这里发什么疯？”

“不好意思，”沈如归说得轻描淡写，仿佛刚才那个动手的人不是他，“我就是单纯看他们不顺眼。”

陆川放弃跟他沟通，和疯子讲不了道理。

方方小心翼翼地替沈如归解释：“陆导，是他们先不尊重慕瓷的，说话很难听，不怪这位先生。”

陆川看都不看她：“用你多嘴？”

方方识趣地闭上嘴。

慕依崴了脚，站不起来，方方去扶她。

沈如归不认识她，陆川只能让自己的助理送她去医院。

慕瓷还剩最后一场戏，没有台词，陆川只要慕瓷流一滴眼泪，并且就在回头的那一刻，不能晚也不能早。

外面没有闹出太大动静，她根本不知道发生了什么，只注意到陆川在开始之前出去了一趟，回来的时候脸色不怎么好，身后还跟着一个人：沈如归。

他怎么来了？

早上把她扔到剧组的时候他也没说晚上要过来。

现场有很多工作人员，沈如归旁若无人地走到慕瓷面前，盯着她那条露在大红嫁衣外面的狐狸尾巴。

尾巴毛茸茸的，很逼真。

慕瓷心里瘆得慌，浑身直起鸡皮疙瘩，觉得大事不妙：“你干吗？”

“路过，来看看。”沈如归面不改色。

她小声吐槽：“又路过，今天怎么这么闲？”

“有本事大点儿声。”

“没本事，你别打扰我工作。”

“我就是来看看，你忙你的，可以当我不存在。”沈如归朝她走近两步，很认真地说，“这尾巴不错，拍完直接穿回去。”

“道具！这是道具！”慕瓷吓得往后退，把狐狸尾巴藏起来，“沈如归，把你脑子里那些乱七八糟的东西倒一倒。”

沈如归只是笑，慕瓷却莫名有种被他咬在齿间碾的错觉。

“不许说，”慕瓷在他开口说出更过分的话之前捂住他的嘴，“你不许说！”

她用脚指头猜都能猜到他在想什么。

“我说什么了？”

手心传来湿热的触感，慕瓷的手像是被烫到了一样缩回去：“你什么都不许说！”

陆川冷漠地看着他们：“你们俩有完没完？”

“来了来了。”慕瓷瞪了沈如归一眼，提起裙摆，小跑着过去。

助理搬了把椅子，沈如归坐在陆川左手边。慕瓷很快进入状态，开始拍摄。

这场初雪还没有停，时机刚刚好。

露天拍摄遭罪的是演员，慕瓷穿得薄，最后一个镜头拍了四条才过。陆川一喊“咔”，方方就把羽绒服和热茶都拿过去。慕瓷冻得浑身都在抖，被扶着去了休息室。

陆川以为沈如归肯定会搞出点儿事情来烦自己，但出乎意料，他只是静静地看着。

陆川虽然没问出口，但看着沈如归的目光意味深长。

沈如归说：“和她过去那些年吃过的苦相比，这不算什么。”

十年前的慕家在这座城市也算是数一数二的家族，谁都没想到最后会是那样凄惨的下场。

宁倩改嫁，只带走了大女儿。

那年，慕瓷也才十二岁。

墙倒众人推，落魄的凤凰不如鸡，阿猫阿狗都能上去踩一脚。

“你今年是不是忘了我的中秋节礼物？”沈如归话题一转，“补上吧，简单点儿，把那条狐狸尾巴放我车的后备厢就行了，省钱省事，不用客气。”

陆川：“……”

慕瓷杀青，现场的工作人员准备了蛋糕，还开了香槟，在雪地里为她庆祝。

慕瓷裹着羽绒服去和大家合影。这是她的第一部电影，热闹过后她又有些莫名的失落。

白雪飘飘，沈如归站在人群和喧嚣之外，拿着一束火红的玫瑰，慢慢朝她张开双臂。

“杀青快乐，我的公主。”

这一瞬间，她心里那点儿失落被治愈了。

所有人都在欢呼，没有人注意到他们，她可以毫无顾忌地拥抱他。

“等电影上映了，我陪你去看，让黑子他们都去电影院看。”

“还要等很久呢。”慕瓷抱着那束花坐到副驾驶位，“小黑他们喜欢国外那些科幻片，不爱看这种题材的。”

“正好给他们一个提升审美的机会。”

“这话我可不敢说。”慕瓷闭着眼睛伸懒腰，“明天可以睡懒觉了。”

沈如归抖开一条毯子给她盖着：“只要你想，天天睡懒觉都没问题。”

“天天睡懒觉是不能成为著名演员的，等合约到期，我想换家公司。”

“让陆川帮你介绍。”

“总麻烦陆导，不好吧？”

“你去找他的时候就说是我请他帮忙。”

陆川和沈如归怎么都不像是一路人，关系却不普通，慕瓷其实好几次都想问。

“你们俩怎么认识的？”

沈如归只是简单地说：“通过贺昭。他们从小就在一个圈子里，认识得早。”

陆川刚入行时就有人说，他如果电影拍得不好，就只能回家继承家产；就算一部没拍好，赔了，陆氏集团也能很快翻倍赚回来。

贺昭同样家世不俗，永远有人帮他善后，所以他都这个年纪了，还在闹离家出走这一套，等他胡闹够了，想回家了，生活还可以是以前的样子。

但沈如归和他们不一样。沈如归是自己闯出来的，顺利的时候大家都好，麻烦来了他一个人扛。没有人会关心他冷不冷，累不累。

“时间过得真快啊，一年又要过完了。”慕瓷别开头，声音里的哽咽并不太明显，“以前觉得日子难熬，现在一眨眼就又是一年。”

电影杀青之后，慕瓷暂时没什么工作，可以好好休息一段时间。

她已经很多天没去医院了。

老太太生日那天，顾泽和慕瓷传出绯闻，沈如归轻描淡写的一句“以后就别再去医院了”就扼住了慕瓷的命脉，她到现在都没敢提。

以前在这里，慕瓷连个说话的人都没有，现在虽然有安萝，但安萝太安静了，大部分时间都待在卧室。

贺昭说，安萝是被人折磨成这样的。

刚开始，唯一能亲近她的只有那只猫。她白天不说话，晚上好不容易睡着，也是睡不到两个小时就会惊醒，在房间里焦躁地走来走去，像是在找什么，又像是很畏惧什么。

这段时间明明已经好了很多，可昨晚不知道怎么回事，她突然被吓到了，连贺昭都不能靠近她。

贺昭明显憔悴了。今天，他伤了手，慕瓷帮他换药，沈如归坐在旁边喝茶。

明明开着暖气，贺昭还是觉得后背凉飕飕的，回头偷瞄沈如归，然而沈如归并没有看他。

“慕小瓷，”他还有心情调侃慕瓷，“我发现，沈哥最近黏你黏得挺紧啊！”

慕瓷又不傻。

贺西楼订婚之后，顾泽和顾笙这两个人就像忽然从慕瓷身边消失了，沈如归也忙了起来，黑子和他那些兄弟进出主楼的频率高了很多。

即使这样，沈如归也是每天亲自开车接送慕瓷，哪怕她只是出去拍个广告，一天就能拍完。

有一天早上，慕瓷睡醒了，发现床上没人，准备出门的时候碰到沈如归从书房出来，都不知道他是一夜没睡还是起得太早。

他以前从来不这样的。

以前慕瓷去哪里沈如归根本不问，司机负责接送，偶尔贺昭会跑一趟，随便她干什么，只要晚上回来睡就行了，因此，哪怕工作到凌晨三四点，她也回来睡。

那时候，慕瓷觉得自己就像是他养的宠物，白天被放出去遛遛，撒欢奔跑，野够了，晚上就得乖乖滚回来。

这些日子，就好像是暴风雨来临之前最后的平静。

生活看似平静，其实在看不到的地方，狂风正卷着巨浪咆哮翻涌而来。

“怎么了，你难道还想跟我争宠吗？”慕瓷换了根新棉签，故意用力摁在贺昭的伤口上。

贺昭疼得龇牙咧嘴：“轻点儿轻点儿！痛死了！”

慕瓷做了个抹脖子的动作：“不服忍着。”

贺昭：“打扰了打扰了，惹不起惹不起。”

黑子敲门进来，匆匆走到沈如归面前：“强哥手里那批货出了点儿问题，可能要延期，时间不确定。还有，那个姓顾的……”

他忽然话音一顿，因为看到了被贺昭挡住一半身体的慕瓷。他刚进来的时候没注意，又很着急，话脱口而出。

沈如归神色沉稳：“继续说。”

黑子握紧拳头。别的就算了，沈哥竟然连这些事都不设防，在她面前毫不避讳。

“那个……”慕瓷开口打破寂静，“奶奶下午要进行第三次化疗，我想去医院。”

过了几秒，她又补充道：“方方陪我，我晚饭前回来，不去别的地方。”

沈如归看着她，目光深沉，许久才点头："去吧，多穿件衣服，时间早就和朋友去逛逛街。"

"嗯。"慕瓷跑着上楼。

她给方方打了电话，又在房间里磨蹭了二十分钟，估摸着沈如归他们谈完事情了才下楼。

贺昭和黑子都不在，客厅很安静，沈如归面前的那杯茶已经凉了。

慕瓷给他换了杯热的："你想吃糖葫芦吗？山楂的，我买了晚上带回来。"

对视半晌，沈如归笑了笑："好。"

方方先到医院，慕瓷稍晚。

老太太的头发掉光了，慕瓷给她买了新帽子，还把帽子叠好放在枕头下面。

"小顾怎么没有和你一起来？"

"年底事多，他太忙了，还在美国，本来是要赶回来的，但是实在抽不出时间，刚刚打了电话。"

"我没有瘦，一天吃四顿，都胖了两斤呢。"慕瓷揪着脸上的肉给老太太看，她还有点儿婴儿肥。

方方看着，心里酸酸的。

她虽然样样平庸，小菜鸟一个，但父母恩爱，家庭和睦，慕瓷就只剩奶奶一个亲人了。

方方故作轻松："奶奶别担心，小瓷现在特别好，跟很有名的导演合作拍戏，将来一定会成为家喻户晓的著名演员。"

老太太握着慕瓷的手："不求太多，平安健康就好。"

慕瓷留在病房陪老太太说话，方方在外面等。

天黑得早，老太太吃完药，迷迷糊糊地睡着了，慕瓷又待了一会儿才走。

方方想起来一件事："对了，你还记得杀青那天在剧组外面等到很晚的那个'粉丝'吗？她的脚受伤了，也在这家医院，反正都来了，顺

便去看看？”

慕瓷怔住：“怎么伤的？”

“就……就你那位啊！”方方现在想起那晚的沈如归还有些害怕，说话都结巴，“有个人满嘴喷粪，被你那位听见了揪出来教训，这个粉丝跑过去拦，结果你那位看都不看她一眼，真的，我没有夸张，她真的是唰的一下飞出去的，小腿擦破皮流血了，脚也崴了。”

关于那个下着雪的深夜，慕瓷记得的只有拿着一束火红玫瑰远远笑看着她的沈如归，而不是方方口中丝毫不顾场合直接动手的“你那位”。

“这么大的事，我怎么一点儿都不知道？”

“陆导都处理好了，大家都怕惹麻烦，不敢随便议论。我以为你那位会跟你说，没想到他提都不提。”

慕瓷一时说不出话，心里很乱。

方方问：“去看看吗？去我就下楼买个果篮。”

“你先回去吧，我还有些事要找奶奶的主治医生。”

“行，你自己注意安全。”

“嗯。”

方方被父母催着回家吃饭，就没有在医院多待。慕瓷找医生聊了十分钟，才知道奶奶的情况并不好。

她们和那对母女早就断了联系，如果慕依来见过奶奶，奶奶不可能瞒着她，慕依也许根本不知道奶奶在这家医院。

慕瓷找护士问到了慕依的病房号——她住高级病房，不在这一层。

听到敲门声，慕依回过神：“进来。”

“小瓷？”她以为是护士，惊讶全都写在脸上，“快进来坐。你来看我，我很高兴。”

慕依的伤是沈如归导致的，慕瓷来这一趟不为别的。

“你不方便，不用倒茶，我不是专门来看你的，是有事，说完就走。”

慕依有点儿尴尬：“有什么需要都可以说，能帮的我一定帮。”

“你当然能帮，不然我也不会来。”慕瓷说话直接，“你腿上的伤是沈如归误伤的，知道你不缺这点儿医药费，但于情于理我们都应该赔，我替他道歉，希望你不要跟他计较。”

慕依没想到她来是出于这个原因：“我们是姐妹，不用这么客气，而且我本来就不打算追究。”

宁倩几次问起，她都说是自己不小心伤的。

“我感激你不追究他的责任，但仅此而已，其他的该怎么样就怎么样。”

慕依沉默了。对这个妹妹，她心里总有些愧疚：“小瓷，我知道你恨我和妈妈……”

“你想多了，并不。”慕瓷甚至连一句辩解都觉得多余，“希望你说到做到，好好休息。还有，以后别再去找我，不然我会怀疑你另有所图。”

比如，沈如归。

虽然慕瓷知道沈如归可能不在家，但还是带了一串糖葫芦回去。

那条凶神恶煞的藏獒被拴在后院，因为她害怕。

这么一想，他今天晚上大概不会回来了，明天也不一定。

天气冷，慕瓷于心不忍，抱了条毯子丢进狗窝，然后蹲在旁边看狗啃骨头，边看边没好气地吐槽沈如归谜一般的口味：“养什么不好，被顾笙保镖当街打死的那条小土狗可比眼前的大藏獒看起来温驯多了。”

“土狗？那肯定不是先生的。”王叔没多想，“先生从来都没有养过小型犬，这条藏獒刚带回来的时候体形就不小，站起来有半人高，吓人得很。”

慕瓷怔住了。她其实也没有亲眼见过那条土狗，只是听贺昭说过一次。

“沈如归没有养过小型犬？”

“没有。”

“那……别人呢？是不是小黑养过？”只要是他身边的人，但凡在

外面受了气，沈如归都不会轻易了结。

王叔说：“咱们这里除了安萝小姐有只猫，有只兔子，只有先生养着这条狗，其他人早出晚归，没这个闲心。”

所以那条狗根本就不是沈如归的，也不是他身边任何一个人的。

“我不饿，晚饭不吃了。”慕瓷像丢了魂一样，连鞋都忘了换。

王叔一脸迷茫，不知道自己说错了什么。

慕瓷回到房间后在沙发上坐了很久。

她想起她去顾泽那套房子拿衣服的那天刚好碰到顾笙，贺昭去看热闹，他说，他是住在对门的邻居。

一个喜欢热闹的人，为什么放着这么宽敞舒服的别墅不住，去租房子？

他是在监视她，还是替沈如归看看她和顾泽到底发展到了哪一步？

无论是哪一种，都让慕瓷心里阵阵发凉。

傍晚，沈如归走出警局，短发略显凌乱，眉间戾气堆积，让人望而生畏。

等了一天的黑子连忙下车：“沈哥。”

那两个人在医院，明明可以大事化小，但有人在背后操作，把事情闹大了，让沈如归进了趟局子。

“早晚要那个姓顾的好看！沈哥，走，咱们喝酒去，去去晦气。”

“不去。”沈如归踹了他一脚，坐上车，“困得要死，回家。”

“别啊，喝酒提神，大家都等着呢。”

“不喝了。”

黑子不敢再啰唆，心里明白沈如归想回去见谁。

温柔乡，英雄冢。

他一直觉得沈哥这样的人不会为了哪个女人耽误事，结果沈哥的表现次次都跌破他的眼镜，也不知道被灌了什么迷魂汤。

黑子把车开回去，沈如归连主楼的门都没让他进。

卧室没人，沈如归在二楼书房找到了睡着的慕瓷。

他的书房在三楼，平时连贺昭都不能随便进，慕瓷从住进来的第一天起就很自觉，绝不靠近半步。

二楼这间屋子是后来才改成书房的，给慕瓷看剧本用。

房间里很暖和，电脑开着，屏幕的光线很暗，桌上放着一本摊开的书，还有笔和纸，白纸上写了几行字，字迹娟秀。她应该洗过澡，头发还没干，就这么趴在桌上睡着了。

沈如归没有吵醒慕瓷，先回卧室洗了澡，换了身干净的衣服。

直到被抱起来，她才有要醒的迹象。

“醒了？”

“嗯。”她睡眼惺忪地往他怀里靠，“你什么时候回来的？”

“刚刚。”

她刚醒，脑袋里一片混沌，想到什么说什么：“我把糖葫芦放在冰箱里了，不知道还能不能吃。”

“天气冷，没那么容易坏，我明天吃。”

“我绕了很远的路才买到，你居然还要等到明天吃。”

沈如归拿起那支笔，塞到慕瓷手里，让她握住：“学习的时候都能睡着，你这个学习态度太不认真了，罚抄十遍，写错一个字，就加时十分钟。”

电脑里打开的文档上密密麻麻都是字。

慕瓷偷偷在心里骂他变态。

温热的吻从后颈往前面蔓延：“瞧你的黑眼圈，都快掉到地上了，不知道的还以为我家里养了熊猫。这才七点，你就困成这样。”

她平时睡眠很浅，稍有动静就醒了，除非真的特别累或者前一天没睡好。

“怎么，我就一晚上不在，你就想我想得睡不着？”

“胡说，我睡得可香了！”慕瓷梗着脖子狡辩，“我在书房睡着是因为……是因为学习太辛苦了。你不懂，少恶意揣测我。”

“哦，”沈如归低声笑，“这么用功啊，那就继续学吧，我不打扰你。不过，照你现在的速度，估计写到天亮都写不完。”

慕瓷想哭。

她到底是道行太浅。

沈如归要么不做，要么就让她没力气再东扯西扯，一般都是以她倒头就睡结束。

慕瓷今晚出息了一点儿，睡着前还有精力惦记冰箱里那串糖葫芦。

她没有夸张，是真的绕了很远的路——平时经常能看见卖糖葫芦的，但昨天就是遇不到。

沈如归洗完澡，下楼去厨房，把那串糖葫芦从冰箱里拿出来。

他咬了一颗，还是那个味道。

外面的糖很甜，里面的山楂很酸。

沈如归对饮食没有什么讲究，以前觉得吃饱就行了，那天在车上，慕瓷喂给他的那颗，是他第一次吃糖葫芦，酸涩感退去之后，只剩满口的甜。

沈如归从出生起就被逼着明白，所谓“人间炼狱”，都是真的。

他在黑暗里行走，连身体里的血都是冰冷的，却在十年前的某天抓住了一缕光，从此有了渴望。

沈如归的渴望，名叫“慕瓷”。

第七章

玫瑰色和鲜血红

天气越来越冷，沈如归也越来越忙，贺昭更是不见人影。

虽然慕瓷每天都记得给那束玫瑰换水，但花瓣还是一天比一天蔫，最后实在抢救不了，只能扔掉，桌上就干巴巴地摆着一个空花瓶。

花瓶是慕瓷收到片酬的第一天买的。那天，她先去医院，把新买的帽子带给老太太，然后坐了两个小时的车去买了这个花瓶，素白的瓶身和红玫瑰很配。

公司给慕瓷接了一个护肤品广告，比拍戏简单多了，但前前后后也拍了两天。

慕瓷刚到家就开始下雨，雷声阵阵，闪电仿佛要撕破夜空。

这里是郊区，晚上很安静，那么大的雷声还是有点儿吓人。

慕瓷忽然想起安萝。

贺昭平时对慕瓷不错，她怎么都得去看看安萝。她穿上外套，拿了把伞就过去了。

平时贺昭不在的时候就只有阿姨照顾安萝，今天阿姨急得都快哭了，连忙把慕瓷带到楼顶。

安萝一动不动地站在雨里。

慕瓷还未靠近，安萝的猫就猛地朝她扑过来，她感觉脖子一阵疼，用手摸了摸，手上沾了血，应该是被猫挠到了。

“安萝，”慕瓷顾不上疼，几步跑过去把安萝拉到屋檐下，“天气冷，淋雨会感冒的，生病了多难受啊，又要打针又要吃药。”

“我们进屋玩，你闷吗？贺昭还没有回来，我陪你。”

安萝固执地推开慕瓷，转身往雨里走，仰着头，任由雨水落在脸上。

“我好脏，要洗干净。”

这是慕瓷第一次清晰地听到安萝说话。

贺昭为了让安萝好好吃饭想尽了办法，但她还是很瘦，仿佛风一吹就会倒。此时，安萝踉跄着往露台边缘走，如果再往前走几步，就会坠下楼。

慕瓷来不及多想，在安萝跨越栏杆之前强行把她拽进屋。

“安萝，别怕别怕，我不碰你，你自己洗澡。”

“好好好，不吃药，全都拿去丢掉。”

“阿姨，你帮忙去外面把安萝的猫抓进来，她要抱着猫才安心。”

那只猫认生，好在阿姨经常喂，勉强能接近它。阿姨抓到猫后赶紧把它洗干净，吹干，送到安萝的房间。

猫跳到安萝腿上，在她的怀里很安静。

慕瓷远远地看着，许久才开口：“安萝，贺昭真的真的很喜欢你，你们俩青梅竹马那么多年，他的性格你还不了解吗？你不要害怕。

“你弄伤自己，他多伤心啊！

“你都不知道，贺昭因为你喝药难受吐得吃不下饭都哭过好几次。

“那次你伤到他，他连疼都没有喊一声。他不会生你的气的，因为他知道你不是故意的。

“安萝，你别害怕。”

这一晚，慕瓷睡得很不安稳。

风声呼啸，雨滴打在玻璃窗上，惊醒时她总分不清是现实还是梦。

梦境很混乱，她像是被什么东西推着往前走，还有一张血肉模糊的脸，那人一遍一遍地说着：“慕瓷，你迟早会害死沈如归的。”

迷雾散去，她终于看清，那张血淋淋的脸是她自己。

轰隆一声，巨雷在雨夜里炸开。

“啊！”慕瓷又一次惊醒，吃力地从床上坐起来开灯。

凌晨三点半。她再也没能睡着。

不知道过了多久，隐约听到楼下传来杂乱的声响，她掀开被子下床。

已经六点多了，外面的天色还是很暗。

慕瓷跑到楼梯口，忽然僵在原地。

她没有听错，确实是沈如归回来了，他靠在沙发上，浑身都湿透了，连头发都在滴水。

他们是淋着雨回来的。

“慕小瓷，你怎么还没睡？”贺昭先注意到慕瓷，下意识地挡住沈如归，故作轻松地朝慕瓷笑了笑，“小事小事，不严重的，别怕啊！”

黑子冷笑：“还不严重？躺着进抢救室才算严重？都是因为她……”

“行了。”沈如归一脚踹翻了椅子。

他对身边的人向来宽容，前提是不要涉及慕瓷。黑子在慕瓷面前口无遮拦，沈如归必然会动怒，如果慕瓷不在场，就不会只是踹翻一把椅子这么简单了。

贺昭连忙给黑子使眼色，笑着打圆场：“你是困傻了吧，赶紧滚回去洗洗脑子。”

黑子意识到自己情急之下说错了话，往自己脸上扇了一巴掌，就当是给慕瓷道歉。

空气陷入死寂。

“都戳在这里干什么？”贺昭帮沈如归赶人，“走走走，回去睡觉。”

他走在最后：“沈哥，我去看安萝。”

地板上满是泥印，王叔先把装着纱布、棉花的托盘收走，又利索地把客厅弄干净。

慕瓷心里什么都没有想，只是觉得这么冷的天气，沈如归淋了雨，多冷啊，她想给他暖暖手。

“别碰，很脏。”沈如归避开她的手，“时间还早，上楼睡觉去。”

她没说话，只是摇头，安静地在旁边看着医生给他处理伤口。

王叔拿来热毛巾，沈如归擦掉身上不干净的东西才伸手摸了摸她的脸：“吓着了？”

慕瓷回过神："没有。"

她当过人人钦羡的公主，也被众人鄙夷可怜，见过星辰，也见过人间丑陋。

玫瑰和鲜血，都是红色。

她认识的沈如归从来都是高高在上的掌控者，好像永远都是那么强，对小伤小病根本不会上心。

这样一副脸色苍白的虚弱模样，她还是第一次见。

这些伤明明都在他身上，为什么她却觉得疼？

"就是好像听到你在叫我，下楼一看，"慕瓷喃喃地道，"一看，真的是你回来了。"

他说："是不是很吵？下次就不让他们进来了。"

她抬头看着他："还有下次……"

沈如归沉默了。

客厅的暖气整夜都开着，慕瓷只穿了一件薄薄的睡衣都觉得有点儿热，沈如归的手却还是凉的。

"上楼睡一觉好不好，要我扶你吗？"

沈如归眼里的血丝显得触目惊心，慕瓷想了一会儿，自问自答："还是我扶着你吧，反正又没人敢笑话你。"

他也不说什么，只是看着她笑。

"慢点儿哦。"慕瓷扶着他站起身，慢慢上楼梯。

沈如归并没有把身体的全部重量都压在慕瓷的身上，只是从一楼到二楼的距离，他的额头上就起了一层冷汗，脸上毫无血色。

回到卧室，慕瓷看了看他胳膊上缠着的绷带。

还好，没有出血。

"不洗澡了，我给你擦擦。"慕瓷帮他脱衣服，去浴室把干净的毛巾泡进热水中，拧干后帮他擦身体，来来回回跑了好几趟。

沈如归靠着枕头，问她："脖子怎么弄的？"

"啊？"慕瓷茫然，下意识地摸了摸自己的脖子，还有点儿疼，"哦，是不小心被猫挠了一下。怪我自己，非得去摸，它不挠我才怪呢，如果

谁随便摸我，我也得挠他。”

“没事，擦过药了。”慕瓷帮他盖好被子，“你睡吧。”

沈如归把她拉进被窝：“一起睡。”

对沈如归来说，把她抱在怀里能止痛。

“我不困。”慕瓷怕碰到他的伤口，也不敢乱动，只轻轻地说，“今天没有工作，我下楼给你煮粥。”

关了灯，窗帘拉得严实，屋里光线昏暗，像是夜晚。

沈如归闭上眼：“你会？别把厨房给我烧了。”

“我不要太会好吗？！”慕瓷夸下海口，“你想吃满汉全席我都能给你做出来。干吗干吗？我吹吹牛怎么了，吹牛又不犯法。”

沈如归收拢手臂，低头吻她：“嘘，先陪我睡一会儿。”

慕瓷仿佛被按了静音键，连呼吸都放缓了。

沈如归入睡很快，雨小了，慕瓷甚至能清晰地听到他的心跳声。

也看不清外面的天色，慕瓷在沈如归睡着之后动都没有动一下，半边身子都是麻的。等她轻手轻脚地掀开被子，关上门下楼，看时间才发觉已经中午十二点了。

阿姨一直等着，不知道什么时候开始准备午饭才合适。

“小瓷，午饭吃点儿什么？”

“我来吧。”

贺昭一觉睡醒来主楼看看，进屋就闻到了饭香味，绕了一圈才发现是慕瓷在做饭。

锅里正咕嘟咕嘟煮着粥，贺昭心想：沈哥这次也值了。

“挺好，你慢慢做，我回去陪安萝吃饭了啊，有事叫我一声，我立马过来。”

慕瓷叫他：“站住。”

贺昭回头，一看慕瓷的表情就猜到她要问什么。

“我不知道，我什么都不知道，别问我，”贺昭举双手投降，“求你了慕小瓷，你别害我，我乱说话会被揍死的。”

他的这种反应在慕瓷的预料之中，她知道，就这样问，自己肯定什么都问不出来。

“安萝昨天晚上说话了，在你回来之前说的，只有我听见了，你想知道她说了什么吗？”

贺昭怔住，过了几分钟，背过身，骂了句脏话。

“你想知道安萝说了什么，就先把我想知道的告诉我。”

贺昭有苦说不出，他所有的心思都在安萝身上，想尽办法却都没能让她开口跟他说一句话，现在慕瓷说安萝说话了，他当然很迫切地想知道安萝说了什么，但如果他把沈如归不希望慕瓷知道的事情告诉慕瓷了，他肯定没有好果子吃。

“慕小瓷，你真是越学越坏了！”

慕瓷把厨房门关上：“周姨在洗衣服，王叔喂狗去了，沈如归在睡觉，家里没别人，我就算知道了也会当不知道的。”

贺昭烦得挠头发：“你不问不行吗？你不是一直说‘当个快乐的傻子最好’吗？”

“我以前可以装傻，”慕瓷微微低着头，侧脸看上去有些落寞，“现在想知道了。”

贺昭拿出一根烟叼在嘴里，从兜里摸出打火机：“我抽根烟？”

窗户开着，慕瓷点点头：“抽吧。”

贺昭站在窗户旁边抽烟，心里纠结，最后天平还是倾向了安萝。

他只简单地说：“顾泽在码头截了我们的一批货，事情很麻烦，不好解决。”

“顾泽为什么无缘无故针对沈如归？别说全都是因为我，我没那么大本事，”慕瓷冷静地问，“沈如归到底把顾笙怎么了？”

贺昭叹气，很无奈：“不是我不告诉你，我是真的不清楚，我发誓。你都知道从我这里下手，沈哥会猜不到？”

“总有个原因。”

“好像是因为贺西楼订婚那天的事，那天我没去，真不知情。至于结果，我只能告诉你顾笙怀孕了，别的你还是不知道的好。”

慕瓷想起昨晚那个满目鲜血的梦。

“慕瓷，你迟早会害死沈如归的。”

“慕瓷，你迟早会害死沈如归的，你信不信？”

一句一句像魔咒一样在耳边回荡。

慕瓷转过身，洗干净手，继续切菜。

“安萝说她很脏，要洗干净。

“就这句，没了。”

贺昭起初没反应过来，细想之后脸色就变了，起身冲了出去。

慕瓷上楼去卧室，看沈如归还在睡就没有叫他，只以小火温着粥。

沈如归这一觉睡得久，慕瓷忘记了时间，锅烧煳了，她只好重新煮，还炒了四盘菜。

到晚上了，沈如归还没醒。他没吃东西，也没吃药，慕瓷想了想，还是决定去叫醒他。

“沈如归，醒醒。”慕瓷坐在床边轻声叫他，摸他的额头，“你有点儿发烧，要量一下体温。”

沈如归没有睁眼，只是握住了她的手：“怎么量？”

“用体温计量啊！”慕瓷担心是伤口感染引起的发烧，“我扶你坐起来……”

她话还没说完，就被男人扣着后脑勺往下压，正好亲在他的唇上。

他在发烧，口腔里的温度很高，这个吻明明很轻，却像着了火一样。

慕瓷觉得，他大概是渴了。

“我凉了一杯白开水，要喝吗？”

“先放着。”沈如归把她拽回来，从她的手心吻到唇边，“让我看看你嘴里是不是藏了糖。”

慕瓷担心碰到他的伤口，故意拿腔拿调：“贺昭在门外哦，门没关哦，他都能听到的哦，他个大嘴巴，用不着五分钟，所有人都会知道你生病了会撒娇的哦。”

沈如归被逗笑了。

“傻样，就算他在外面，给他十个胆子，他也不敢听我的墙脚。”

贺昭下午出去之后，到现在都没回来，慕瓷是在编瞎话。

“那不一定，人家贺昭又不怕你。”

“还笑。”慕瓷想看看他衣服里的伤，“痛不痛啊？”

沈如归坐起来，靠着床头：“不痛。你熬的粥呢？熬到现在，已经是米饭了吧。”

“粥？粥……煳了。”

“……”

慕瓷拿了个枕头垫在他身后，帮他把睡衣扣子解开到第三颗，留出伤口的位置，方便换药。

“真的烧煳了，谁让你一直睡一直睡，饿着吧。”慕瓷量好体温也不看沈如归，起身下楼，“对，没错，我就是这么一个冷血又无情的女人。”

她到底不是专业的，换药虽然不难，但她多多少少会弄疼他。而且，他不想她看见。

等帮沈如归换药的人走了之后，慕瓷才把饭菜端上楼。

“先吃饭，再吃药，一样都别想逃。”

沈如归看着面前清淡的饭菜：“这都是你做的？”

“想得美，”慕瓷说，“只有我未来的丈夫才有机会吃到我亲手做的菜。”

“我只能吃到一碗粥？”

“能给你煮碗粥已经不错了，你挑什么挑？好了好了，别给我脸色看了，我喂你吃总行了吧。”慕瓷一手拿筷子，一手拿勺子，“张嘴。”

沈如归冷着脸不配合。

慕瓷无奈地凑过去亲了他一下，他才张开嘴。

“你现在怎么这么难哄？真应该让小黑来看看，每天到底是你无理取闹还是我不讲道理。”

她喂一勺饭，再喂一勺菜，沈如归不用自己动手。

“明天让他给你道歉。”

他说的是凌晨在客厅的事。

“小黑其实不讨厌，他总瞪我是因为我给他取小名。”

慕瓷管那条半人高的藏獒也叫“小黑”。

“我又没生气，道什么歉，你少在我和小黑之间挑拨离间，破坏我们的友谊。”

沈如归嗤笑：“你才认识他多久，就有友谊了？”

“他们都喜欢我。”

“他们是指谁？”

“别这么狭隘，大度一点儿，以后会有更多人喜欢我的，你现在的觉悟还不行，需要进步。”

“怎么进步？”

慕瓷把碗筷都拿到旁边，喂他喝水，听到这个问题，认真地想了想：“比如，你可以想象一下别的男人叫我老婆。”

沈如归面无表情地盯着她。

“很不高兴吗？”慕瓷摇头叹气，“说明你还有很大的进步空间。”

“我要无动于衷才算大度？”

“话也不是这么说，我这个年纪，男友粉和女友粉占大多数，人家现在都这么叫，难道你听见一次就揍人家一次？”

“管喜欢的演员叫老婆、老公，那以后怎么叫自己的结婚对象？”

“你就是老古董。”

“你说谁老古董？”

“谁年纪大我说谁。”慕瓷现在才不怕他，“看什么看？你又不能把我怎么样，有本事就快点儿好起来。”

她总是这样嘴硬，故意说话气人。

沈如归抬手把人拉到怀里：“不严重，养养就好了。”

对他来说，只是身上多添了一道疤痕而已。

沈如归虽然在养伤，但还是很忙，每天都有人神色凝重地进出主楼。他们谈事情时，慕瓷会避开。

贺昭不知道从哪里弄来一只小兔子给安萝，安萝好像很喜欢，王叔买菜的时候带回来几袋胡萝卜，说是给兔子吃。

几个人敲门进屋，都是慕瓷眼熟的面孔，个个都笑着叫一声“嫂子”，但上楼之后神色就严肃起来。

贺昭也来了，没有一个小时肯定结束不了。

慕瓷披了件外套，带着几根胡萝卜去找安萝喂兔子，阿姨告诉她，安萝在阁楼上。

阁楼上很暖和，贺昭为了让安萝种的花好好活着，专门在阁楼装了暖灯。

安萝的脸上沾了泥，衣服上也是。

从来到这里开始，她就是一个安静的木偶娃娃，这样一副脏兮兮的模样让慕瓷看了都忍不住想笑。

“安萝，晚上好呀！我给你的小兔子带了胡萝卜，你可以喂它。”

慕瓷在旁边看了一会儿：“这种花要剪掉一些老掉的分枝才能长得好。”

安萝看了看花盆，又看了看慕瓷，然后拍拍手上的泥，站起来往旁边挪，把地方让给慕瓷。

她起身，本来在刨土的猫也跟着她走开了。

安萝不是不会说话，只是不愿意开口而已，慕瓷也习惯了自言自语。

“我先教你一遍，另外一棵你自己种。”

慕家别墅被封之后，慕瓷和老太太就搬到老房子住，家里别的没有，花花草草倒是不少，都是她们自己种的。

“先剪掉这些多余的分枝，然后需要一个大一点儿的花盆。”

慕瓷出门的时候没扎头发，手腕上也没有头绳，头发总往泥里掉。

安萝洗干净手，从口袋里拿出一条红丝带。

她还是不习惯亲近外人，本来是想把红丝带递给慕瓷让慕瓷自己绑头发的，但看到慕瓷一手泥，伸出的手又缩了回去。

安萝慢慢走到慕瓷身后。

“谢谢，安萝你真好。”慕瓷蹲着没动，她发量多，安萝手劲小，怎

么弄都会有几根拢不起来，慕瓷也不催，等着安萝慢慢弄。

安萝没拿稳，红丝带掉到了慕瓷身上。

慕瓷多看了两眼，怎么……有点儿眼熟？

这好像是沈如归偶尔带在身上的那条，蒙过她的眼睛，捆过她的手腕。

“安萝，这条丝带……你从哪儿弄来的？”

安萝指了指窝在软垫子上的猫。

“原来是猫叼来的啊！”慕瓷懂了。

这条红丝带很旧了，也没什么特别的。

“这不是用来绑头发的。没有头绳就算了，没关系的，我很快就弄好，弄完了再回去洗澡。”

慕瓷让安萝把丝带先放在桌上，打算晚上悄悄放回去，免得被沈如归发现，不然那只猫得遭殃。却没想安萝很认真地看着她，小声说：“可以的，这就是发带。”

“发带？”

“嗯。”

安萝固执地坚持，用那条红丝带给慕瓷绑了个高马尾。

头发扎起来后方便多了，慕瓷修剪好一盆，安萝学着修剪另一盆。

天气太冷了，植物搬到外面会被冻死，只能养在阁楼。

慕瓷去洗手，安萝端着一盘切好的胡萝卜条在后院喂兔子。

傍晚时分，夕阳很美。

慕瓷微微偏过头，看着镜子里的自己，红丝带隐没在黑色的发丝里，毫不违和，仿佛它本来就是一条普通的发带。

她好像……想起了什么，脑海里闪过一些七零八碎的片段，模模糊糊拼凑成一段久远的记忆。

十年前。

慕家破产已经是两年前的事了，就算当时再轰动，依然会慢慢被遗忘。

为了躲避债主消失了一年的宁倩突然回来了，头发烫成波浪鬈，脖子上戴着一串珍珠项链，高跟鞋上还镶着钻。

她带了很多东西，破旧老屋的客厅都被堆满了。

慕依哭着扑到她怀里："妈妈，我好想你。"

"乖乖，妈妈也想你。"

这娘俩母女情深的时候，慕瓷就站在奶奶身后，看着院子外面的那辆车。

车里还有个男人，车窗降下一半，慕瓷看到他在抽烟，手腕上戴着的表比这座老房子值钱多了。

她想起爸爸以前也有一块这样的表，但是被她弄坏了，她以为爸爸会生气，结果爸爸下班回到家并没有批评她，只是无奈地把她抱到怀里，笑着说："手表再贵，也没有我们家的瓷宝贝珍贵，坏了就坏了。"

爸爸的头发很硬，扎得她又痒又疼，满屋子都是她的笑声。

"妈，这些钱您收着吧。"宁倩从包里拿出两个厚厚的信封递给老太太。

老太太沉住气，问道："倩儿，你这是什么意思？"

"妈，我实话实说，我这次回来是接依依走的，她跟着我才能有个好前程。这些钱够你们花一阵子了。我知道您心里有怨言，一直觉得我愧对您儿子，但我告诉您，是他对不起我，是他毁了我的人生！这两年的苦我受够了，我还年轻，有权利选择自己的生活，您别指望我后半辈子都为他守寡。"

老太太气得脸色发白。

"妈妈别吵架，"慕依眼泪汪汪，"奶奶身体不好。"

宁倩深呼吸，让情绪稳定下来："嗯，不吵。乖乖去收拾行李，没用的就不带。"

慕依回头看了慕瓷一眼，又仰着头看宁倩，怯生生地问："那……妹妹呢？"

宁倩说："焉叔叔家里有孩子，妈妈只能带你们其中一个，如果带妹妹走，就不能要你了。"

老太太拍桌子："小瓷和依依都是你的亲生女儿，不能厚此薄彼，要么一起带走，要么都留下。"

"都带走，我过不下去；都留下，你养不起。"

慕依十五岁了，已经可以分辨是非。

带妹妹，她就只能留下来。她跟着老太太有什么？除了还不完的债，就只剩同情和怜悯。

她不要这样。

幸好妈妈更喜欢她。

她跟着宁倩走了，没有带走一件衣服，因为她知道将来会有更好的，也没有多看慕瓷一眼，生怕自己是被遗弃的那一个。

傍晚，车开出小路，慕依看见慕瓷在车后面追着跑，那一刻，她甚至在心里祈祷焉叔叔可以开快一点儿，再快一点儿，千万别被慕瓷追上，虽然妈妈不喜欢慕瓷，但慕瓷那张嘴最会哄人了。

她想太多，两条腿怎么跑得过四个轮子的车？

前面那辆车越来越远，最后消失不见，慕瓷甚至不知道该从哪一个岔口去追。

她也可以和姐姐一样乖，会好好读书，不和同学打架了。

为什么……为什么妈妈要扔下她？

"慕小瓷，我看见你妈妈开车走了，"胖子从后面追上来，气喘吁吁地说，"她不要你了吗？"

慕瓷大声吼他："才没有！你胡说！"

"我真的看见了，开车的男人是有钱人，你妈还叫他'亲爱的'。"

胖子底盘不稳，慕瓷把他推倒，坐在他身上揍他："你还敢说！"

"呜呜呜……你又打我，我要去告诉老师！"胖子哭得撕心裂肺。

他爬起来用力往前跑，扯开嗓子喊："慕小瓷的妈妈跟野男人跑喽！不要她喽！"

胖子跑了几步就被树枝绊倒，又摔了个狗吃屎，怕慕瓷追上来揍他，也顾不上哭，连滚带爬地跑远了。

"慕小瓷打人啦，救命啊……"

沈如归从巷子里拐出来就听见一声接着一声杀猪似的喊叫，顺着叫声看过去，是个小胖子，跑起来浑身的肉都在抖。

路上静悄悄的，又没人追他，他喊什么？

沈如归往外走了几步，看到梧桐树下站着一个小女孩。

她一身泥，小脸灰扑扑的，即使这样，也藏不住那惊为天人的眉眼。

她一动不动地盯着路口，眼眶发红，却不像哭过，眼里隐隐约约藏着期盼。

地段偏僻，路上没什么人，很安静。

太阳落山了，天色暗了下来，她还站在那里，周围的一切都成了灰白色，但那条被风吹起的红发带鲜艳夺目。

两个小时，她看着路口，沈如归在看她，看着她眼里的期盼一点点消失。

后来很多年里，沈如归总是忍不住想起这一天，忍不住疑惑：自己明明一身伤，累得要死，为什么不去找地方睡觉，而是就那样静静地陪着一个陌生的小女孩等了两个小时？他想，大概是因为……他曾经也这样期盼过，也这样失望过。

同样躲在远处盯着慕瓷的，还有两个中年男女，一直在偷偷摸摸计划着什么，等天黑了，四周没有路人经过，才拿出一袋糖果凑过去，假装问路。

“小朋友，你真漂亮。”

“你家里都有些什么人啊？爸爸妈妈呢？”

“你住在这附近吗？”

沈如归点了根烟，抽完半根之后，朝那边走过去，从后面拧住那两人的胳膊，两人疼得嗷嗷叫。沈如归当着他们的面准备打电话报警，两人脸色微变，骂骂咧咧地走了。

慕瓷吓了一跳。

沈如归把烟夹在指间，垂眸瞧着她：“小女孩，这两个人可不是什么好东西。”

慕瓷警觉地往后躲，但嘴上不肯露怯："你欺负女人，也不是什么好东西。"

她的声音不大，但足够沈如归听清，他忽然笑了。

"我什么时候欺负过女人？"

这是慕瓷放学回家必经的路，走小巷子可以抄近道。

她昨天留校打扫卫生，回家晚，怕奶奶担心就走小路。巷子里隔很远才有一盏路灯，光线暗，但她走习惯了，不觉得害怕。

走着走着，她好像听见了奇奇怪怪的声音。

她继续往前走，那两个人就站在路灯下面，她远远地站着，只看清了男人的脸。

"昨天晚上，就在那条巷子里面，你把一个姐姐弄哭了。"

昨天晚上啊……

沈如归想了想。

昨天晚上谈完事，一女的跟了他一路，到没人的地方就开始没皮没脸地往他身上贴，他嫌烦，下手也没个轻重。

他不是好人，从来都不是。

"那不是欺负，那是……"沈如归平时都跟男的混在一起，说话荤素不忌，也不会想着哪句话说出来合不合适，但眼前这个不好惹的小女孩看起来还小，"你几岁？"

"十五岁。"

"几岁？"

"十四。"

"几岁？"

"十三。"

"几岁？"

"十二，十二行了吧。"

"到底几岁？"

她被问烦了，扯着嗓子吼了句："要你管！"

沈如归闭眼深呼吸，心想：算了，跟个小女孩计较什么。

“天黑了，快回家洗洗睡吧，小泥人。”说着，他伸手去摸慕瓷的头。

慕瓷讨厌被别人摸头，皱着眉往后躲，但沈如归也不是个听话的，她越是不让碰，他就越要摸。

头发被揉得乱七八糟，慕瓷瞬间就奓毛了，扑上去手脚并用，对着沈如归又踢又打。

“看不出来，挺野的啊！”沈如归轻而易举就把她摁住，故意吓唬她，“你说对了，我确实不是什么好东西，信不信我也能把你丢进巷子欺负？”

慕瓷气得想揍死他，结果被反揍了一顿。

他居然打她的屁股！

她动不了，趴在沈如归的肩上，眼泪一颗接着一颗往下掉，却一点儿声音都没有。

沈如归感觉到衣服被浸湿了，以为自己手劲太大弄疼了她：“哭什么，我又没有真的欺负你。”

“你松开！”

“不松呢？”

“呜呜呜……”慕瓷放声大哭。

“好好好，别哭。”沈如归松了手。

恢复自由的慕瓷翻脸不认人，抹了把眼泪，用力踩沈如归的脚，泪汪汪地瞪他，沈如归却在笑。

地上那块手表被踩坏了，零件七零八碎的。

手表不值钱，沈如归懒得捡，目光落在慕瓷身上。

夕阳落山，半边天空被染红，但也没有小女孩绑在脑后的那条丝带红得漂亮。

他走近，微微倾身，抓住飘扬的发带轻轻一抽，发带就到了他手里。

“小女孩，你弄坏了我的手表，这条发带，就当是赔礼了。”

宁倩带走慕依之后就再也没有回来。

慕瓷看到她们全都是在新闻里。

那些债主每隔几个月会来要一次钱，老太太东拼西凑，勉强能还上一点儿，破旧的老房子里没什么值钱的东西，但还是会被他们乱砸一通。

后来，那片老城区被划入拆迁范围，慕瓷只知道是被一个大老板买走了，好像是要建游乐场，分下来的拆迁款够还很大一部分债，老太太和慕瓷终于能喘口气了。

再后来，债主嫌她们还钱的速度太慢，亲自找上门，搬了张凳子坐在门口，身后站了一排保镖。

顾泽就是在这一天出现的。

以前顾家和慕家是邻居，慕瓷跟在顾泽屁股后面跑的时候还是喜欢吃糖的年纪，后来顾家去国外做生意，全家都搬走了，过了好几年才回来。

…………

“慕小瓷。”贺昭在洗手间外敲门。

慕瓷回过神。

洗手池里的水太满，流了一地。

“你掉到厕所里了？我找人进来捞你？慕瓷？慕瓷？”

“叫魂啊！”慕瓷没好气地应了一句，“马上就好。”

把地板擦干，出去之前，她又回头看了看自己在镜子里的影子。

贺昭一边和慕瓷并排往外走，一边纳闷地说：“安萝好像还挺喜欢你。”

她怎么就不愿意跟他说句话呢？

“那当然，”慕瓷扬着下巴，抬手拨了下马尾，“我人见人爱。”

“是是是，你聪明又美丽，大方又性感。”贺昭从善如流。

他进屋叫人，是迫于被沈如归支配的恐惧——沈如归不怎么喜欢慕瓷和安萝接触太多。

天色昏暗，夕阳却很亮，光晕笼罩，像一幅油画。

沈如归抽完半根烟，抬头就看到慕瓷朝他走过来，嘴里咬着一根胡萝卜条。

黑色长发被绑成高马尾，发梢微鬈，随着她的走动一晃一晃的，充满灵动的美，发丝间隐匿着一条红色发带，被风吹起。

这一幕，仿佛跨越了十年时光。

沈如归眼前一会儿是十年前泪眼模糊的小泥人，一会儿是十年后眉眼如画的慕瓷。

直到，她走到他面前，拿走他嘴里那半根烟，把她咬过的胡萝卜条喂给他。

慕瓷把烟灭掉，扔进垃圾桶，仰头朝沈如归笑："安萝的小兔子一口一口咬得嘎嘣脆，我拿了一根尝了尝，是挺甜的，但还是觉得不好吃，胡萝卜的味道太奇怪了，对吧？"

沈如归慢慢点头："嗯，很奇怪。"

他只是看着慕瓷，抬手拨弄她的马尾，红色发带绕在他的指间。

"哪里来的？"

慕瓷脸不红心不跳地说："捡的啊！"

夜凉，风起。

沈如归的眼里似乎没什么情绪波动。

但只有他自己知道，平静的海面之下，一场海啸正破风而来，轰隆轰隆地响。

"看着眼熟。"

"不管，我捡到就是我的。"慕瓷甩了下马尾，扭着头朝他眨眼，杏眸笑成了月牙，梨涡浅浅，"我好看吗？"

他说："还行。"

"还行是什么意思？"

"还行就是不难看。"

"只是不难看？"她垮着脸踩了沈如归一脚，"你这个人真没劲。"

贺昭看着慕瓷走远，过去给沈如归出主意。他当然不敢直接说沈如归的方式不对："沈哥，你得夸她，夸她漂亮，夸她可爱，把她夸高兴了，你自然也会高兴。"

"我夸了。"

"你夸得过于委婉，要直接一点儿。"贺昭突然发现一个问题，换成

一副难以置信的表情，“就这几步路，你都要过来接她？你干脆拿瓶胶水把她粘在你身上算了。”

沈如归的脸色变得快：“烦不烦？滚远点儿。”

晚上，沈如归要去书房，但被慕瓷骗进了卧室。

她说她肚子疼，想吐。

结果她却盘着腿坐在沙发上吃了半个小时的零食，嘴巴没停过。

这是肚子疼？

“正经饭不吃，就吃这些乱七八糟的东西。”沈如归看着铺满沙发的油炸垃圾食品，“谁买的？”

“贺昭给安萝买的，被我半道劫了一半。”慕瓷往嘴里塞了一片薯片，咬得咔嚓咔嚓响，趁沈如归不注意，悄无声息地把他要看的文件埋进零食堆。

医生说了要多休息，可他白天就在书房待着，晚上还要忙。

“你睡觉吗？你睡觉我就不吃了。”

慕瓷这点儿小心思，沈如归看得清清楚楚，也不戳穿。

“你先去洗漱。”

“那你呢？”

“十分钟。”

“我马上好。”慕瓷丢开没吃完的零食，进浴室刷牙洗脸。

她掐着十分钟的时间从浴室出来，坐到沈如归身边，手指一下一下戳着电脑屏幕，也不说话，但意思很明显。

沈如归揉揉她的脸：“最后十分钟。”

慕瓷这才满意，不像刚才那样故意制造噪声影响他，只在旁边陪着。

她见过的人中，没有比沈如归更符合“斯文败类”这四个字的。

连他的下巴线都无比性感。

看着看着，慕瓷就情不自禁地凑上去亲。

沈如归敲打键盘的动作停了下来。

“怎么了？我就亲亲，不能亲吗？”慕瓷撇撇嘴，“嘁，谁稀罕。”

她起身就要甩手走人。

预料之中，她左脚刚落地，就被男人抓住手腕拉回沙发上。

她眼尾藏不住的盈盈笑意被细腻的亲吻覆盖。

电脑掉到地毯上，发出轻微的声响。

她含糊地问："不会摔坏了吧？"

沈如归连看都不看："摔坏了你赔。"

"这点儿钱你都要让我赔？"慕瓷趁机问他，"那次我们去游乐场玩过山车，就是贺昭吐得走不动路的那次，你是不是没有买票？"

沈如归没理她，捡起电脑继续看文件。

慕瓷不甘心，小心避开他身上的伤，搂住他的脖子追问："是不是啊？"

沈如归淡定地回答："社会大哥不需要买票。"

慕瓷："……"

那家游乐场门口有棵几人粗的梧桐树，十年前，那里只是一片落后的旧城区，被神秘老板买走之后建了一家游乐场，全年营业。

"我才不信，你连买包烟都会付钱，肯定是认识游乐场的老板才不用买票，或者，你自己就是……嗯……"

男人恼羞成怒之后报复性的吻并不太舒服，她却忍不住笑。

她很想看看他被戳穿后不自然的表情，但被捂住了眼睛。

"被我说中了吧。"慕瓷笑得眼泪都快出来了，"沈如归你真行。"

沈如归解开她头上那条红丝带，长发海藻般散落。

"话这么多，干脆别睡了。"

"沈如归，"慕瓷故作虚弱，把他推远，"我肚子疼。"

"……"

"看什么？不是生理期就不能肚子疼吗？本来就不舒服，看你给我掐的，都红了。"

"……"

"我没爹疼没娘爱，你还在我肚子疼的时候欺负我。"

"……"

沈如归说不过她，索性关了灯。

凌晨两点，沈如归的手机振动了两声，是贺昭打来的。

沈如归等怀里的慕瓷翻身又熟睡过去才下楼。贺昭带着安萝在客厅等着，她来是想和慕瓷道别，但贺昭也知道时间太晚了。

沈如归看了眼外面的车：“现在走？”

“嗯。”贺昭起身，“沈哥，这段时间给你添麻烦了，还有慕小瓷，谢谢她照顾安萝。猫猫狗狗不方便带，我想麻烦你们先帮忙养着，等我和安萝在那边稳定下来，再想办法把它们接过去。”

沈如归都不在乎安萝这个活生生的大麻烦，更何况是一只猫和一只兔子。

“带不走就先留下。”

兄弟之间，不需要多说。

贺西楼早就知道安萝在这里，贺昭好不容易才等到机会，不能耽误太多时间：“安萝，把笼子放下吧，我们要走了。”

安萝已经好了很多，只是不喜欢说话，并不是听不懂。

贺昭知道她舍不得：“我答应你，一定会回来接它们。”

安萝把笼子放下，摸了摸猫的脑袋。

贺昭打开车窗，朝沈如归挥手：“沈哥，走了啊！”

车开出园子，尾灯的光越来越远。

贺西楼的母亲病危，他在晚上十一点上了飞机。贺昭想得很周全：就算盯着安萝的那些人在他们离开这里的时候就通知贺西楼，贺西楼也不可能连夜赶回来。

贺西楼不在场，那些人都是拿贺家的钱，不敢真的跟他动手。

慕瓷早起后在客厅看到安萝的猫时很惊讶。

这只猫平时也会溜进主楼，但因为沈如归不喜欢，王叔看到后总会把它赶出去。

今天它竟然能爬到饭桌上喝牛奶，还蹲在沈如归面前，简直比她还猖狂。

“过来吃早饭。”

“我先把它给安萝送回去。”慕瓷担心那只猫受惊打翻牛奶，动作没敢太快。

沈如归拉着她坐在身边：“养着吧。”

“啊？”

“你不是喜欢？”

慕瓷对这只猫是又爱又恨——虽然长得可爱，但挠过她。

“喜欢是喜欢，但这是贺昭送给安萝的。”

沈如归说：“他们走了，短时间内不会回来。”

慕瓷愣了许久：“这么突然……”

“舍不得？”

“就是有点儿不习惯。”

“慢慢就习惯了。”

慕瓷连吃早饭都没什么胃口。方方发来微信，催她起床。

方方一个星期前就说了无数遍，让慕瓷这周内要睡得比猪多、吃得比鸡少，因为陆川会带《相思》剧组出席“影视盛典”。

今年的影视盛典就在这座不夜城举办，昨天彩排，今天正式开幕，慕瓷要提前一个小时到场，和陆川一起走红毯。

品牌方这次给慕瓷的是一条露肩款白色羽毛裙子，搭配简单的珍珠耳饰和米色高跟鞋。

沈如归走过来，让司机下车。

慕瓷茫然地看着他。

“我送你。”

“你能开车吗？”

沈如归拉开车门：“能不能你还不知道？”

慕瓷：“……”

她下车，从后座换到副驾驶座位坐着。

她想着沈如归可能被拍到，就从兜里摸出一个黑色口罩，等红灯的

时候凑过去给他戴上。

路况正常，不算堵，她大概一个小时就能到现场。

慕瓷裹了一件很厚的羽绒服，在车里倒也不冷。

陆川比慕瓷先到，剧组的其他演员已经到了，方方在旁边等慕瓷。红毯设在两百米外的地方，再往前就全是记者和粉丝。

走红毯仪式已经开始，陆陆续续有演员、导演进场。

“我要去赚钱啦。”慕瓷解开安全带，脱掉厚重的羽绒服，然后去扒沈如归的衣服。

“著名演员，”沈如归抬手挡了一下，虽是训斥，但眼神和语气满是宠溺，“你注意形象。”

慕瓷继续扒：“又没人拍我，都去拍真正的著名演员了。”

她只是想看看沈如归的伤有没有裂开，结果摸到了不该摸的东西，难怪他会挡。

慕瓷像是一下子落入了伸手不见五指的深渊。

“沈如归……”

沈如归笑了笑，自然而然地帮她整理耳边的碎发：“贺昭和安萝遇到了点儿麻烦，我去看看，不是什么大事。”

“我等你来接我。”

“结束之后还有饭局吧？”

“陆导不会参加，我也不好意思蹭饭，会很尴尬。”慕瓷低声说，“你来接我，多晚我都等。”

外面传来一阵夸张的尖叫声。裙子上有很多片羽毛，慕瓷听到沈如归说“好”的时候数到了第十三片。

下车前，她问：“我好看吗？”

沈如归的目光落在她脸上：“好看。”

举办方的工作人员通知《相思》剧组全员就位，十分钟后走红毯。

慕瓷明明一遍一遍告诉自己，往前走，往前走，别回头，可好像有一根绳子从后面拽着她，越走脚越重。

周围嘈杂，某一瞬间，她什么都不想，推开方方，不顾一切地往回跑。

沈如归就站在车旁，和看着慕瓷一步一步走向聚光灯时一样，看着她跑向他。

她一身白裙，整个人仿佛在发光。

她逆着人流，奔向他。

慕瓷把绑在脑后的红丝带拿下来，系在沈如归的手腕上，拉了拉他的袖口，将丝带完全遮住。

“先借给你，等你回来了再还给我。”

“好。”沈如归笑着低头，隔着一层口罩吻她。

刚到场的一线男演员吸引了所有人的注意力，现场一片尖叫声，除了方方，没人看到慕瓷和沈如归的吻。

聚光灯下，星光璀璨。

台上，万众瞩目的是导演陆川，《相思》剧组的演员基本都是初次接触大银幕的新人。

作为主演的慕瓷在这之前只是一个名不见经传的十八线小演员，出演这么一个备受关注的角色，网络上自然会有各种各样的声音。有人讨厌，也会有人喜欢。

在红毯上亮相的时候，她出挑的长相和气质让人眼前一亮，网上已经有人给她刷话题了。

陆川眉头轻皱，在摄像机拍不到的地方提醒慕瓷。

慕瓷这才回神，但显然没听清主持人刚才问她的问题。

毕竟是第一次出席这样正式的场合，紧张在所难免，主持人又笑着把问题重复了一遍，问慕瓷：“新年有什么愿望？”

慕瓷想了想：“我希望……能平安。”

神啊，拜托拜托，一定要让他平安回来。

第八章

爱是穿肠刀

整场影视盛典慕瓷都心神不宁。

好在除了台上那几分钟，她都在台下当观众，偶尔直播镜头扫到她，她微微出神的模样反而给人一种岁月静好、气质温婉的感觉。

结束之后，慕瓷在地下停车场等，但等到的人不是沈如归。

对方说，万爷请她喝茶。

她不认识什么万爷，但也知道对方身份不简单，会客客气气地说声“请”并不是出于礼貌。

喝茶的地方是座仓库，潮湿难闻的空气让慕瓷手脚发凉。

没有茶，只有一个年近六旬的男人。

慕瓷第一眼看到的是他脸上的刀疤，从左眼劈到嘴角，这道疤应该很久了，颜色比肤色深。

“小姑娘，你好，初次见面，先自我介绍一下，大家都称呼我一声‘万爷’，你可以跟着小五叫我‘万叔’。”

沈如归是他捡回去的第五个孩子。

慕瓷不说话，万爷也不气恼，笑着打量她。

他越笑，脸上的刀疤就越显得狰狞可怕。

“听说你姓慕，慕成阳的小女儿？确实是长了张祸水的脸，很漂亮，也难怪小五把你护得这么紧，瞒了我大半年，连请你来喝杯茶都这么不容易。”

慕瓷有心理准备，想调查她，其实不难。

他口中的“小五”，是沈如归？

“小姑娘，别怕，我请你来就随便聊聊，没别的意思。小五估计已

经在往这边赶了，我们等等他。”

“唉，”万爷叹气，自顾自地说着，“慕成阳当年也是商界人人敬仰的头号人物，没想到最后竟然落了个那样凄惨的下场。那会儿你应该还小吧，九岁？十岁？唉，也是可怜。”

慕瓷听过太多怜悯的话：“你到底想说什么？”

“小姑娘性子别太急，先聊聊天。”万爷笑笑，“小五也快三十岁的人了，身边有个女人很正常，但太把一个女人当回事就不正常了。我还纳闷，到底什么样的女人才能勾住小五的心，见到你就明白了。

“小五这孩子啊，还是不够狠。

“他可是我最得意的作品，但现在越来越不听话了，让我很不高兴。

“小姑娘，你说，我应该怎么惩罚你呢？不如，在小五到之前，告诉你一件很有意思的事情吧，等你听完，也许就能明白，为什么在同一座城市，他只去见了你几次就从你的生活里消失了；为什么他在你身上费尽心思，却不告诉你；为什么他那么想靠近你，却要等到你和别人在一起了才忍不住下手。”

万爷知道慕成阳不奇怪，就像他说的，慕成阳曾经也是个人物。至于慕瓷和沈如归年少时那段不为人知的往事，他只要想查，自然有办法查出来。

“他不敢见你是因为愧对你，为什么愧对你呢？因为他在认识你之前做过一件对不起你的事。慕成阳在死之前还出过一场车祸吧，据说间接导致车祸的人当时还是个未成年。”万爷说话只说一半，“别用怀疑的眼神看着我，我会告诉你，就有十足的把握，我自己十几年前处理过的事情，当然不可能记错。”

那个时候慕瓷太小了，还不懂死亡是什么。

她只知道父亲睡着了，身上盖着白布，连鼻子和眼睛都被盖住了，她觉得这样肯定不舒服，想去把白布掀开，但被宁倩打了一巴掌。

所有人都在哭，有的真哭，有的假哭，她好像也应该哭，但哭不出来，因为她以为父亲只是太累睡着了。

不知道过了多久，外面传来动静。

万爷大笑了几声，让人把门打开。

慕瓷看到了沈如归，他从黑夜里走进来，一步一步，仿佛踏在她的心上。

万爷眯着眼吞云吐雾，不怒而威的煞气让人胆寒："小五，都是兄弟，你未免太不知轻重了。"

"还好，四肢健全。"沈如归说得轻描淡写。

万爷一改威严之态，朗声大笑。

拴在旁边的狗突然咬着他的裤子撕扯，万爷也不生气。

"自己养的狗，当然越凶越好，但如果发疯了反过来咬自己人，被教训了一次两次还学不乖，就很让人寒心。"

沈如归像是听不懂万爷的话，视线落到慕瓷身上，放缓语气："冷不冷？"

她看着地上那条狗，恍惚地摇了摇头。

沈如归脱下外套，盖在她头上。

"转过去。"

慕瓷慢吞吞地转了个方向，面对着墙壁。这仓库荒废了太多年，发霉了，味道很不好闻。

"把眼睛闭上。捂住耳朵，捂紧了。"

她像个提线木偶，沈如归拉动哪根线，她就做对应的动作。

万爷看得兴致盎然。他有了个很好的筹码，不是吗？

大概是真的太冷了，手脚被冻得僵硬麻木不说，连感官都弱化了，慕瓷捂住耳朵之后，好像真的听不太清身后的沈如归在说些什么。

慕瓷想起自己小时候，每天总是干干净净地去幼儿园，灰扑扑地回家，有一次还跟小朋友打了一架，晚上就被爸爸罚面壁思过。

"站一个小时，乱动就不许吃晚饭。"

"好饿哦爸爸，我要饿晕了。"

"不许耍赖，站好！"

"爸爸，我知道错了，您别生气了好不好？爸爸您看看我呀，我都

饿瘦了。您在吃什么？好香呀，我也想尝一口。”

每当这个时候，慕成阳再也没法板着脸，又生气，又想笑。

还罚什么站，他的女儿，只要平安快乐就行了。

“小五，你和他们不一样，你是我养大的，咱们之间有情分，这次只是给你提个醒而已，只要你想清楚了，我也不会让你为难。”万爷扔掉烟头，用脚踩灭。

万爷说完就走了，其他人陆陆续续跟着离开。

沈如归把手擦干净，走过去把盖在慕瓷头上的外套拿下来，给她披着。

“没事了。”

沈如归以为慕瓷是受了惊吓才不说话，万元年的手段，他比谁都了解：“没事了，我们回家。”

被他视若珍宝般拥到怀里，慕瓷却是麻木的，浑浑噩噩，但依然试图回想过去那些年她到底造过什么孽。

她以为，这世上有人爱她，等了她好多年，可……就差那么一点点。

感觉到沈如归突然停下脚步，身上的气息也变了，慕瓷抬起头，顺着他的视线看过去。

外面停着很多辆警车，仓库被层层包围了。一身西装的顾泽从车上下来，温和地笑着，朝慕瓷伸出手。

“小瓷，我来接你了。”

仿佛有一条分界线，顾泽身后是密不透风的包围圈，而沈如归身后空无一人。

“小瓷，过来。”顾泽继续往前走，他知道，慕瓷的软肋就只有老太太，“奶奶现在在私立医院，很安全。”

被沈如归护在身后的慕瓷绕过他，朝顾泽走过去。

沈如归的下巴绷紧，他握住慕瓷的手腕。

她被迫停下脚步，也不看他，只是低着头，固执地想要推开他。

沈如归的心像是裂开了一道口子，明明他走之前，她还把那条他藏了十年的红丝带系在他的手腕上，轻声说“我等你回来”。

“慕瓷。”

风很冷，慕瓷拢了拢大衣，这才回头看向沈如归。

沈如归忽然笑了。

他就在原地，等着慕瓷回去。

“跟我闹呢？”

“闹什么？”慕瓷目光平淡，“我跟你闹什么？我男朋友来接我，有问题吗？”

沈如归还是笑：“我就当你是受了惊吓脑子不清醒，你重新说……”

“再说几遍都一样！”慕瓷打断他的话，“沈如归，不清醒的人是你，你要往一条死路上走，没谁拦着，但为什么非要拉上我？你问过我的意见吗？还是你觉得我愿意陪你赌？

“我不愿意，沈如归，我不愿意。

“你死你的，我要活着。”

她还穿着参加活动时的那条裙子，外面只罩了一件黑色大衣，神色寡淡，显得薄情。

“贺公子那边还挺麻烦的。”顾泽慢条斯理地说。

他的目光越过慕瓷，对上沈如归那双阴沉沉的眼睛：“沈老板，你现在自顾不暇，就别再觊觎不属于自己的东西了，小心引火自焚，我劝你好自为之。”

顾泽打开车门，慕瓷上了他的车。

上车后，她仿佛已经耗尽了力气，脸色苍白。

裹在身上的那件大衣里，藏着一把冰冷的利刃。也只有她能从沈如归身上偷走一件东西并且不被他察觉。

顾泽拿掉那件大衣扔在地上，把自己的外套脱下来给慕瓷穿。车开远，进入市区，道路两旁的路灯明亮。

“小瓷，车里冷，先别睡，身体有没有哪里不舒服？”顾泽说，“还是去趟医院比较保险。”

“我没有不舒服，不去医院，麻烦你送我去方方家吧。”

“我那里更方便。”

慕瓷看着车窗外快速后退的路灯：“顾泽，我不是跟你走，我是跟警察走，你别误会。分手了就是分手了，这次我利用你，就当是你还债了。你不是一直为当时拿我换顾笙的事觉得愧疚，良心不安吗？现在你可以心安了，我同样利用了你，今天过后，我们互不相欠，我真的不恨你了，也请求你放过我吧。”

沉默许久，顾泽自嘲地笑了笑：“慕瓷，你挺不知好歹的。”

他和贺西楼合作，为的不就是把她从沈如归身边带回来？

“如果有办法忘了你，我早就忘了，你不知道你让我多难受，我比你更想让自己忘了你。”

慕瓷那几句话让顾泽满心的喜悦化为灰烬，车停在楼下，他也不再像半个小时前那样哄着她，而是先进了屋。司机帮慕瓷打开车门之后就一直站在车旁，她不进去，司机就会一直等着。

这个司机慕瓷认识，以前接送过她。

“顾笙不住在这里了吗？”

司机回答：“小姐还在医院。”

“她……怎么样了？”

“不太好。慕小姐，顾总这段时间其实挺不容易的，每次见完您，都会喝一晚上酒。”

“是吗？”

司机以为她心软了，可下一秒又听到她说：“就算喝死了也不关我的事。”

以前情况不是这样的。

以前他去接她见顾总，她会很开心，路上还会专门绕路去买茶点。

慕瓷走不了，也不跟自己较劲，进屋找顾泽，他果然在喝酒。

“我睡哪间？”

“这么多房间，随便你睡哪间。”顾泽坐在沙发上看她，“你在他那里的时候，是一个人睡还是两个人睡？”

“一个人睡什么睡？”慕瓷关上门。

她不是第一次来，却是第一次晚上睡在这里。

顾笙住院之前一直和顾泽住在一起，她过来顶多吃顿饭。

慕瓷睡不着，闭上眼睛，脑海里全是离开前沈如归看她的眼神，有希冀，有失望，也许还有恨意。

她也应该恨他，但恨不起来。

她甚至没来得及问问他身上的伤会不会很疼，有没有吃晚饭……

门口传来拿钥匙开门的声响，慕瓷惊醒——顾泽不是没做过强迫她的事。她坐起来开灯，顾泽已经把门打开了，看她还没睡，讥诮地笑了一声，边往床边走边脱衣服。

“你干什么？”

“睡觉。”

他要睡这里，慕瓷就把地方让给他。

她从顾泽身边经过的时候，被他拽着手腕摔在床上，她无动于衷，连挣扎两下都懒得配合：“顾泽，别让我看不起你。”

“我怎么样会被你看不起？”顾泽跪在床上，捏着她的脸吻下去，“这样吗？”

浓烈的酒精味让慕瓷心里作呕，她用力地咬了顾泽一口，推开他，跑进浴室。

顾泽正在气头上，却在准备踹门的时候僵住，水流声盖不住里面干呕的声音，她难受成这样，像是要把五脏六腑都吐出来。

他就这么让她恶心？

水声终于停了，她也虚弱地跌坐在地上。

隔着门，顾泽问她：“小瓷，你告诉我，我该怎么做，才能让我们彼此都好过？”

慕瓷回答不了，也没有力气回答。

她不知道顾泽是什么时候离开的，勉强走出浴室时，房间里还有一股酒味。天亮了她才睡着。

阿姨在门外叫她下楼吃早饭，说是顾总交代的。

她不想吃，但还是起床穿好衣服，下楼坐在餐厅里。

阿姨端上来一碗鸡汤蒸蛋摆在慕瓷面前，刚掀开盖子，她就捂着嘴往厕所里跑。

阿姨愣在旁边，不知所措。

顾泽说：“她昨晚没吃什么，胃不舒服，这些有腥味的东西不要再往桌上摆了。”

“好的，我重新做。”阿姨把蒸蛋端回厨房。

慕瓷只喝了碗粥。

顾泽出门前留了人在家里看着她：“我问过你公司的负责人了，你两个月内都没有工作，好好在这里休息吧。想出国度假也可以，我抽空陪你去。”

慕瓷什么都没有，联系不到任何人。

但幸好方方昨天报了警，警方需要她配合，找到了顾泽家。

方方担心了一晚上：“没事吧？”

“没事。”

“你的脸色很差。”

“可能是没睡好。”

方方介绍身后的人：“这位是焉警官，刚从临城调过来。”

慕瓷只想离开这里，随便对方是谁：“你好，辛苦了，我可以跟你们去做笔录。”

两辆车几乎是同时到达警局，顾泽就在审讯室外面。

焉洐给慕瓷倒了杯热茶，旁边的辅警准备记录。

“姓名？”

“慕瓷，爱慕的慕，瓷器的瓷。”

“关于昨天的事，请把你知道的都告诉我们，越详细越好。”

“我参加完活动之后一直在地下停车场等人，23点左右，有一辆车开进来，说有人想请我喝茶，我不认识他们，没有答应，他们就直接把我拽上车了。我被带到了那座旧仓库，在你们赶到之前没有发生什么。”

“看一下照片，强行把你拉上车的是这个人吗？”

慕瓷认真地看了看：“是他。”

“这人昨天半夜来自首，自称是你的‘粉丝’，因为喝了酒比较冲动，说只是想见见你，没想伤害你。”

“你们查清楚就好了，我相信你们。”

“我们一定会秉公处理的。还有，昨天晚上你穿过的那件衣服里有一把刀，可以解释一下吗？”

“是我的，我用来防身的。”

“上面不只有你的指纹，还有另一个人的。”

“你是说沈如归吗？当然会有他的指纹，那是他的东西，我从他家带出来的，一直放在车里，昨天太害怕，就带在身上了。”

她太平静了，要么说的是事实，要么就是来之前就预料到会被问到这个问题，提前想好了答案。

焉洐在很多年前就知道慕依还有一个妹妹。

没有人会主动提起她，只在某一年春节，慕依听着外面烟花爆竹的声音，说“妹妹今天生日”，但很快就意识到自己说错话了，怕惹宁倩生气，再也不敢多说。

她被放弃的时候应该还很小。

焉洐偶尔能在一些影视作品里看到她，而在现实中第一次见到她是在慕依和贺西楼的订婚宴上。

那天的她漂亮夺目，一身傲气，像只高傲的黑天鹅。

“今天就到这里吧。”焉洐收回视线，“特殊人物，特殊处理，你跟我走。”

慕瓷表示配合，抬起头朝对方笑了笑：“焉警官。”

焉洐凝视着那双雾蒙蒙的笑眼，忽然有种被她看透了的错觉。

“跟你走之前，能送我去趟医院吗？”

“身体不舒服？”

“嗯……有一点儿。”

她的脸色确实不太好，焉洐先联系医院。顾泽就在外面等着，门一

开，他就要带慕瓷回去。

焉洐拦住他："顾先生，很抱歉，事情没有查清楚，还是由我们来保护慕小姐更安全，请你理解。"

顾泽温和地笑了笑："理解，我当然理解，只是小瓷不在我身边，我不太放心。我家距离警局不远，你们需要配合，随时可以上门，应该不至于耽误你们的工作。"

身后的慕瓷不表态也不参与，焉洐就明白她不想跟顾泽走，否则就不会请他送她去医院。

他坚持道："还是按照我们的规矩办吧，顾先生放心，我们会把慕小姐的安全放在第一位。"

顾泽耐心不足，但该给的面子还是要给足。

慕瓷上了焉洐的车。

"焉警官，我还想请您帮个忙。"

"但说无妨。"

"到医院后，让我的经纪人陪着我去做检查就好了，希望其他人能回避。"

"没问题。"

"还有，我想住院休养。"

焉洐也答应了："小瓷，你可以相信我。"

慕瓷礼貌地说："我们没有那么熟，你还是直接叫我的名字吧。"

顾泽也到了医院。在慕瓷做检查期间，一通电话接着一通电话打到他这里，他看起来很忙。焉洐没有开口，是他自己选择暂时离开几个小时。

他是走了，但还留下两个人在医院。

"焉队，来，抽根烟解解乏。"

"谢谢，工作时间不抽烟。"焉洐起身，"我去买两杯咖啡，需要带点儿什么吗？"

"不用不用，不麻烦您。"

焉洐乘电梯下楼，到一楼后，走安全通道到七楼，单独去见了医生。

医生是他认识的朋友，可以信任。

医生告诉他，慕瓷怀孕了。

焉洐以为自己听错了，再次确认："什么？"

医生把检查报告递给他，上面很清楚地写着妊娠时间。

十分钟后，焉洐才撕掉那份检查结果，原路下楼，买了两杯咖啡，乘电梯回到病房时，方方已经帮慕瓷办好了住院手续。

面对焉洐复杂的目光，慕瓷不以为意，俏皮地眨了下眼："焉警官，麻烦你帮我保密哦。"

方方没有能力瞒住顾泽，但焉洐可以。

于是传到顾泽那里的检查结果就只有：轻微贫血，睡眠不足导致经期混乱，饮食不规律导致肠胃功能紊乱，需要配合药物治疗。

慕依瞒着宁倩从家里匆匆赶到医院。

焉洐在病房外，慕依小跑几步过去，担心地问："哥，小瓷怎么样了？"

"还好，就是之前受了点儿惊吓，最近又总失眠，再加上她的身体底子差，需要安心静养一段时间才能恢复。"焉洐简单地陈述了一下"病情"，"宁姨给我打过电话了，你先回去，小瓷的事情我来处理。"

"可是……"慕依不放心，"我想看看她。"

"她好不容易睡着了，现在不要打扰她。你不回去，宁姨就会过来，她对小瓷什么态度，你比我清楚。"

慕依低下头，自知帮不上忙。

焉洐上面还有个哥哥，家里人对慕依都不错，但她知道自己不姓焉，和他们不同，从小就懂得怎么讨好人，一直乖巧懂事，从未回来看过慕瓷，如果没有和贺西楼定下亲事，她大概一辈子都不想回来，焉洐一时之间竟分不出她是真心还是假意。

"宁姨让你去贺家拜访，来都来了，就去一趟。至于小瓷这边，你别太担心，有什么事我再告诉你。"

“好吧，那我就不进去了。”

慕依离开不到十分钟，顾泽就来了，照样被焉洐挡在病房外面。

顾泽的不满没有表现出来，但也不像昨天那么客气：“焉队，你这是什么意思？”

焉洐把对慕依说过的话重复了一遍。

“我知道她需要休息，但焉队是不是干涉太多了？”

焉洐还是那句话：“事情查清楚之前，我会一直留在医院。”

顾泽眉头紧皱，正要说什么，手机响了。他看了眼屏幕，转身去走廊另一头接电话。

方方带了早饭来，慕瓷还没醒。

“焉队，早啊。您这几天真是太辛苦了，我替小瓷谢谢您。”

“职责所在，不必客气。”

顾泽坚持要进病房，焉洐不放心他和慕瓷单独相处，索性三个人都在病房里等着。

空荡荡的病房里寂静无声。

病床上的慕瓷忽然惊醒：“沈如归……”

顾泽离她最近，也听得最清楚，表情没什么波动，却没有人知道他心里在想什么。

“哪里不舒服吗？我去叫医生。”

慕瓷怔怔地看着白色天花板，神情恍惚，分不清是梦境还是现实：“没有不舒服，我就是渴了。”

方方连忙说：“是不是暖气太热了？我去给你倒水。”

慕瓷出了一身汗，脸色却很苍白。焉洐站在旁边，低声问：“做噩梦了？”

她还是说“没有”。

顾泽赶人出去：“小瓷需要换衣服，麻烦焉队先回避。”

这个理由焉洐没办法反驳。

“终于清净了。”顾泽帮慕瓷擦汗，“在医院每天有这么多人烦你，还是家里舒服，住着也方便，我们回家慢慢把身体养好。”

慕瓷翻身背对着他："医院就很好。"

顾泽起身走到窗前，忍住了抽烟的想法："小瓷，别再惹我生气了。"

方方及时进来，阻止了一场争吵的发生。

慕瓷听得懂，顾泽是在提醒她，如果再不知好歹，惹他生气，他不知道还会做出什么。

方方打圆场："要不然，让小瓷先住我家吧，我爸妈都上班，也就晚上和周末在家吃饭。"

顾泽没有理会。他根本不会考虑她的提议。

"你先回去，我住他那里。"慕瓷妥协了，"你帮我跟公司沟通一下，我想多休息几个月。"

方方只好答应："行，应该没什么问题，你也别有心理压力，还是身体最重要。"

顾泽还在病房里，慕瓷就去厕所换衣服。

等助理办好出院手续，顾泽又把每一项检查结果都仔细地看了一遍，连医生开的药都看了。

"焉警官，这两天给你添麻烦了。"慕瓷主动说，"我在医院睡不好，还是想回去。"

顾泽站在她身边，左手圈着她的腰。焉洐虽然看得出她很勉强，但她自己决定跟顾泽走，他阻拦也不合适。

"好好休息，有需要随时打电话。"

"谢谢，再见。"

顾泽按下电梯，温声询问："午饭想在外面吃，还是回家？"

他们之间没有什么可以聊，在外面吃只会尴尬，慕瓷说："回去吧。"

"好，我让刘嫂准备。"

焉洐看着他们走远，看着电梯门从两边合上。

顾泽开车，慕瓷刚睡醒没多久，也不觉得困。

有工作人员在路边挂灯笼，慕瓷才意识到马上就要过年了。

在路口等红灯时，顾泽伸手摸了摸她憔悴的小脸：“等我忙完手头的事，就有时间陪你了。”

“还是工作更重要。”

她病恹恹的模样让人心疼，顾泽突然有些后悔那天酒喝太多，嫉妒心作祟，被激怒后那样对她。

“晕车？”

“有一点儿。”

“我记得你以前不晕车。”

“可能是早上吃的药太苦了，胃里有点儿不舒服。”

“那我慢点儿开。”

到家后，顾泽想抱慕瓷进屋，但她自己先开了车门下车。

她在医院出了一身汗，只换了衣服，这时问道：“我能不能洗个澡？”

“小瓷，你不是外人，这里就是你的家，你想做什么都可以。”顾泽收起脾气的时候还算温柔。

“衣柜里的衣服都是给你准备的。”他不说，她会误会那些是顾笙穿过的，“洗完澡再休息一会儿，午饭好了叫你。”

她情绪不好，低低地应了一声：“嗯。”

刘嫂提前把汤炖上了，顾泽发消息的时候只说让她把菜洗好，他回来做。

顾泽是会做饭的——他在国外读书的时候不和家人住在一起——只是做得少而已。

刘嫂有心缓和两人之间的关系，提前上楼叫慕瓷。厨房门开着，她到餐厅就能看见顾泽还在厨房里忙，连衣服都没换。刘嫂想着，她总归会有几分心动。

最后一道菜——番茄炒蛋出锅，刘嫂帮着盛饭。

顾泽给慕瓷盛汤，又给她夹菜。洗了个热水澡，加上家里暖气足，她的脸色红润多了。

“饿了吧？先喝汤。”

他做的菜都很清淡，慕瓷勉强能吃一些：“我吃不了这么多。”

“你能尝一口我就很高兴了。”顾泽放低姿态，“味道怎么样？”

“挺好的。”

刘嫂在旁边帮腔，说顾泽的手艺比她好。

顾泽心情不错，也愿意哄着慕瓷：“你如果喜欢吃，我天天回来给你做。”

“不上班了？”

“上班也得吃饭，回来一趟不费事。”

慕瓷随便他，他想演，她可以配合：“好啊，这样刘嫂就能提前回家过年了。”

顾泽当然不可能一天三餐都回来，除非他不想要公司了，只是偶尔晚上能赶回来陪慕瓷吃顿晚饭。

刘嫂每天提醒慕瓷吃药，慕瓷都会避开她，把药倒进马桶。

慕瓷等啊等，没有等到顾家人拿着银行卡甩到她脸上让她离开顾泽，却等到了顾笙。

她的变化很大，瘦得厉害，妆发穿搭也不像以前那样精致。

顾笙其实不是顾家的养女，是私生女，是顾泽同父异母的妹妹。

她那些不该有的心思，顾家自然不会允许。

她确实怀孕了，因为她身体不好，顾家人不敢冒险让她做手术，但孩子不能没有父亲，顾家就找了个上门女婿，连婚礼都没办，只仓促领了证。

“哥哥为了你，还真是费尽心思。”

慕瓷坐在沙发上翻着一本书：“为我？我以为是为你，所以你还是直接找他闹更有效。”

顾笙讥笑道：“闹？为什么要闹？我只是来看看你有多伤心。我不能和喜欢的人在一起，你也不能，咱们俩也算同病相怜了。”

慕瓷当着顾笙的面让刘嫂打电话给顾泽。

“怎么了？”

“你妹妹来了，我怕她自己摔一跤反过来诬陷我。你要么现在就回来，要么把她弄走，要么让我走。”

顾泽虽然交代过，但保镖和用人拦不住顾笙。

“你把电话给笙儿，我跟她说。”

刘嫂把手机拿给顾笙，顾笙直接挂断：“你还是这么没劲。”

慕瓷附和：“是啊是啊。”

顾泽回来得快，也不知道是担心谁受委屈。

顾笙在他到家前十分钟走了，家里干干净净，看不出闹过的痕迹。

刘嫂告诉他，慕瓷在楼上看电影。

“顾总，白天那个姓焉的警察来过。”

“他又来干什么？”

“不知道，慕小姐没有见他。”

“下次早点儿通知我。”顾泽脱掉外套上楼。他没把焉家的人当回事，因为知道慕瓷不会和姓焉的走得太近。

顾泽轻轻地推开房门，电影是她昨天没看完的那部，正到精彩的地方，她却走神了。

顾泽不喜欢她这副恍惚的样子。

“今天想吃什么？”

她似乎这才注意到房间里多了一个人，愣愣地看了他许久才说话：“你不用回家陪他们过年吗？”

“我陪你。”

“你不用陪我。”

顾泽在慕瓷身边坐下来，半是强硬半是温柔地将她揽进怀里：“小瓷，你不相信我爱你，就说明我做得不够好，我们还有很长的未来，我慢慢证明给你看。”

有些人就像慢性毒药，失去的那一刻感觉不到有多遗憾，然而在他以为可以放下的时候，与那个人相关的回忆却又突然破开牢笼涌出，化为刀子，一刀一刀割着他的心。

钝刀最磨人，越是夜深，越是醉意浓重，他的脑海里就越清晰地回想起对方的好。

所幸，所幸她回来了。

“别推开我，小瓷，别用这种眼神看我。”

她不知道这样有多伤人。

“我只是想回屋睡一会儿，电影没意思。”她起身，出门前回头看他，“晚饭可以再做一次番茄炒蛋吗？”

顾泽心里那株枯萎的花又起死回生：“好，晚饭我做，还想不想吃别的？”

“没有了。”

“那你去睡吧。”

第九章

视死如归

除夕这天是慕瓷二十三岁的生日。

以前，慕瓷总觉得时间太慢了，总也到不了尽头，可这一年就像是一眨眼。

曾经有很长一段时间，她都在等，等沈如归腻了烦了一脚把她踹开，现在想想，那些她渴望被救赎的日子都是从漫长的岁月里偷来的，永远和他在一起才是最遥不可及的梦。

顾泽一整天都在家，甚至关了手机，到了晚上也没有半点儿回顾家吃年夜饭的意思。

“这几天总闷在家，是不是太无聊了？”

“还好。”

等慕瓷回过神，才发现刚才顾泽戴在她手上的是一枚戒指。

“喜欢吗？”

“喜欢。”慕瓷说，“谢谢。我想去看奶奶。”

顾泽看得出来她并不是真的喜欢，只是因为想讨好他，让他同意带她去见老太太，才没有当着他的面摘下来扔掉。

“晚点儿再去，今晚有烟火晚会。知道你不想跟我在一起，但我想陪你，看一场你喜欢的烟花，你总能开心些。”

慕瓷并不关心去哪里，他说什么就是什么。她随口应了一声就进了浴室，把花洒开到最大。

水流声盖住了她干呕的声音。

烟火晚会是私人举办的，地点在一艘豪华游轮上。

顾泽送的衣服慕瓷也穿，送的首饰她也戴，除了那双高跟鞋。

“不好看吗？”

“太冷了，我想穿得暖和一点儿。”

“抱歉，是我疏忽了。”顾泽有耐心等，“不着急，你慢慢挑。”

慕瓷穿了鞋柜里唯一一双平底鞋。

她大概是整艘游轮上穿得最暖和的人。

“沈老板，最近少见啊，忙什么呢？”

“瞎忙，赚点儿烟酒钱。”

“哈哈，沈老板还是喜欢开玩笑。哎？这位美女看着眼熟。”

慕依大大方方地打招呼：“秦总，您好。”

秦总的目光在两个人之间来回转悠，笑容逐渐意味深长：“沈老板，您这是……”

船舱里太闷了，烟酒的气味很不好闻，慕瓷准备去外面透透气，猝不及防对上一道似笑非笑的目光。

顾泽搂住慕瓷的腰，扶她站稳，低声在她耳边问了句：“怎么了？”

慕瓷摇头，没吭声。

外面传来男人轻佻慵懒的嗓音，不是什么好听的话。

慕依僵了一瞬，脸色被冷风吹得发白，又难堪又窘迫。

秦总本来只是说笑，怎么都没想到沈如归嘴巴这么不积德，慕依毕竟是焉家的人，还是贺西楼的未婚妻。

然后他看见了顾泽和慕瓷。

圈内很多人都知道慕瓷跟过沈如归，他一时又搞不懂沈如归这话到底是说给谁听的。

“这烟花也该开始了吧，都几点了？”秦总转移话题，给慕依留了脸面。

虽然看热闹很有意思，但大家也都有眼力见，没有人会在这个时候凑上去当靶子。

顾泽垂眸，瞬间藏起那抹黯然，再抬头时，已经恢复了一贯的矜贵温和，带着慕瓷朝沈如归那边走过去。

“好久不见，沈老板的伤怎么样了？”

“伤？”沈如归轻笑，“什么伤？”

“那可能是我记错了。”顾泽也笑，搂着慕瓷的腰，往怀里带了带：“小瓷，打声招呼。”

他这种不着痕迹的亲昵，无疑是在宣示主权。

慕瓷现在和秦总怀里那个女人没什么两样。虽然觉得不舒服，但她并没有推开顾泽，而是礼貌地朝对面的男人点了下头：“沈老板好。”

沈如归低低地笑：“我哪儿好？”

她无名指上的戒指很亮眼，他便越发恶劣：“腰好，肾好，还是别的地方好？”

顾泽沉下脸：“沈老板，玩笑不要开得太过了。”

沈如归点了根烟，甚至不屑于嘲弄对方。

慕依安静地站在旁边，心里有些酸涩。

慕瓷来之前，什么都入不了沈如归的眼；慕瓷来了之后，他的眼里只有慕瓷。

“小瓷，方便聊聊吗？上次你住院，我一直很担心……”

“不方便。”慕瓷开口打断对方的话，侧首跟顾泽说：“我去洗手间。”

“我陪你去？”

“不用，我自己去。”

慕依跟着进了船舱。里面人多，她看着慕瓷被服务生带到二楼。

慕瓷拐过转角，突然手腕一疼，下一秒就被拽进了漆黑的房间。她转身就要跑，却被推得往后。

“说清楚啊慕小姐，”男人轻佻的声音里带着漫不经心的笑，“我到底哪儿好？”

熟悉的气息从四周笼罩过来，慕瓷忽然有种想要落泪的感觉，自己

似乎已经很久很久没有见到他了。

但想想，其实离两人上次见面也没过去多久。

冬天还没有过去。

房间里没有开灯，漆黑一片。江的对岸闪烁着璀璨的霓虹灯，人群拥挤，他们都在等待这场烟火。

“问你话呢，哑巴了？”

“我肚子疼，”好像有点儿晕船，慕瓷放松身体，往男人怀里靠，“你给我揉揉。”

黑暗里，沈如归低笑出声。

“这是在跟谁撒娇呢，顾氏集团未来的女主人？”他嗓音低沉，尾音上扬，满是讽刺的意味。

慕瓷牵引着他的手放到小腹上：“轻一点儿。”

现在他应该感觉不到什么。

慕瓷学着他刚才在外面说话的语气：“我以后结婚了，你可以藏在床底下……咝——疼疼疼疼！你轻点儿，我一会儿真吐你身上恶心死你……嗯……觉得床底下憋屈，那就藏在衣柜里，或者……嗯……”

这甚至不能称之为吻。

“慕瓷。”

沈如归看到慕瓷挽着顾泽上船的那一刻，心里想着直接掐死她算了，掐死之前还要问清楚她哪里来的熊心豹子胆骗他，然而话到嘴边，却成了一句“生日快乐”。

忽然一声巨响，烟花在夜空中炸开，火光明亮，这场万人等待的烟火盛宴终于开始了。

新年到来，热闹非凡。

沈如归那句“生日快乐”，慕瓷听到了，同时，她的脖子上多了一条项链，还带着他的体温。

她曾经告诉他，希望生日的时候能收到生日礼物，他就提前买好礼物，在她生日这天送给她。

看，他可以学会对一个人好，只是之前没有人教过他而已。

慕瓷好像是真的晕船，一直靠在沈如归怀里。

窗外绚烂夺目的光亮许久才没入夜色，周围静下来，她想握住他的手，抬起却又放下了。

“沈如归，你去逛过公园吗？”

她突然说起奇怪的问题，沈如归竟然也会认真地回想，然后回答她：“没有。”

“就知道你没有逛过。公园里人多，尤其是周末，有老年人锻炼身体，有中年阿姨聚在一起跳舞，有情侣散步，有夫妻带着小朋友追着闹着玩游戏，他们可能商量着晚上去吃火锅还是烧烤，如果觉得不健康，不想在外面吃，回家炒几个菜也很不错，心情好的话还能炖锅汤。很平淡对不对？但这才是大部分普通人的生活。”

许久后，沈如归问她：“不是总说要当著名演员吗？”

“著名演员离开镜头之后也是普通人啊，也会逛公园。

“那天，我说的都是真心话。

“都说‘祸害遗千年’，我这样的怎么都能活到六十岁吧。我现在还很年轻，未来太远了，不想被谁谁谁当成筹码拿来威胁谁，更不想连枕边人死在哪里都不知道。”

沈如归走的是一条不归路。

以前他没的选，至于现在……慕瓷想，万一呢，万一可以呢，总要试一试。

“沈如归，我挺怕死的，以前为了几百块钱的群演工资去当替身，从两层楼高的地方往下跳；骑马摔了，脑袋差点儿撞到石头上；冬天水都结冰了，我替主角演溺水戏，结果差点儿真的淹死……太多了，说不完，我怕死，但没办法。现在能选了，所以我要好好活着。”

打扫卫生的阿姨进洗手间看了一圈，出来告诉顾泽：“厕所里面没有人。”

顾泽看了看时间，眸色阴沉，捏紧的拳头青筋突起。

船还在江上漂着，不可能有人中途离开。

外面站满了看烟花的人，结束后都在往里走，顾泽急促的脚步忽然停住。

几米外，慕依对面那个女人的背影他再熟悉不过，是慕瓷。

“小瓷，你听我解释。”

“别解释了，我跟你们没关系。我十岁的时候你们没有担心过我会不会饿死，现在我有能力养活自己，吃得好睡得暖，你们就更没必要担心了。我怎么活是我的事，不需要你来教，离我远点儿。”

慕瓷眉眼冷淡，说完便绕过慕依。看到顾泽，她乖乖地走到他身边。

顾泽看了慕依一眼，暗含警告。

慕依不想被人注意到，所以没有再过去纠缠。

正站在风口，慕瓷怕冷，拢了拢外面的大衣：“你去哪里了？我都找不到你。”

从外面进来的人总会撞到她，她下意识地往顾泽身边靠，这个举动缓和了顾泽心里不悦的情绪，他没再多想，带她到了一个清静点儿的位置。

“我一直在原地等你，你没看到？”

“人太多了，我被挤到了角落，看不清。”

“下次再遇到这种情况，就别乱跑，等我去找你。”顾泽刚才只是跟几位长辈多客套了几句，出口就被出来看烟花的人堵住了，他知道慕瓷应该也在外面，但就是没有找到她，“怎么跟她聊起来了？”

“我不想聊，但她在洗手间门口堵我。”提起慕依，慕瓷就很不耐烦，“她真是太烦了，还有她那个哥哥。”

顾泽抬手帮慕瓷把被风吹乱的碎发钩到耳后：“她都跟你说了些什么？”

“问我好不好，关心我的身体，问我缺不缺钱花……就这些无聊的。奶奶等我很久了，能走了吗？”

慕瓷不想多提，顾泽很清楚当年的事：宁倩带着慕依嫁进焉家之后，再也没回去过。

但是，焉洐工作调动，再加上慕依和贺西楼订婚，她们母女俩在两座城市之间的往返就频繁了很多，都在一个圈子里，这种场合难免会和慕瓷碰上。

“不管她们，以后有我对你好。”周围好奇的目光频频投过来，顾泽不在乎，忍不住抱她，“现在管得严，每年就只有除夕夜才有这样的烟花表演，待会儿还有一场，不再看看？”

“已经看过了，都差不多，震得耳朵疼。”慕瓷神色恹恹，“好冷，走吧。”

顾泽也不勉强，打电话让人把游艇开过来，准备上岸。

他本来就是想让慕瓷开心的，她觉得没意思就没什么意义。

江边的夜景很漂亮，顾泽回国后第一次约慕瓷出来吃饭就是在这里的一家餐厅。

“我们去点东西，吃完再带一些给奶奶尝尝。”

“还有位置吗？”

“你想去就有。”

慕瓷晚饭吃得少，吹了冷风没什么胃口，但顾泽今天已经很迁就她了，等会儿要去见奶奶，他心情好，奶奶也能高兴。

黑子看着慕瓷和顾泽进餐厅，看着他们吃完饭一起出来，又看着顾泽趁慕瓷不注意从车里拿出一束花送给她，车还没开远，他就忍不住骂了句脏话。

“沈哥，要不……还是算了吧？”

“小女孩十五六岁的时候对一个人的喜欢会持续很久很久很久，初恋是最难忘的，昭哥就是典型的例子。你看，他为了那个女的连家都不要了，这几个月把人当宝贝一样哄着，捧在手心怕摔了，含在嘴里怕化了，哪个兄弟敢在背后说半句闲话，他能把人往死里揍，结果呢，那女的不照样往他的心上狠狠地扎了一刀，跟别的男人走了？女人啊，一旦心狠起来，男人都比不过。”黑子猛抽几口烟，“沈哥，算了吧！咱们跟她不是一路人。”

沈如归沉默着。

初恋？

初恋算个屁。

算了？

他怎么可能算了？

“开车，跟上。”

黑子用力地扇了自己两巴掌，回头给沈如归道完歉后就跟上了顾泽的车。

发饰掉到脚边，慕瓷弯下腰捡，露出了脖颈上的项链。

就几秒钟，顾泽刚好看见了。

“项链很漂亮。”

慕瓷下意识地摸了摸脖子：“我随便戴了一条。”

顾泽温和地笑：“我记得你出门的时候没有戴项链。”

“我戴在毛衣里面的，你可能没注意吧。”

“是吗？”顾泽眼里的笑意退去，冷声吩咐司机：“前面左拐。”

车子忽然一个急转弯，开进一条偏僻的小路。路不好走，慕瓷的胃里翻江倒海，想吐但又吐不出来的感觉很不舒服。

“顾总，前面封路了。”

“你先下去。”

“是。”司机不敢多问，把车停稳之后连忙下车。

车门一关，慕瓷就被顾泽攥着手腕扯到怀里，眼睛撞到他衣服的扣子上，生理性的眼泪往外涌，忍都忍不住。

“顾泽，你又发什么疯？”

“我发疯？慕瓷，你把我当傻子吗？”

“听不懂你在说什么。”

“听不懂是吧，好。”顾泽直接掀开她的衣服，扯断那条项链，打开车门扔出去，才终于在她平静的脸上窥探到了一丝情绪，“不是说只是出门前随便戴的一条，又不值几个钱，生什么气？

“为什么不解释？今天见了他一面，连应付我都懒得花半分心思了？

“慕瓷，是不是我怎么对你好都没用？

“没错，我是后悔了，如果能重新来一次，我一定不会把你推出去，但后悔有什么用？你以为我不知道吗？我这辈子都弥补不了对你的亏欠。但沈如归是个什么东西，勾勾手指你就送上去，先是姐姐后是妹妹，你难道就没有自尊心？慕瓷，我放低姿态哄了你这么久，你连个笑脸都不给，最近这么乖，都是因为怕我对付他吧？我告诉你慕瓷，沈如归逍遥不了几天了，你如果真舍不得他，到时候可以去陪他，也能断了我的念想。”

“顾泽，你喝多了。”慕瓷见势不对，想下车，却被顾泽抓着头发推倒在后座。

“我是鬼迷心窍了！”

慕瓷泪眼蒙眬地望着车顶，勉强从干涩的喉咙里发出声音。

“顾泽，我曾经爱过你的。”

顾泽停下来，声音似低喃：“曾经？”

是啊，曾经。

曾经的顾泽是陪伴了她童年的邻家哥哥，是在她走投无路的时候如天神降临般出现的救命稻草。

现在的顾泽和当年那个没要到钱却起了色心的畜生没什么区别。

那个时候他是救她的英雄，现在，是着了魔的施暴者。

顾泽想起很多年前的慕瓷，心脏一阵阵地抽痛。

他忽然清醒，紧紧地抱住慕瓷，安抚般轻吻她的额头：“小瓷，我错了，我错了，我不该对你发脾气。你爱我的心呢？找回来，把你爱我的心找回来，我们还有很长时间，我只对你好。”

无论他怎么安抚，她的身体都不停地颤抖，一双泪眼空洞无神。

“顾泽，你配不上我的喜欢。

“你总说你会对我好，但你的好我受不起。那天我就说了，我不是跟你走，是跟警察走，可你拿奶奶威胁我，我只能听你的。”

顾泽解释：“我不是威胁你，私立医院条件好……”

“你是。”慕瓷拆穿他，“顾泽，我没那么好骗，以前会相信你编的借口，是因为喜欢你。”

顾泽冷笑：“同样的事，难道沈如归没有做过？”

“他不会真的伤害奶奶，只是吓吓我，想让我服软，别总是惹他生气，但是你会。顾泽，我其实是怕你的，怕你，怕你们顾家。”

他瞒着慕瓷给老太太转院到他能说话的地方，表面看是为了慕瓷好，真正的意图他自己心里最清楚。

“你根本不是爱我，只是觉得不甘。你以前就是这样，就像生意，那块地你其实看不上，但如果有人跟你抢，你就算出两倍的价钱也要拿到手。我和那块地一样，你不是爱我，是男人的自尊心在作祟；你不是爱我，是不想输给一个你看不起的人。”

在顾泽眼里，沈如归处处都不如他，两人的出身、家庭和环境都没有可比性，一个他根本不屑于正眼看的人却三番五次让他栽跟头，他当然不会轻易就算了。

“我不爱你？你说我不爱你？慕瓷，在你心里是不是只有沈如归是真心对你的？你知不知道当年你爸的车祸就是他……”

“我知道，”慕瓷捂住眼睛，哽咽着说道，“但我愿意原谅他。”

他不是不好，是太好了，好到连她这种自私自利只认钱的白眼狼都舍不得。

“我想原谅他。”

只要他活着走到阳光下，她愿意等。

“顾泽，你放过我吧，求你。”

慕瓷从来都没有求过顾泽。

虽然慕家没落了，但她骨子里的骄傲还在，从不愿意求人。很多他觉得她应该去找他说说好话，问他要点儿什么的时候，她都只字不提，就连他把那套房子给她住，她都有心理负担，还用开玩笑的语气说要按时给他交房租。

现在为了沈如归，她低声下气地求他。

顾泽的心里仿佛破了一个巨大的洞，再多的回忆都填不满，多看一眼，五脏六腑都像是被揪着一样疼。

她却仿佛感觉不到："我真的对你没有感情了，你勉强我也没什么意思。"

"慕瓷，你不过是仗着我舍不得动你才敢这么说。"顾泽别开头，狼狈地下车。

慕瓷还没把衣服穿好，就看见一个黑影倒在车旁。

"顾……顾泽？"她声音发抖，踉跄着下车。

两根断了的棍子横在路上，她被绊倒，还没有靠近顾泽，就被沈如归拽起来护到身后。

慕瓷甩开沈如归，头也不回地跑到顾泽身边。

他的额头满是冷汗，脸色苍白。

她在戏里"死"过很多次：被乱刀砍死，被淹死，上吊自杀，割喉流血身亡，中箭，中毒，车祸……太多了，数都数不清，但伤口都是画的，血是假的，流再多也不疼。

一滴眼泪落在脸上，被风吹得冰凉，顾泽看着她手忙脚乱的模样，有些想笑。

那年找慕老太太要钱的债主在慕家闹事，她很害怕，却是等他到了才敢哭出来，后来每次想起那一天，她看他的眼神总会多一些缱绻。

他们为什么会变成这样？

他们不应该是这个结局。

顾泽吃力地抬起一只手，试图帮慕瓷擦眼泪，却碰不到她。

他却毫不在意，躺在地上看着慕瓷笑，仿佛在说：看看吧，这就是你寄托希望的人，你要怎么救赎长在淤泥里的沈如归？失望吗？后悔吗？

慕瓷神色恍惚地被沈如归拽到怀里，强势的吻落下来，她不躲不避，用尽力气一巴掌扇在他的脸上。

沈如归用舌尖舔了舔嘴角的血，不以为意，再一次伸手去拉慕瓷，她眼神空洞，嘴唇咬得发白，却一个字都不说。

她失望了，还是后悔了？

沈如归笑笑："别怕，他死不了。"

他话音未落，慕瓷眼前一黑，倒在他怀里。

一条红色的线蜿蜒到脚踝，这是从她身体里流出来的血。

新年的第三天。

顾泽还在重症监护室，处于深度昏迷状态，司机就在隔壁病房。

车停在监控死角，行车记录仪也被人有意损坏，慕瓷成了唯一的目击证人。她在医院醒来后，见到的第一个人就是焉洐。

他重复之前的话："小瓷，你可以相信我。"

慕瓷平静地看着他，过了好长时间才说话："你是不是喜欢我啊？"

这双眼睛水汪汪的，世俗和纯粹都在她的眼里。

焉洐来不及躲藏，所有的情绪都暴露在她面前，看到她讽刺的笑，虽然很狼狈，但他也知道，既然已经调到了这座城市，两人打交道就不是一天两天的事，他的感情暴露是迟早的事。

"我是想从你嘴里套话，那个人不值得你毁掉自己的人生。小瓷，你心里很清楚，这次你保不住他。"

慕瓷神色冷淡："我要睡觉了。"

焉洐知道她需要时间："那你好好休息，我明天再来。"

方方每天都在公司和医院之间往返，在忙碌的间隙祈祷顾泽能早点儿脱离危险。

慕瓷的身体好一点儿了就被带去警局配合调查。

她曾经提醒过沈如归，顾泽有个很厉害的叔叔，叫顾政鹰，但她也只是听说。

今天她见到了。

一沓厚厚的照片、资料甩了慕瓷一身，连她自己都分不清哪些是真哪些是假。

"只要你指认沈如归，这些就都不存在，我没有必要为难一个小丫头，是非好歹，你自己衡量。”

慕瓷不禁感叹：比顾泽多活了几十年，层次就是不一样。

打蛇打七寸，顾政鹰将威逼利诱的分寸拿捏得恰到好处，挑不出任何毛病。

“给你两天时间，好好考虑。”

顾政鹰离开不到半小时，陆川就过去了——保慕瓷。

“陆家？”顾政鹰认识陆川的父亲，但他们父子俩不和，陆川做事又向来独断，“不用管，我只要结果，无论用什么办法，都必须让那个女人松口。”

“好的。”

顾家最近频频出事，先是顾笙，后是顾泽，都是顾政鹰很看重的晚辈，他是一家之主，必然要让对方付出代价。

顾政鹰上楼，走进书房，关上门，准备打电话吩咐下面的人做事。

忽然，灯光下，一道阴影闪过，在顾政鹰反应过来之前，一把锋利的刀架在了他的脖子上，寒光凛凛。

“什么人？”

这个人居然能不声不响地藏在他的书房！

“顾老，好久不见。”沈如归按住顾政鹰的肩，不紧不慢地道，“老年人还是沉稳点儿比较好，刀没长眼睛，伤到您可不好。”

顾政鹰苍老的手掌拍在桌子上，手背青筋突起：“你放肆！”

“顾老教训的是，但我畜生一个，没人性，放肆惯了，您别见怪。”沈如归笑了笑，“我能进来一次，就能进来第二次，割破您的喉咙跟杀鸡一样。”

刀尖划破皮肤，一道血痕触目惊心。

顾政鹰不怕这些，丝毫不见畏惧，反而怒气暴增。

“知道顾老不怕死，我也没打算把您怎么样，拿您练练手而已。我怕自己手生，让别人遭罪。”

“你敢！”顾政鹰慌了。

顾泽生死未卜，顾政鹰两岁的孙子现在是顾家唯一的后代。

“我敢不敢，您心里不清楚吗？”沈如归拿出一个存储器。

等电脑开机后，他打开里面的文件播放，“称赞”视频里的顾政鹰：“啧，真是宝刀未老。让我看看还有什么，嗯……其实不太多，真遗憾。”但现在这些内容已经足够让顾家鸡犬不宁，让顾政鹰身败名裂。

沈如归关掉视频：“顾老，现在可以请我坐下来谈了吗？”

顾政鹰忍着怒气，推出一把椅子。

“很简单，别动慕瓷。她平安，顾老自然可以高枕无忧。你想安度晚年，我可以给你立功的机会。”

慕瓷站在陆川家门口，不好意思进去。

“陆导，这……合适吗？会给你添麻烦……吧？”

深更半夜，导演带女演员回私人住所。

陆川丢下一双拖鞋就进了屋：“你从进组到杀青，哪天没给我惹麻烦？”

慕瓷：“……”

算了，她还是别假客气了。

慕瓷看着那双女士拖鞋，还是粉色的。

粉色……也不一定是给女朋友的，毕竟，男孩子也可以喜欢粉色。

慕瓷脑补了一系列不能描述的画面，抬头就撞上陆川的“死亡凝视”，场面略显尴尬。

“把门关上。”

“哦哦。”慕瓷连忙进屋。

陆川不是多管闲事的性格，如果没有沈如归，他根本不会管。

慕瓷左右看了看，家里好像没有别人。

“他呢？”

陆川面不改色：“死了。”

慕瓷：“……”

“左边第二间是客房，等人来给你检查完身体就洗洗睡吧，明天早点儿去收尸。”

“陆导，谢谢你。”慕瓷知道他就是这种性格，他这么说，就代表沈如归暂时没事。

陆川没空一天二十四小时看着慕瓷，但有人闲。

这个人就是那双粉色拖鞋的主人：苏夏。

她真是生猛，也不管有没有外人在家，一进屋就开始脱，脱完自己的，又脱陆川的。

慕瓷差点儿被一口水呛到，闭着眼睛捧着水杯自觉地回房间当个透明人。

原来陆导喜欢这种类型。

幸好房子的隔音效果好，慕瓷不至于太尴尬。

傍晚，苏夏敲门叫慕瓷吃饭：“我是不可能放你出门的，坐下开吃吧。陆川做的菜，他不吃，就我们俩。”

慕瓷惊讶地说：“陆导还会做饭啊？”

“他什么都会一点儿。这汤补身体，医生说你身体的底子太差了，不好好养，孩子迟早要没。你大概还没照过镜子，不知道自己的脸色有多差。这些都是我喜欢的菜，你挑不难吃的吃。”

慕瓷摸了摸脸颊：“谢谢。”

什么都做不了的被动局面让她很无力。

网络上没有关于她的负面新闻，顾家还没行动吗？这不太像他们的作风。

苏夏吃了几口就开始八卦：“哎，你一个混娱乐圈的小演员，怎么跟沈如归那种吃人不吐骨头的浑蛋好上了？真是倒了八辈子霉，太惨了。”

慕瓷笑笑：“是啊，太惨了。”

苏夏又给慕瓷盛了碗汤，支着手肘，啧啧感叹：“不过，沈如归虽然人不行，但脸和身材真的很绝。我以前也想过对他下手，但没成，他把我扔到池子里，我差点儿被淹死，被陆川知道后更没有好果子吃，老

男人的醋劲真是要命。”

慕瓷：“……”

陆导，您也不容易。

苏夏说：“我其实见过你，不是在电视上。”

慕瓷没有印象：“不好意思，我不记得了。”

“你当然不记得，都好多年了，而且我们没说过话。”苏夏回想起几年前在巷子里遇到慕瓷被一个酒鬼骚扰的事：慕瓷从小就不好惹，被尾随、被骚扰也不怕，还敢还击，酷得不行。

后来那个酒鬼被沈如归送进去了。

“你和沈如归很配。”

“只有你这么说。”慕瓷低着头。所有人都不看好他们，就连方方也总提醒她：图什么都行，就是千万不要贪心。

“也没人觉得我和陆川合适，他不照样心甘情愿为我从家里搬出来了？”

“陆导和他不一样。”

“这就要看沈如归怎么取舍了，但我觉得，你肯定不会输。别误会，我这么说不是因为我知道你怀孕了，沈如归怎么看都不像是喜欢小孩的人，就算决定了舍弃什么，那也是为你。”

苏夏听到开门的声音，看着陆川走进来。

“你怎么又回来了？”

“我不能回来？”

“谁管你。”

陆川把药放在桌上，交代慕瓷：“剂量都写在药盒上，按时吃。”

“谢谢陆导。”

“不用跟他客气，先吃饭。”苏夏帮慕瓷问陆川：“你一个人回来的？”

陆川取下手表走到餐厅，洗手，准备用餐：“不一个人回来，难道还要给你带一个？”

苏夏听出沈如归没来：“我可以啊，两个三个都可以，只要你别中途打扰我们就行。”

“用不用给你们腾地方？”

“不用，我不介意。”

慕瓷：“……”

这是她能听的吗？

她以前和别人一样，对陆川的刻板印象就是脾气差，难相处。

这两天通过苏夏，她重新认识了陆川：说他脾气差，但无论苏夏怎么折腾，他都全盘接受；说他难相处，但他清楚苏夏所有的喜好。

苏夏看电影看困了，直接睡在客厅的沙发上。

陆川深夜回来，抱她进卧室，她醒了一会儿，没多久又睡过去了，是真睡还是装睡不想跟他说话，陆川也懒得深究，拿起手机去客厅接电话。

关上房门时，他唇角勾起自嘲的笑，很淡。

“昨晚有事，手机没电关机了……”

刚解释了一句，对方就开口讽刺他那方面是不是不和谐，他说话的语气立马就变了：“我的生活还要跟你报备？慕瓷在顾家的时候有吃有喝还被当成祖宗供着，在我这里也没人把她怎么样，用得着你操心？

“我如果是慕瓷，死了都不会跟你。她又不瞎，顾泽就算真的废了也比你好，她还能打着顾太太的名号花顾家的钱仗顾家的势在外面潇洒快活，还要你？别往自己脸上贴金了，你一个快死的土匪，除了那张脸，拿什么跟顾泽比？”

电话那边的沈如归笑着骂了句脏话。

“随便你说什么，有本事就别求我。”陆川挂了电话。

半小时后，沈如归的车就开进了陆川所在的小区。

沈如归身上没有丝毫即将大难临头的落魄感，求人也没有一点儿自觉，进屋后第一眼看见陆川脖子上贴着的创可贴，就开口嘲讽：“啧，陆导的黑眼圈有点儿重啊，操劳了一夜？”

“管好你自己。”陆川冷着脸，“她在左边第二间卧室。”

“谢了。”沈如归一点儿都不客气，“别人我信不过，慕瓷先交给你。你替我照顾我老婆，等我儿子出生了借你玩几年，不亏。”

“做梦吧你。”陆川对别人的老婆和儿子没兴趣，“你把鞋换了，如果弄脏了地板，就舔干净再走。”

沈如归本来是要换鞋的，听完又把鞋穿上了，还在客厅多踩了几个脚印。

他轻轻地推开房门，台灯开着，但床上没人，他以为苏夏没看住慕瓷，神色立刻变了，转身就要往外走，两秒钟后又突然停下来。

慕瓷站在洗手间外，平静地看着他。

他大概是觉得这个时间她应该睡着了。

“看见我的手机了吗？”慕瓷先开口打破沉默。

沈如归下意识地往沙发和桌上看，又听见慕瓷说：“有变态深更半夜入室劫色，我报个警。”

“我不是来劫色的。”

“劫财吗？我没钱，我这个人比较值钱，你还是劫色比较划算……沈如归你浑蛋！你去哪儿了你？要走就走远点儿，还回来干什么？沈如归你浑蛋，你浑蛋！”

沈如归笑着把慕瓷拥到怀里，随她打骂，等她骂得没力气了才低头吻她。

“你给我滚！”

“我是来求亲的。”

来之前，他去了一趟城南墓园，在慕成阳的墓碑前磕了三个头。

沈如归荒唐半生，从未跪过任何人。

慕瓷的无名指上多了一枚戒指，很简单的款式，只镶了一颗珍珠。

“本来以为你睡着了。”沈如归握着慕瓷的手，指腹缓缓摩挲戒指的边缘，“醒着也一样，醒着也得乖乖给我戴上。”

他半生污秽黑暗，将心里唯一干净的角落留给了慕瓷。他本以为这样就够了，活一天算一天。

可人都是贪心的。

她让他尝到了甜头，他又怎能不贪心？

“我只认自己的理。

“慕瓷，你戴了我的戒指，就是我的老婆。

“我如果回不来，你就改嫁；我如果能活着回来见你，你得为我穿婚纱。领完证再去你爸坟前磕头，你磕三个，我磕九十七个。”

父亲的事跟他脱不了关系，但也不全是因为他，慕瓷不答应也不拒绝：“谁像你这样求婚？”

沈如归来之前换了身衣服，洗漱干净，头发梳整齐，还戴了领结。

他说：“因为想让你记得我一辈子。”

从前他因为愧疚，不敢靠得太近，时间一长，她就忘了他。

“回屋睡觉吧，你睡着了我再走。”

慕瓷被抱进房间。她睡不着，也舍不得睡，只想再看看他。

“沈如归，你答应我，不要把事情做绝，只要你有回来的可能，多久我都等。”

他说：“好，但我对你也有要求。”

“什么？”

“吃好，睡早，多散步，少担心，多想想我，少偷偷哭。”

慕瓷说沈如归想太多了，她才不会哭。

沈如归的目光久久地停留在她毫无变化的小腹上，慕瓷从他的眼神里看出了一丝少见的柔和。她在医院那几天，沈如归其实每天晚上都去看过她，只是她不知道。

他们有孩子了。

医生的话时常在沈如归的耳边响起，那份检查单，他反反复复看过无数次，太多情绪糅杂在一起，反而让他的心情逐渐平静下来。

来之前，他打算看看她就走；见到她后，他又不甘心就这样离开。

沈如归脱了外套，简单洗漱完又回到卧室，慕瓷愣了几秒才坐起来。他走到床边，掀开被子躺上床，把人抱到怀里后顺手关了灯。

他刚才还急着走，应该是不能待太久，慕瓷不确定地问：“可以吗？”

“不差这一个晚上。”沈如归手掌贴着她的小腹，轻轻摩挲，“以后有任何事都可以找陆川，不用跟他客气。”

慕瓷闷闷地道：“我已经很不客气了，给他惹了那么多麻烦，还在他家当电灯泡。”

“你在这里，他的日子还能过得舒服点儿。”

“什么意思？”

“他那个小女朋友根本不给他好脸色看，有旁人在，顾着面子，就不会折磨他了。”

“苏夏性格挺好的，你别诋毁人家。”

沈如归笑笑：“慕瓷。”

“嗯？”

“明天早上睡醒后去领证吧。”

窗外微弱的光亮全都被窗帘阻隔，卧室里一片漆黑，慕瓷看不到沈如归的表情。戒指还戴在手上，被他的体温暖热，那种冰凉突兀的感觉就消失了。

沈如归声音很低：“我想了想，还是不能便宜你，写在你配偶栏上的名字必须是我。你的记性太差，万一哪天戒指丢了，你身边没有任何能让你想起我的东西，久而久之，你就会忘记我。”

“怎么没有？”慕瓷一只手覆在他的手背上，“这不是吗？”

这是一条鲜活的生命，联系着彼此，时时刻刻都在提醒她，她怎么忘?

沈如归期待这个孩子出生是因为慕瓷，并不是因为他想要孩子：“他不算，无论有他没他，我都要娶你。”

慕瓷沉默了许久。

就在沈如归以为她不会答应的时候，她说了声：“好啊，我们结婚。”

我们结婚。

第十章

经年相遇，无可幸免

苏夏说话一针见血：沈如归不是为孩子，单纯是为慕瓷。

新闻出来当天恰好是情人节，刚过完年不久，苏夏和陆川都在家，慕瓷这个电灯泡亮得刺眼。

苏夏边看新闻边笑骂万元年真是活该，慕瓷也笑，笑着笑着，眼泪就流了出来。

晚饭前，焉洐找上门。他大概几天都没怎么休息，眼底的疲倦很浓。

苏夏倒茶的时候跟慕瓷说焉洐还挺帅的，又问他要不要留下来一起吃晚饭，转眼就被陆川拎进了房间。

“还好吗？”

“挺好的。”慕瓷知道他不是无缘无故来找她，“坐下喝茶吧。”

“万元年的新闻看了吗？”

“看了。”

“他的审判时间会很漫长，也许两三年，也许四五年，但一定会有一个公平公正的结果。”

“嗯，我相信国家。”

焉洐喝了口茶：“沈如归昨天晚上去自首了，这些是我们从他的书房里找到的，你应该会想看看。”

沈如归私人住宅里的那间秘密书房，他们花了将近一天时间才把房门打开。

保险柜里锁着的并不是他们以为的那些不可告人的东西，而是和慕瓷有关的一切：

从十几岁的学生时代，到一路摸爬滚打进入娱乐圈，她演过的每一部戏，甚至包括那些没有被写进参演名单里的角色，都能在那些照片里找到，和她有关的报道也都被打印出来，哪怕只有几句话提到了她。

不只是他们猜错了沈如归，就连慕瓷也没想到沈如归藏得最深的秘密其实是她。

一张张翻过那些照片，她像是把那些年重新过了一遍。

有段时间两人总是吵架，他每次生气都会去三楼书房，有的时候一待就是一整晚。

“小瓷，我大概能理解你为什么会爱他了。之前我说他不值得，现在我收回那些话，并且跟你道歉，是我看人太肤浅。”

很多人都畏惧沈如归，畏惧的背后，其实是鄙夷和不屑，觉得他这样的人不配被爱。但爱是没有门槛的，国王可以，乞丐同样可以。

慕瓷看着无名指上的戒指，沉默许久。

“大概多久？”

“顾泽醒了，顾家也没有追究，而且他是主动自首，陆川又请到了国内最好的律师，最多十年。不过案子还没开始审，变数很大，三年五年也有可能。”

慕瓷点了点头。

还好，还好。

焉洐走后不久，来了个快递员，捧着一盆花敲门。

对，是一盆。

“请问，是慕瓷小姐吗？”

“我不是慕瓷小姐哦。”苏夏回头叫慕瓷：“慕瓷小姐，找你的。”

“慕小姐，情人节快乐，这是您的花，麻烦签收一下。”

“谢谢，先放门口吧。”

这盆玫瑰花有个美丽的名字：朱丽叶。

苏夏感叹：“不愧是他，送花都这么与众不同。”

方方来接慕瓷，慕瓷没什么行李，只有这盆玫瑰花。

“再住几天呗，我平时一个人也挺无聊的，有你在还能说说话。”

万元年伏法，顾家那边也不会再找慕瓷，她已经给陆川添了很多麻烦，不好意思继续住下去。

“你就算回去，也得吃饭，陆川都快做好了，一起吃吧。”

慕瓷抱着花：“公司找我有事，我得去一趟，不打扰你和陆导过节了。”

苏夏送她们出门，故意唉声叹气：“看看人家沈如归多浪漫，有些人连今天是情人节都不知道。”

门一关，她就被陆川冷着脸扔上了床。

家里没有外人了，他不用再顾忌什么。

“先浪漫还是先做？”

“先做吧。”

和公司的合约到期，慕瓷决定不再续约，暂时也没有接触新公司的打算。

老太太被从私立医院转到普通医院，病情有些恶化。

慕瓷大部分时间都在医院，老太太一开始还总赶她回去，后来就不说了。

4 月，二审结束，沈如归被判刑五年。

法院外，慕瓷在车里坐了一天，知道结果后终于松了口气。

还好，还好。

五年并不长。

回去的路上，慕瓷去超市买了新鲜的菜，做了顿晚饭带去医院。

“奶奶，其实我跟顾泽去年就分手了。”

老太太只是沉默了很久，并没有惊讶的表现：“没关系，没有缘分就不强求。”

“您早就知道了？”

“你是我孙女，开心还是难过，我难道看不出来吗？”老太太笑了笑，“虽然小顾陪你来医院的次数不多，但我能感觉到，你们之间没有他说的那么好。”

那时候老太太没有多问，是想着年轻人吵吵架很正常，吵完还能再和好。

“奶奶，对不起。”

“我们家小瓷受委屈了。”

“不委屈，就是觉得不应该跟奶奶撒谎。”

“奶奶理解，你是怕奶奶担心，我们家小瓷一直都是好孩子。”

老太太给足了慕瓷安全感，让她敢说出瞒了很久的事。

“奶奶，我……我怀孕了，孩子的父亲叫沈如归，我很爱他，等他回来了，我带他来见您。您别生气，我是愿意的。他不是真正意义上的好人，也做过一些坏事，但对我很好，没有比他对我更好的人了。您还记得您开店那段时间生意特别好的事吗？其实顾客大部分是他找的。还有咱们家老房子拆迁的事，那块地其实也是他买走的。他知道我们缺钱，但又觉得直接给钱您肯定不会要，就想各种办法帮我们。还有很多很多……”

遗憾的是，老太太没能撑过这个夏天。

9月底，慕瓷生下一个男孩，取名沈烬。

次年5月，《相思》在国内影院上映，上映半个月就挤进国产电影总票房前三名。慕瓷的演技在一群实力派演员中并不显得逊色，撑起了整个故事，再也没谁能说慕瓷是只靠绯闻红起来的小演员了。

沈如归不能在电影上映的时候陪慕瓷去影院看，他那些兄弟就包场请人去看，黑子连包了十场。

5月21日这天，慕瓷请方方帮忙照看沈烬，自己去爬山——都说山上的菩萨很灵，她去求个平安。

年底，慕瓷在各大颁奖盛典中被提名“最佳演员奖”。陆川从中牵

线，给她介绍了一家新公司。之后她就很少休息，时间被工作排满了，赚的钱大部分都捐了出去。

沈烬算是在剧组长大的，等他到了上幼儿园的年纪，慕瓷才稍微减少了工作量。

又是一年冬天，陆川拒绝了所有颁奖晚会的邀请，留在家给一大一小做饭。

苏夏一边看直播一边逗沈烬，指着电视机里上台领奖的慕瓷感叹："小孩儿，看你妈妈多漂亮啊！"

哪看得出她生过孩子？

"夏姨也很漂亮，但是我妈妈是最漂亮的，我最爱我的妈妈。"

"哎哟，有人要哭鼻子了吧。"

"我不哭，妈妈说了，她会早点儿回来陪我的，因为要过年了。"

"你知道什么叫过年？"

"过年就是一起吃好吃的，妈妈能陪我玩很多天。"

"哇，小烬懂的真多，上了幼儿园就是不一样，奖励一块糖。"

沈烬去洗手，陆川切好水果拿出来，苏夏趁机问他："陆哥哥，监狱里有电视吗？"

陆川说："你进去看看就知道了。"

苏夏："……"

直播现场，主持人把慕瓷留在台上采访，替广大粉丝问起她一直戴着的戒指，尤其是最近几次活动，她都戴着。

慕瓷说，是婚戒。

主持人当场愣住了。她以为慕瓷会说是品牌赞助的，毕竟女演员有几百种拒绝八卦的说辞。

"婚……婚戒？"

慕瓷依然大大方方地承认："这是婚戒，我已婚。"

城南监狱。

所有人坐在大厅里看节目，焉洐看着沈如归，想起几分钟前慕瓷在镜头前说自己已婚那一幕，心里有一股说不清的情绪。

焉洐从侧门出去，在外面抽烟。

角落里，沈如归摸了摸藏在袖口下的红丝带，眼底满是笑意。

慕瓷领完奖，估计一会儿就会往回赶。苏夏找了部动画片给沈烬看，自己无聊地去厨房给陆川添乱。

“我们先吃，还是等等慕瓷？”

“她回来都半夜了，你能饿着，小的饿不得，他得在十点之前上床睡觉。”

苏夏一想，是这么回事。

沈烬在这里睡习惯了，不哭不闹，睡前听一个故事就行。

等他睡着了，陆川开始做夜宵。

苏夏在旁边吃车厘子，时不时跟他说说话：“你想不想也要一个？”

陆川转身走近，隔着半张桌子，捏着苏夏的脸稍稍抬高，含走了她刚吃进嘴的那颗车厘子。

苏夏：“……”

她喝了点儿果酒，所以才会脸红。

“我不是问你要不要吃这个，我是问你想不想要个孩子。”他带沈烬比她都细心。

陆川背对着她：“不想。”

“真不想还是假不想？”

“你觉得呢？”

“我觉得……我觉得你口是心非的样子还挺可爱。”苏夏不再聊这个话题。

手机响起的时候，苏夏先从沙发上爬起来穿衣服。

慕瓷知道沈烬睡了，不想吵醒他，就没按门铃，打电话给苏夏。

“没睡，等你来吃夜宵。”苏夏回头看见陆川进了卧室，忍着笑给慕瓷开门。

慕瓷进屋：“闻到香味了，陆导呢？”

“别管他。”苏夏把夜宵重新加热端上桌，“今年应该忙完了吧？”

慕瓷饿了一天，吃什么都香：“下星期还有一个品牌线下门店的活动。”

“你真的太拼了。”

“忙点儿时间过得快。”

苏夏算算时间，也快了，小烬都这么大了。

“喝两杯？陆川开车送你们回去。”

“我可不敢使唤陆导。”

“我使唤总行了吧。”

沈烬睡得香，陆川抱他下楼。车开到慕瓷家，陆川又抱他上楼。

慕瓷没喝醉，只是头有点儿疼。

她没见过沈如归小时候的样子，身边的人都说沈烬像她。

睡到早上，小团子翻身爬起来，迷迷糊糊地下床，慕瓷看着他跑进洗手间，尿完跑出来。

沈烬这才发现她：“妈妈！”

他扑过来，慕瓷笑着抱他上床，他趴在她身上，抱着她满脸亲。

才两天没见，他就有好多话说，就连看的动画片都要告诉慕瓷。慕瓷一晚上没睡，眼眶酸涩泛红。

“妈妈为什么哭？”

“因为想我的宝贝了。”

一年又一年。

慕瓷在日历上画掉数字“17”后，把黑色签字笔放在一边。

还有四天。

小团子悄悄凑过来，坐在慕瓷脚上，抱住她的腿，不让她走。

他长大了，慕瓷有点儿抱不动他："你干吗呀？妈妈要去工作。"

"我也想去。"

沈烬像慕瓷，撒娇一把好手，眼巴巴地望着你的时候，你完全没办法拒绝。

"妈妈，我已经很想你了，带上我吧，我很乖的。妈妈，求求你了……"

他抱着慕瓷，小脸在她的脖子上蹭来蹭去，方方这位老母亲看着心都化了："要不……带上？你拍你的，他跟我在后台玩，反正最后一场戏，拍不了多久，不影响他上学。"

天气冷，外面还在下雪，沈烬有点儿感冒，吃了药还是不舒服，所以格外黏慕瓷。他现在正是调皮的时候，剧组人多，也不安全，慕瓷本来不想带他去。

"妈妈，妈妈，我要去。"

"好了，"慕瓷无奈，"带你去。去换衣服。"

"哇！"沈烬开心地跳起来，连平时不喜欢的鸭舌帽也乖乖戴上。

下楼的时候他抱紧慕瓷，小脸埋在慕瓷的颈窝里。

方方用伞挡着，狗仔拍不到他的正脸。

《相思》之后，时隔五年，慕瓷再次和陆川合作，从大银幕转向电视剧——陆川的第一部电视剧找了慕瓷，民国题材，已经拍了三个月，今天是慕瓷的最后一场戏。

沈烬对片场很熟了。他出门前答应过慕瓷不乱跑，再加上感冒，今天还算乖，慕瓷拍戏的时候他就趴在陆川腿上，有模有样地看着摄像机。

"妈妈真厉害，对不对？

"对不对呀？

"我们老师说，要经常夸奖别人，夏姨也总夸我很帅。"

陆川工作的时候永远都是一个样子，对慕瓷的态度也并没有因为时间而改变，不当众骂她已经是给她面子了，更别说当众夸她，这是不可

能的事。

方方在旁边噤若寒蝉，只在心里给小团子竖了一个大拇指。

沈烬脑袋里的小道理一套一套的。他又认真地问了一遍：“我妈妈真厉害，对不对？”

陆川点头：“对。”

慕瓷还要补一个从火场里跑出来的镜头，火是真火。

工作人员在做最后的检查。开拍前，有电话打给陆川。平时陆川工作是要求所有人把手机静音的，包括他自己，但今天特殊。他看了看来电显示，又看了一眼趴在他腿上玩雪球的沈烬。

陆川按下接听键，却拿着手机靠近沈烬。

“小烬。”

“嗯？”

“你今天还没有叫我，小孩子要有礼貌。”

“可是妈妈不让叫。”

“隔得远，她听不见，你叫我一声，给你糖吃。”

沈烬眼巴巴地看着陆川手里那根棒棒糖，悄悄地往慕瓷那边瞄，虽然答应过慕瓷不乱叫，但最终还是败给了最喜欢的糖。

“陆爸爸，下午好。”

“乖，吃吧。”陆川满意地摸摸小孩儿的脑袋，挂掉电话后发了个定位过去。

旁边的助理不小心看到陆导竟然在工作场合笑，顿觉毛骨悚然，也不知道电话那边是谁。

四个小时后，拍摄结束，慕瓷杀青，被等了半天的粉丝们团团围住，方方挤都挤不进去。

里面在灭火，烟雾呛鼻，陆川把沈烬带到外面。

没过几分钟，一辆车开到了影视基地。

沈烬又想玩雪，陆川轻轻捏着沈烬的脑袋，让他往车的方向看：“你妈的保镖到了，你去检查一下合不合格，不过关就让他走人。”

“好！”

沈如归开车过来的路上，想的是到了地方先把臭小子揍一顿。

他管谁都能叫爸，不是找揍是什么？

可看到眉眼和慕瓷有五分相像的小团子跑到自己面前的时候，他忽然失去了语言能力。他对孩子并没有太大期待，可以有，可以没有，没有最好，但只要想想这是他和慕瓷的孩子，总会有种复杂的情绪涌上心头。

沈烬拿着小铲子，高高仰起头：“你是保护妈妈的英雄吗？”

“……”

“你会变身吗？”

“……”

“我妈妈会武功，还会在天上飞来飞去，像孙悟空那样，你如果不厉害会被揍的哦。”

“……”

“你为什么不说话？”

“……”

“嘿！你好，我叫沈烬，我的妈妈是著名演员，我是她的小宝贝。这是我的玩具，我用它挖泥，还用它堆雪人。”

“……”

方方负责稳住场面。慕瓷身上穿的还是旗袍，只裹了一件羽绒服，太冷了，她准备先去换衣服，可找了一圈都没有看见沈烬。

“陆导，小烬呢？”

“在侧门。”陆川说完就走了。

慕瓷绕到侧门，远远地就看到沈烬蹲在地上铲雪。

“沈烬，感冒了还不听话偷偷玩雪，再不过来，回家揍你一顿。”

小团子连忙躲到沈如归身后。

慕瓷小跑两步，整个人忽然僵住。

白雪纷纷，世界一片白色，路灯下，站着她的意中人。

他的肩头落了雪，头发剪得很短，瘦了，五官轮廓更立体了，换了一副新眼镜，周身笼罩着一圈模糊的光晕，手里拿着一束火红的玫瑰，笑着朝她张开双臂。

“杀青快乐，我的公主。”

这一幕，恍若一场幻境。

这五年里，慕瓷只去过城南监狱五次，每次都只是在车里坐一个小时，悄悄地去，悄悄地走。

五年啊，五年太久了，可她没有一个晚上梦到过沈如归。

所以这不是梦。是他回来了，他穿着《相思》杀青那年来片场接她的那套衣服来接她了。

“沈如归。”

她不要再等他走过来，她要走向他。

披在她身上的厚重羽绒服掉落，露出一件蓝底的旗袍，雪花落在身上，像开出了花。

慕瓷整个人投进他的怀里，声音哽咽沙哑：“好冷啊，你抱抱我。”

半个小时前，被火烧到，手背起了好几个大水泡都没有说一句“疼”的慕瓷，因为一个拥抱哭红了眼。

她太瘦了，能完全被沈如归的大衣包裹住。那束玫瑰花掉在地上，沈如归撑开一把伞，挡住旁人好奇的目光。

“还冷吗？”

“嗯。”

“那再抱紧一点儿。”沈如归收拢手臂，“老婆，先亲一下行不行？”

慕瓷摇头，把眼泪蹭在他身上：“不行。”

“我很乖，没有抽烟。”

“那也不行，会教坏小孩子。”

不知道什么时候挤到两人之间的沈烬正坐在沈如归的脚背上，虽然用手捂住了脸，但眼睛露在外面，咯咯咯地笑。

算了，他俩也不差这一会儿。

沈如归把儿子抱起来，拍掉他手上的雪球。虽然单手抱娃很轻松，但沈如归的动作显然有些生疏。

“我先去把衣服换了，你和小烬在这里等我。”

“好。”

慕瓷在休息室换衣服，让方方帮忙跟陆导说晚上的聚餐她不去了。

外面还有一些粉丝等着拍照。

沈烬摘掉沈如归的眼镜拿在手里玩：“你把我的球摔坏了。”

他说的是雪球。

“坏了就坏了。”

“那可是我要送给妈妈的！”

“她才不要这种东西。”

“不对，妈妈说只要是我送的她都很喜欢。”

“……”

“你为什么又不说话了？”

“……”

“那你放我下去吧，我要去找妈妈。”

“……”

慕瓷跟粉丝合影，远远地看着车旁的父子俩，怎么看怎么别扭。

“可以帮我拍一张吗？”

“啊？哦！可以可以，我来拍！”

“谢谢。”慕瓷回到沈如归身边，和他十指相扣。

沈如归低头看着她，拿着相机的小粉丝按下快门。

拍好的照片被发到方方的手机里，方方再传给慕瓷，这是她的第一张全家福。

十分钟后，闹别扭的沈烬被丢到陆川怀里。

沈如归在陆川面前从不客气：“兄弟一场，可怜你没老婆疼，先把儿子借你玩玩，后天再给我送回来。”

陆川：“……”

陆川开不开心沈烬不知道，反正他很不开心。

“为什么是后天？”

电话那边的苏夏笑得腰都直不起来：“小宝贝，你亲爹嫌你碍事呢。啧，真是冷漠，连亲儿子都嫌弃。”

“可是我今天就想和妈妈睡！”

陆川把沈烬抱走，叹气声里有些无奈：“算了，我们都让让他吧。”

沈烬眼巴巴地看着那辆车越来越远，还是不甘心：“他大，我小。”

“他心理年纪小，可能还没你成熟，你大度一点儿。”陆川挂断电话，低头看了看趴在他肩膀上闷闷不乐的沈烬，“自己走？”

沈烬连忙抱紧他：“陆叔叔，他说你没有宝宝，可以多抱抱我解馋。”

陆川说：“快了。”

“什么快了？”小孩儿听不懂。

当然是快有宝宝了，或者说，已经有了，陆川在等偶尔犯迷糊的苏夏自己发现，被沈烬知道，他可能会在苏夏面前说漏嘴。

车里不行，酒店也不行。

沈如归又开了四个小时的车，回到他和慕瓷曾经朝夕相处的地方。

贺昭提前让人打扫过，楼上楼下都很干净，里里外外没有一个多余的人，黑子他们也不会在这个时候来当电灯泡。

“等等……洗澡！要先洗澡，我一下午都在火堆里来回跑，脏……”

沈如归等不了。

她身上顶多就是落了点儿灰，哪里脏？

“哪儿脏？这里，还是这里？”

“反正就是要洗，不洗不准亲。”

沈如归无奈地妥协：“行，洗。”

他抱起慕瓷，踢开浴室的门。

“一起洗。

“我给你洗。”

两个小时后。

“沈如归……”

“先说一句想我。”

“你怎么不说？”

“我做，你用做的代替说的也行。”

慕瓷心有余而力不足，还是说比较简单：“很想你，特别想你，但不能总是想，太频繁了会影响我的工作；但又不能不想，控制本能太难了，就像吃饭和睡觉。”

沈如归说：“我不一样。”

“哪里不一样？”

“我有很多时间，可以总是想。”

慕瓷听完就笑了：“那你每天都做些什么呢？”

“起床吃早饭和想你，劳动和想你，休息和想你，再劳动和想你，吃午饭和想你，午休和想你，学习和想你，看报纸和想你，吃晚饭和想你，看新闻和想你，睡觉和想你，这样一天就过去了，第二天从起床开始再来一遍。”

他就这样过了五年。

方方总说慕瓷这几年过得太苦了，但和沈如归比起来，她的苦都是甜的。

“陆导和苏夏帮了我很多，小烬大部分时间都在他们那里。贺昭前两年也经常和安萝一起来看小烬，家里那些玩具大半是他买的。”

贺昭和安萝也有过一个孩子，但他没能等到孩子出生。

“你喜欢小烬吗？”

沈如归认真地想了想：“喜欢。”

“他有很多很多有意思的事，我以后慢慢说给你听。”

“好。”

“天好像都快亮了。”

“嗯，睡吧。”

“沈如归。”

“我就在这里，哪里都不去。”

慕瓷睡着后，沈如归下楼去车里拿东西——回来的路上买了烧伤药膏。

天色微亮，他坐在床边给慕瓷烧伤的手擦药。

感觉到她疼，他就停一停，轻吻她的手腕，等她睡熟了再继续。

这是小女孩。

这是慕瓷。

这是他的沈太太。

那漫长的五年，他不见她，她也不去见他，大多数夜晚他都是睡不着的，想着他们的孩子是儿是女，是像她还是更像他，小孩到了猫狗都嫌弃的年纪，应该很难带。想着陪她一起逛公园，他们也是普通人中的普通人。

醒来时，她就在眼前，梦里出现过无数次的场景成了真。

沈如归在朦胧的晨雾里看到了他的未来。

年少被父亲丢弃，后来的一切都不是他能选的，他只是想活下来，只是想拥有一个家而已。

现在，他得到了。

沈烬是方方接回来的。

院子里的积雪很厚，他不进屋，又蹲在地上堆雪人，小手冻得通红，还沾了泥。

慕瓷让沈如归给他洗手，洗干净了再打。

沈如归远远地看着，没过去：“我洗？”

“嗯，你洗。”慕瓷直接把小团子扔到他的怀里，“干脆洗个澡吧，他身上脏死了。”

沈烬第一次见沈如归的时候就不怕他，敢摘他的眼镜，也敢摸他的寸头，摸完还笑，今天更是大胆，把手上的泥揉了沈如归一脸。

要知道沈如归今天是打算带慕瓷去办正事的，破天荒地穿了件白衬衣，却被沈烬戳戳抱抱蹭了一大片泥渍。

“不许丢。”慕瓷一个冷眼甩过去，告诉他孩子洗干净还能养。

沈如归本来要松开的手又收拢：“多大的人了，自己洗。”

慕瓷拍拍儿子的背：“小烬，抱紧了。”

“好！”沈烬紧紧地搂住沈如归的脖子，吧唧一口亲在他的脸上，蹭了他一脸口水，还用手抹抹，“脏了，洗洗。”

沈如归浑身僵硬，扔是不能扔，抱着又极其别扭。

慕瓷忍着笑：“小烬第一次来这里，能知道哪儿是洗手间？我要饿死了，你快点儿带他去。”

“宝贝，干妈走了哦。”方方是个很上道的人，绝不当碍眼的电灯泡。

沈烬朝她飞吻：“拜拜！”

虽然沈如归不再像以前那样让人不敢靠近，但在他面前，方方心里还是有些怵。本来还想叫声“沈老板”，但喉咙自动失声，她只朝慕瓷挥了挥手：“我先走了。”

“我送你。”慕瓷送方方出门，留下沈如归和沈烬大眼瞪小眼。

方方纳闷地问：“你天天给小宝贝看沈老板的画像，教他叫‘爸爸’，他明明是认识的，怎么现在见面了反而又不叫了？”

慕瓷笑笑：“第一天就被揍，生气呢。”

“啊？”

“我小时候会记住沈如归也是因为被揍。他是真动手，差点儿把我的胳膊拧脱臼，我疼了半个月。”

“啊？”方方震惊了。

“小烬像我，打不过对方也绝对不会先服软，刚才就是故意把泥往沈如归身上蹭，沈如归有洁癖。”

方方：“……”

她只能说，小烬不愧是沈老板的儿子。

慕瓷一出门，沈如归就把儿子放到地上，让他自己走。

"我要走前面，"沈烬抓着沈如归的手，"或者你牵着我。"

"自己走。"

"妈妈说上楼梯的时候很危险，我走前面如果摔倒了她可以保护我，等我上一年级就不用牵了。"

沈如归没说话，等他先走。

小团子扶着楼梯一步一步往上走，显得很费劲，摔倒了也不喊疼。沈如归站在背后挡着，他摔不下去，爬起来继续走："左边还是右边？"

"左边。"

"这一间吗？"

"嗯。"

他踮起脚拧门把手，拧不动。沈如归看了一分钟，过去把他抱起来，打开浴室的门。

"脱衣服。"

沈烬穿得多，脱得慢，沈如归都放好水了他还只脱了条裤子，正准备脱毛衣，结果头还卡住了，看起来蠢蠢的。沈如归不催他，也没帮忙，等他脱干净才过去把他拎进浴缸。

"洗个澡还哭？"

"泡沫弄到眼睛里面了，好疼。"

小孩子怎么这么麻烦？

沈如归本想关上门随便他闹，但想想这几年都是慕瓷一个人带孩子，就什么脾气都没有了。

毛巾不舒服，他就换条柔软一点儿的；泡沫辣眼睛，他就小心一点儿；水凉了，他就再加点儿热水；衣服湿了，他就换一件。

洗完澡，沈如归把小团子擦干净抱到房间里。小团子自己穿衣服，还从箱子里翻出了玩具，拿着坐在床上玩。

沈如归看着儿子的小脚丫，心想：怎么这么小？比我的手小多了。

慕瓷在门口看了一会儿，没忍住笑："吃饭了。"

沈烬爬下床，脚先落地。他穿好鞋子，往慕瓷身边跑："是妈妈做的饭吗？"

“对呀，妈妈做的，有你喜欢的肉酱意大利面。”

“太好了！”

“把玩具收拾整齐。”

沈如归干净的白衬衣上溅了水渍，一圈一圈水痕很明显，慕瓷能想象到刚才那半小时里的状况。

她进屋吻他：“换件衣服吧，别感冒了。”

“他吃饭要人喂吗？”

“不用啊，小烬早就会自己吃了，他不挑食。”

那他再吻五分钟。

沈烬吃饭确实不挑食，也不用人喂，但吃完满脸都是肉酱。

沈如归坐在旁边，顺手拿纸巾帮他擦了擦。

慕瓷看时间差不多了：“我们要出去一趟，你在家和王爷爷玩，不能玩雪，感冒好了才能堆雪人，可以看动画片，如果饿了也找王爷爷。”

“我不用去幼儿园吗？”

他感冒了，老师总不记得喂他吃药，慕瓷就替他请了假：“下周再去。”

沈烬刚来这里，不熟悉：“妈妈什么时候回来？”

“下午就回来了。”

“好，妈妈拜拜。”

慕瓷提醒他：“还有呢？”

他扭头看向沈如归，只挥挥手，没有飞吻：“拜拜。”

今天不是什么特别的日子，是很平凡的一天，下着小雪，天气很冷。

街上的行人都不多，墓园里的人就更少了。

慕瓷在路边买了两束花，沈如归拿着。一束给老太太，一束给慕成阳。

沈如归把花放下，先扫雪。两块墓碑不在一起，隔得远，他每边磕

了三个头。

“奶奶去世前一直想见见你，我才发现我连你的照片都没有。现在好了，我可以带你本人来了。”

路滑，慕瓷挽着他下台阶：“有时间去看看你父母？”

沈如归想了想：“不知道埋在什么地方。”

“可以去你出生的地方祭拜他们。等天气暖和了，带小烬一起去。”

“著名演员明年的工作不多吗？”

“不多啊，我有很多很多时间陪你。”

慕瓷在沈如归回来之前就想好了，和陆川合作的民国题材的电视剧是她的最后一部戏，夏天她就跟公司高层谈过。

她现在的公司是陆川介绍的，大公司资源好，各方面也都很尊重她。

方方当然早就知道慕瓷的想法。从慕瓷大大方方公开私人感情那天开始，跟拍的狗仔就没少过，以前拍不到她的另一半，以后就说不准了。慕瓷就在这个圈子里，躲不开，但沈如归不是圈内人，她不想冒险。

方方宽慰道：“他的性格，不会在乎的。”

慕瓷说：“我在乎。”

慕瓷去见公司高层的时候，沈如归在家带孩子。

慕瓷先到，点了杯咖啡等林杏子。她虽然年轻，但工作能力没的说。慕瓷知道她结婚了，丈夫是警察，但没见过，今天也只是隔着窗户远远地看见了背影。

“林总，喝点儿什么？”

“牛奶吧。”

“这么养生。”

“没办法，”林杏子往外面看了眼，“人还在外面。”

慕瓷表示懂了，请服务生帮忙热杯牛奶。

“小烬没跟着出来？”

“他倒是想，但最近感冒了总咳嗽。林总，我认真地考虑过，还是决定退了，休息几年，转行做幕后。”

林杏子跟慕瓷谈过两次：“你还在上升期，商人重利，从合作的立场看，我觉得很可惜，甚至有些失望，但我们也是朋友，从朋友的立场，我尊重你的选择，你也确实应该休息休息，好好陪陪家人了。”

“谢谢林总。”

“做幕后也不错，打算跟着陆导？”

“那得看他愿不愿意教我。”慕瓷现在还没想那么多。

陆川不工作的时候，心思都在苏夏身上。

她们聊完，林杏子先走，慕瓷准备打车回去时，看到路口停了辆车，打着双闪。

慕瓷有几个月没见过贺昭了，沈如归回来后他也一直没有露面。

贺昭从车后座拿出一套玩具：“给你儿子的生日礼物，前段时间忙忘了，补上。”

“忘了？”

“忘了。”

“行吧，”慕瓷也不深究，“谢谢。”

沈烬喜欢车，家里各种玩具车已经多到堆不下了，这些车，一半是陆川买的，一半是贺昭买的。

贺昭手上夹着根烟，点燃又碾灭。

慕瓷想着早点儿回家：“有话就说，我不跟你传绯闻。”

“顾泽要回国了。”

“哦。”

慕瓷的反应谈不上意外，甚至过于平静，毕竟顾泽只是在国外治疗，迟早都会回来。

“你在担心什么吗？”

贺昭欲言又止。

五年说长不长，说短不短，有些事发生了就再也没有办法弥补，只剩无尽的怀念和后悔。

曾经叛逆的富家公子成熟了很多，再也看不到那副吊儿郎当的模样。他以前那么阳光，满身少年气，现在就算是和那些从小一起长大的朋友喝酒，大多数时候也是沉默的。

“沈哥从七岁那年被父亲带到万元年那里开始就没有家了。他十八岁之前，是为了活下来；十八岁之后，是为了你。”

跳下悬崖只需要一秒钟，怕高的可以闭上眼睛，但如果想再爬上来，路太长了。

“慕瓷，有太多你不知道的事，你懂我的意思了吗？”

方方第一个不服。不是她故意偷听，是有些话太刺耳。

“贺先生，你一个外人懂什么？！慕瓷生小烬前一个月，晚上基本睡不了觉，手脚肿得像馒头，一摁一个坑，疼了两天才把小烬生下来，那个时候她还没过二十四岁生日。小烬两岁时生了一场大病，慕瓷在医院熬得喉咙失声，一个星期说不了话。

“慕瓷爱沈如归不比沈如归爱慕瓷少。如果说沈如归是满手鲜血从悬崖底下往上爬，那在另一边死死地拽着绳子把他往上拉的人就是慕瓷。她如果有别的心思，早在五年前就放弃了，又何必等到现在？”

方方见不得慕瓷受委屈，明里暗里把贺昭那些伤人的话告诉了沈如归。

沈如归当时没说什么，只是第二天把贺昭叫到家里吃饭。

沈烬很喜欢贺昭：“贺叔叔！”

“又长高了。”贺昭抱起他，让他骑在自己的脖子上，“幼儿园好玩吗？”

“好玩呀！”

贺昭举着他进屋，看到沈如归，还是笑着打了声招呼：“沈哥。”

慕瓷给他倒茶：“坐吧。”

“我去趟洗手间。”

“我带你去吧，贺叔叔。”

沈烬不知道贺昭以前在这里住过，以为他是第一次来，走到哪儿都要先给他介绍一遍。

慕瓷坐在沈如归身边，小声跟他说："安萝不在了，贺昭心里难受，你别跟他计较。"

安萝是出车祸去世的，一起没的，还有她肚子里的孩子。

沈如归捏了捏她的手："嗯。"

"小烬，跟妈妈上楼。"

"可是我想和贺叔叔一起玩玩具。"

"吃完饭有的是时间，先把老师布置的手工作业完成。"

"好吧。"小团子虽然不乐意，但还是听话的："贺叔叔，不要先走了哦。"

贺昭坐下来就想抽烟。

沈如归看了他一眼："你什么时候烟不离手了？"

贺昭反应过来，沈哥家里有女人和小孩。

他笑了笑："偶尔抽抽。"

沈如归说："房子都空着，不忙了就回来住，你的猫和兔子王叔都还养着。"

那是当年贺昭带回来哄安萝开心的，安萝清醒后就不记得了。

后来他和安萝从贺家搬出去住，重新买了一只猫，那只猫现在还在那套公寓里。

失去一个人之后，看到任何和她有关的东西，哪怕只是提一句，他的脑海里都会浮现出她的模样，可惜，再近也只是幻影，摸不到，抓不住。

"沈哥，真羡慕你啊！如果安萝能回来，让我拿命换都愿意。可她永远都回不来了。"

沈烬远远地看着，没敢下楼，又悄悄地回到房间。

"妈妈，贺叔叔好像很难过，挨骂了吗？"

慕瓷把儿子抱过去："没事，他是想他喜欢的人了。"

"那为什么不去见他喜欢的人呢？他有车，可以开车去，很快就见到了。"

“但是他们相隔太远了，不能开车去。”

“那就坐飞机！”

“飞机也不可以。”

“大船呢？”

“也不行。”

“那么远啊，贺叔叔一定很想她。”

“对呀，所以你等会儿不可以问他为什么哭，他会更伤心的。”

“嗯嗯！我装作不知道。”

于是吃晚饭的时候，沈烬总往贺昭的碗里夹菜，连最喜欢的红烧排骨都先夹给贺昭。

这是沈如归第三次往儿子脸上看。

小团子不懂，慕瓷当然知道为什么。

沈烬没叫过沈如归“爸爸”，更没给他夹过菜。

苏夏早就想正式和沈如归认识一下，于是找借口缠着陆川一起去了沈家。

慕瓷有工作，要参加一场慈善晚会，晚点儿才能回来，他们就打算过去先把饭做好。结果，两人一进门就看到小团子被沈如归扔到榻榻米上的画面。

沈烬一脑袋扎进抱枕堆，屁股朝上，也不动，只能听见他的笑声。

他当成游戏，还想再玩一次，爬起来就又往沈如归身上扑。

电视在直播慈善晚会现场，儿子总在前面晃，咯咯咯地笑个没完，沈如归一手把他拎起来扔回已经被砸出一个坑的沙发上：“自己玩，别挡着老子看老婆。”

苏夏甚至有点儿想鼓掌：“好帅！”

陆川看了她一眼，进屋朝沈烬招手：“小烬。”

沈烬很快转变方向往他怀里扑：“陆叔叔。”

“放假了吗？”

“放假了，我今天不去幼儿园。”

“晚上想吃什么？”

“鱼。”

“可以。”

“陆叔叔真厉害！”沈烬抱着陆川的脖子，亲得他一脸口水。

陆川平静地对上沈如归冷漠的目光，转身进了厨房。

苏夏将两人无声的较量看在眼里，只能说男人至死是少年，真幼稚。

慕瓷接受完采访就离场了，沈如归去接她。

陆川做菜向来只考虑苏夏的口味，不过象征性地加了两道沈烬喜欢的。

慕瓷饿了一顿，吃什么都香。

沈烬要吃鱼，沈如归离他最近，给他夹了一块。

他望着慕瓷：“妈妈，有刺吗？”

“有，你先吃别的。”慕瓷拍拍沈如归的胳膊：“沈如归。”

沈如归又把那块鱼肉夹到自己碗里，给儿子挑鱼刺。

鱼很新鲜，陆川带过来的时候还是活的，苏夏闻着鱼肉的香味，却觉得不舒服，突然捂着嘴往洗手间跑。陆川脸色微变，跟着进去。

水流哗啦啦地响，听不到里面的情况。

过了一会儿，慕瓷好像猜到什么，去厨房给苏夏冲了杯蜂蜜水。

“商量个事。”沈如归捏着沈烬快扭成九十度的脑袋转过来面向他，“你晚上去陆川家睡，明天也别回来了，怎么开心怎么玩，把房顶掀了都行。”

沈烬不乐意：“为什么？”

“你不是喜欢陆川吗？”

“但我还是最喜欢妈妈。”

慕瓷拿着杯子从厨房出来，把蜂蜜水放到苏夏的位置上，顺手捏了捏儿子委屈巴巴的小脸：“吃你的，晚上妈妈讲故事给你听。”

沈烬这才开心，扒了满满一口饭，腮帮子鼓鼓的，得意地朝沈如归

晃脑袋。

沈如归幽幽地看着慕瓷。

“别想，不行。”慕瓷尽量忍着不笑。

昨晚两人做到一半，儿子突然醒了，跑到卧室门口挠门，当时沈如归的脸比锅底还黑。

他还不习惯家里有个随时都可能出状况的孩子。

慕瓷悄悄在沈如归耳边说，“苏夏可能是怀孕了，上周我跟她一起吃饭的时候她也这样，吐得厉害，陆导哪还有心思帮你带娃？”

沈如归这才打消把儿子扔到陆家的心思。

苏夏吐完很难受，也吃不下其他东西了。

她越想越觉得不对劲：“我不会是怀孕了吧？我怎么可能怀孕呢？我不应该怀孕。”

慕瓷倒了杯热茶，在她旁边坐下，“你和陆导不是准备要孩子吗？”

“是准备，但没想现在就要啊！”苏夏也知道那些避孕措施都不是百分之百有效，仔细想想，陆川从去年开始就戒烟戒酒了，“你当时是不是也是意外怀孕？”

沈如归起身上楼，小团子跟在后面，跟复制粘贴似的。

避孕药被换成了维生素，才有了沈烬。

不是意外，是蓄谋已久。

慕瓷笑笑：“说不定只是肠胃不舒服，明天去医院检查一下。”

苏夏两个月没来月经，八成是有了。

沈如归拿了东西下楼，小团子跟着下来。

陆川还在餐厅，气定神闲。

“你看他那个样子，肯定是早就知道了，瞒着我呢，”苏夏倒也不是生气，但今天晚上免不了要吵一架。

陆川和苏夏走得早，沈烬玩累了，不用听故事就睡着了。

他其实不难带，吃饭睡觉都不用人哄，也不太挑食，更不怕生，只是偶尔会闹闹小脾气。他总是黏着慕瓷，是因为一年到头慕瓷在剧组的时间比在家多很多，平时都是保姆和阿姨照顾他。

清晨，沈如归先醒。

身边的慕瓷还在睡。她睡觉很乖，像只猫，会无意识地往热源靠，整个人都窝在他的怀里。

沈如归又想起最初那段时间，两人就算睡在一张床上，她也都是背对着他，越挪越远，缩成小小的一团，好几次半夜直接摔到床下。

“醒了？”

沈烬作息规律，睡得早，起得早。慕瓷勉强睁开眼睛，想去看看儿子：“嗯。”

沈如归看着她出神，目光温柔，也不知道看了多久。

她能听到他的心跳声。

“你在想什么呢？”她含混不清地嘟囔，又闭上了眼睛。

沈如归想了很多：“补个婚礼？”

慕瓷愣了一会儿：“婚礼……”

沈如归趁她愣神的时候打算吃个早餐。

她恍惚地问：“为什么……为什么突然提这个？”

沈如归说：“总觉得少点儿什么。”

戒指是他强行给她戴上的，求婚这一步被略过了，领证也很匆忙。

“虽然婚礼只是一种形式，但别人有的，我的宝贝也要有。”

慕瓷没出息地软成一团棉花。

这天早上，无论沈烬在卧室门外怎么挠门，沈如归都没理。

两人下楼的时候，沈烬已经在吃午饭了。他显然不怎么开心，左手托腮，两条腿有一下没一下地晃着。

“妈妈赖床。”

慕瓷：“……”

“说好我不咳嗽了就陪我打雪仗的，雪都要化了。”

这是小团子出生以来第一次见到雪，觉得很新奇，恨不得埋在雪地

里打滚，奈何刚下雪那天就感冒了，只能看不能碰，慕瓷答应过他，好好吃药，不咳嗽了就可以玩。

这场雪断断续续地下了半个月，昨天天晴了，院子里的积雪慢慢开始融化。

“妈妈错了，吃完饭就陪你玩，爸爸也陪你。”

沈如归没说话。沈烬趴在慕瓷怀里撒娇，只露出一双眼睛悄悄往他那边看，被瞪了也不怕，就盯着。

沈烬就当他是答应了，故意大声说：“我要和妈妈一队。”

“好啊！”

餐桌下，慕瓷轻轻拽了拽男人的衣服。

“行，”沈如归开口，“三个人，只能二对一。”

“我很厉害的哦。”沈烬仰着脑袋，“妈妈也很厉害。”

小团子的兴奋都写在脸上。

可当他穿好羽绒服，戴上帽子和手套，从二楼跑到后院之后，才发现事情并没有那么简单。

二对一，并不是他以为的二对一。

沈烬气呼呼地捏了个雪球扔过去，但力气不够，雪球打在沈如归脚边。

“妈妈是我的队员，你不可以搂！”

沈如归丢了个更大的雪球，沈烬被砸得倒在雪地里。

“我不打老婆，要玩就这么玩，不玩就进屋看你的动画片。”

动画片哪有打雪仗有意思，沈烬爬起来就往前冲：“我要把你打趴下！”

他肯定打不过沈如归，但是真的开心，清脆的笑声就没停过，浑身上下都是这个年纪该有的活泼和生动。

“看我。”沈烬跑了一圈，绕到树下，从后面偷袭沈如归。

他穿得多，又太兴奋，脚下一滑，就没站稳，幸亏沈如归反应快，抓住他的手把他提起来。

慕瓷吓了一跳。

沈烬跑了一身汗，脸蛋红扑扑的。他一点儿也不觉得害怕，被提起来还在笑。

“二十分钟了，行了。”

沈如归把儿子拎进屋，在门口抖了抖他身上的雪。

慕瓷担心沈烬感冒，带他上楼洗澡。

“开心吗？”

“开心！超级开心！”

“那……要不要叫一声‘爸爸’？”

沈如归回来这么多天，沈烬还没有叫过他。

他蔫蔫地低着头，小声说：“他不喜欢我。”

慕瓷不禁失笑：“小烬，没有人比爸爸更爱你，妈妈都只能排第二，他只是……他只是嘴上不说，但你要相信，他很爱你。”

“可他打我的屁股。”

“那是因为你太调皮。感冒的时候不可以玩雪，爸爸是吓唬你，他如果真打，你的屁股早就开花了。”

沈烬撇撇嘴，不说话。

“爸爸有游乐场哦，你不是一直想去吗？”慕瓷继续哄，“里面有很多小朋友可以玩的项目。”

小团子的眼睛瞬间亮了起来，可很快又蔫了，闷闷地趴在慕瓷怀里：“他肯定不带我玩……”

“试试嘛！”

“我不知道怎么说。”

“你就直接问他，可不可以带你去游乐场。”

“如果他说‘不可以’怎么办？”

“那你就下次再问，问到他答应为止。”

也不急这一会儿，慕瓷笑着让沈如归上来给他穿衣服。

慕瓷一走，沈如归就直接把衣服扔到沈烬的脑袋上。

“自己穿。”

沈烬坐着不动，说得理直气壮：“妈妈让你给我穿，你要听妈妈

的话。”

沈如归：“……”

衣服很小，小孩子的骨头都是软的，沈如归不知道怎么下手。

十分钟后。

沈烬跑到厨房，抱着慕瓷的腿。

慕瓷摸摸他的脸：“宝贝怎么了？”

沈烬委屈地往她怀里蹭：“他把衣服给我穿反了，不是这样穿的，还凶我……”

慕瓷一看，真穿反了。

“爸爸是第一次给你穿，慢慢学就会了，你教他嘛，他不学你就哭。”

“我是男孩子，男孩子才不哭。”

“谁说男孩子不可以哭，当然可以哭。你妈我当年就是这么搞定你爸的，他吃这招。你就放开了哭，别理他，他会去哄你的。”

小团子半信半疑，虽然有被揍的风险，但还是决定试一试，毕竟游乐场的诱惑太大。

然而，他刚过去，就被一只手摁进了沙发，脸朝下。

沈如归根本没有用力，手臂只是轻轻搭在小团子的后脑勺上，他就怎么扑腾都爬不起来。

电视上正播放着昨晚慈善晚会结束后某家媒体独家采访慕瓷的视频。

“大家都知道你和现在公司的合约快到期了，有考虑续约吗，或者，签其他公司？”

慕瓷笑着摇摇头，说这次和陆川的合作是自己的最后一部戏。

“所以你要退圈了？天哪……好突然，是你家里那位的意思吗？”

慕瓷说：“他不会干涉我喜欢的事，是我想好好陪他，陪他过春节、元宵节、七夕、中秋……他不是圈内人，谢谢所有人的关心，希望大家能给我们一些私人空间。”

今天早上八点，慕瓷昨晚的采访视频和公司的声明同时公开，占据了一上午的热搜。

慕瓷不是第一个在事业上升期选择结婚生子的女演员，却是第一个在自己正红的时候宣布直接退出娱乐圈的。她还年轻，凭实力一步一步熬出头，实力和颜值都没的挑，大家都说今年的最佳女主角非她莫属，她却在影视大典前退了。

有人酸成柠檬，羡慕女神嫁给了爱情；有人阴阳怪气地说她傻，迟早要被抛弃，然后哭着卖惨求复出。

“哈！”被摁在沙发上的沈烬铆足了力气，小手捏成拳头，“给你一拳。”

他能有多大力气，对沈如归来说，这一拳不痛不痒的。

沈如归关掉电视，把遥控器随手丢到一旁。

下一个被丢的就是沈烬。

“我动手的时候你别哭。”

沈烬兴奋地爬起来等着。

沈如归看向厨房，厨房门没关。

聚光灯下闪闪发光的著名演员此时穿着最简单的衣服在厨房研究菜谱，长发松散地绾在脑后，好像还是十几岁的模样。

沈烬等啊等，巴掌都没有落到屁股上。

他忍不住悄悄伸出一根手指戳了戳沈如归：“打吗？

“还打吗？

“打吗打吗？

“打吗打吗打吗？”

沈如归：“……”

厨房门被关上，慕瓷还未转身，就被男人从后面拥到怀里。她翻过一页菜谱，笑着说：“才几分钟就烦了？小烬喜欢你才黏着你，你再陪他玩一会儿。”

“不后悔吗？”

“什么啊？”她一想，新闻也应该出来了，“你看到新闻了？”

“嗯。”

“不后悔啊！我进娱乐圈这么多年，梦想什么的也算实现了吧。一辈子只做一件事很伟大，但也有点儿无趣。电影也好，电视也好，最佳女主角都是给别人看的，成为沈太太才是我的最高荣耀。”

落在颈窝的吻停下来，脖子忽然被咬了一口，倒也不疼，慕瓷刚想转身，圈在腰上的手便寸寸收紧。

“成为沈太太，才是最高荣耀。”

一字一句，仿佛在心脏上过了一遍，沈如归忽然笑出声。

呼吸很热，慕瓷觉得痒，回头的瞬间刚好把自己送到沈如归嘴边。

第一个吻落在她的鼻尖。

“小烬在客厅。”

“我锁门了。”

“他还没吃饭呢！”

“你老公是很强，但也没久到能饿死他的地步。”

“……”

傍晚的夕阳很漂亮。

沈如归把院子里的积雪扫在一起，堆了个雪人。

慕瓷在旁边看着，就这样什么都不说，也能看很久。

沈烬午睡的时间很长，睡醒了也不闹，自己穿衣服下楼。

“小烬，戴帽子，我们要去逛公园了。”

他揉揉眼睛：“可以带玩具吗？”

“可以带一辆你最喜欢的车。”

只要是出去玩，他都很开心。

这里虽然清静，不会有狗仔躲着偷拍，但也没有小朋友能陪他玩，他住几天就觉得无聊了。

沈如归找地方停车，小团子迫不及待地往车窗外面看。

进了公园，沈烬在前面玩，慕瓷和沈如归不远不近地跟在后面。

沈如归看到了她描述过的每一个画面：有夫妻拌嘴，有老年人锻炼身体，有小孩子聚在一起玩游戏，有年轻情侣卿卿我我……

曾经她口中的平凡生活在他听来像是一个故事，遥远得不真实，而现在，他们成了故事里的主角，是芸芸众生里一对普通的夫妻，没有人用奇怪的眼神看他们。

“等儿子上一年级，我们可能得考虑搬家了，不然他每天都要早起，来回很费时间。”

这件事沈如归想过：“我让人找了几套，年后带你去看。”

“好。对了，我还要去还愿。”

“哪里？”

“青龙山的庙里。”慕瓷去烧过香，拜过菩萨。

她其实不信这些，但那个时候太想沈如归了，担心他在里面受苦，怕他出意外。

她不求心安，只求他平安。

沈如归当然知道她求了什么：“等天气暖和一点儿陪你去。”

公园很大，再来一次也逛不完，慕瓷抬头笑看着他：“你觉得无聊吗？”

“不无聊。”

她又问：“有失落感吗？”

“幸福。”

“嗯？”

“我觉得很幸福，”他说，“慕瓷，我觉得很幸福。”

苏夏怀孕之后，脾气越来越大。

她妊娠反应严重，吃什么吐什么，睡不好，精神就很差，看起来病恹恹的。

陆川刚把煮好的汤端上桌，一个抱枕就迎面砸到他的脸上。

慕瓷和沈如归走进院子就听见苏夏娇气的抱怨声，她是被陆川宠

坏了。

沈烬跑到前面敲门：“夏姨，陆叔叔，我来看妹妹了。”

慕瓷笑着说：“不一定是妹妹哦。”

“我想要个妹妹。”沈烬凑过去，捂着嘴巴小声在苏夏耳边说：“夏姨，你生一个妹妹好不好？”

苏夏刚吐过，很不舒服，但小团子可爱，招人喜欢，她的心情也好多了：“好啊，生两个都行。”

沈烬看着她的肚子，很认真地思考：“两个住不下。”

苏夏逗他：“挤一挤嘛！”

慕瓷只听到几句，还以为真的是双胞胎。

苏夏这才笑：“逗你儿子玩的，一个我都吃不消，还两个呢。”

沈如归进了厨房。

陆川还有两道菜没做。

沈如归靠在门边，没有半点儿去帮忙的意思：“我和我老婆打算补个婚礼，你提前准备礼金。”

陆川头都不回：“直接把账号发给我。”

“也行，晚点儿发。”沈如归点点头，“女人怀孕都这样？”

陆川还不了解他？他是想问慕瓷怀孕的时候是不是也像苏夏这样难受。

“差不多吧。”

“具体说说。”

“你不如直接住在我家观察几天。”

“可以吗？”

“想得美，吃完这顿赶紧滚。”

只是一个晚上，沈如归就从苏夏身上看到了怀孕初期有多折磨人：吃了吐，吐完再吃，再吃还是会吐。

开车回家的路上，沈如归没说什么话。

到家后他也不太对劲，慕瓷把沈烬哄睡着后，在楼顶的露台找到他。

他在抽烟。

他已经很久不抽烟了。

“怎么了？”

沈如归掐灭香烟，把慕瓷拉到怀里，用外套裹住。

晚上气温低，慕瓷的手很凉。

“没事，进屋。”

躺在床上，慕瓷好像猜到了他心情沉闷的原因。

“不是每个女人怀孕都像苏夏那么难受，因人而异的，体质不一样，孕期反应也不一样。我就还好，能吃能睡，几乎没遭什么罪。”

她拉沈如归起床：“去书房，我给你看样东西。”

慕瓷给沈如归看的，是一段很长的录像。

视频记录了沈烬从出生时皱巴巴的模样长成会跑会笑活泼的小团子的这几年。

沈如归看完一遍后，把录像倒回去，将开头那十分钟循环播放。

视频里的慕瓷怀孕六个月左右，长胖了一些，孕肚已经明显了，拿着相机的人逗她说话，她总是在笑。

“方方拍的。

“她知道后骂了我一顿，又抱着我哭，第二天就带着行李过来了，每天给我做饭，陪我散步。陆导也很照顾我，我只负责吃和睡。

“小烬小时候很乖，就是饿了会哭两声，连打疫苗都不哭。

“沈如归，我没那么贪心，霸占你的后半生就足够了。

“用五年换余生，很值得。”

投影仪的光线忽明忽暗，她一双眼睛亮晶晶的，映着沈如归的影子。

许久，沈如归把人抱到怀里，嗤笑着说了一声“傻子”。

“我是傻子，”慕瓷指着抽屉，“你也没好到哪里去。”

这里是三楼书房。

曾经焉洐花了一天时间，却只在保险柜里找到一沓照片的地方。

沈如归想到什么：“谁让你偷看的？”

慕瓷忍着没叫出声，但也不肯这么快就投降：“这里上上下下、里里外外有什么是我不能看的？我就看了。”

“这么开心，很得意？”

“一般般吧。”

“你演得很差。”

“我怕你恼羞成怒家暴我，才昧着良心想演一演，你竟然还嫌弃。”

从那条发带开始，沈如归就输给她了。

新年。

今年的除夕没有下雪，是个晴天。

除夕也是慕瓷的生日。晚上大家都要各回各家吃年夜饭，就在白天过来给慕瓷庆生。

沈烬是团宠，谁见了都要抱一抱亲一亲。早上一醒，他就扑到慕瓷怀里，摇头晃脑地说“妈妈生日快乐”。

沈如归带回来一只猫，给慕瓷的，但小团子看上了，楼上楼下跟着跑。

黄昏时，三楼书房的光线极好，沈如归刚好坐在光影的明暗交界处，一半在橙色的余晖里，一半在阴影里。

方方是个彻底的颜控，总偷偷说沈如归是黑暗漫画里的致命反派，说他是来索命的，什么都不用做，一个眼神就能让她觉得他说什么都对。

“我给你画张画吧，”慕瓷突然兴起，“新年礼物。”

沈如归想吻她，被她躲开了。

“听见没有？”

“听见了。你会画？”

“我简直不要太会好吗？！”慕瓷把各种画具拿出来，找了个角度好的位置坐着。

没过一会儿，小团子就蹭了过来。他有自己的蜡笔，各种颜色。

慕瓷画沈如归，小团子也画沈如归。他的画很简单，但很会抓特征，虽然纸上的画乍一看和沈如归毫不相关，但多看几眼就会觉得是他。

和过去很多次一样，慕瓷画完之后，指着画上的人问儿子："宝贝，这是谁啊？"

"爸爸。"

慕瓷又指了指沙发上的男人："是他吗？"

夕阳落山，暮色降临，暖色调的灯光衬得沈如归五官的轮廓都温和了许多。

小团子歪着脑袋笑："对的，是爸爸。"

持续了很长时间，沈如归手上的文件都停留在同一页。

慕瓷看破不说破，装作若无其事的模样："沈如归，叫你呢。"

沈如归拿起茶杯，神色看似平淡："嗯。"

小团子趁热打铁："爸爸，我想去游乐场，可以吗？"

"嗯。"

"玩卡丁车！"

"嗯。"

"爸爸和我一起玩。"

"嗯。"

"我们可以放鞭炮吗？"

慕瓷总觉得现在无论儿子问沈如归要什么他都会答应。

"现在不可以，不允许放鞭炮。但是可以玩小烟花。"

"好吧。"沈烬好说话，只要有玩的就行。

他跑到门口，想起什么又跑回来："妈妈新年快乐，爸爸新年快乐。"

他还不会要红包。

慕瓷也对他说："新年快乐，儿子。"

沈烬看着沈如归。

沈如归手里的文件终于翻过一页，过了好一会儿，他才说了句：

“新年快乐。”

沈烬高兴地下楼玩烟花。

透过书房的窗户可以看到楼下的院子：黑子在陪小团子放烟花，小团子被拎起来骑在脖子上，笑声就没停过。

慕瓷倒了杯热茶，坐到沈如归身边：“你在看什么？”

他换了本册子，比之前看文件的时候更专注一些。

“看婚纱。”沈如归翻到第一页，“得预订，尺寸不合适还有时间修改。”

“你喜欢哪件？”

“看着都差不多，但穿在你身上应该不一样。年后去店里试吧，慢慢挑。”

慕瓷翻了翻那本册子，有几款他做了记号：“这样一想，你接下来好像有很多事情要忙。”

所以黑子来找他，他说暂时不管别的事。

他下巴上的胡楂扎在皮肤上有些痒，慕瓷忍不住往后仰。窗帘拉着，她隐约还能听见孩子的玩闹声。

“我帮你刮胡子吧。”

“谁晚上刮胡子？”

“晚上为什么不能刮？”

“晚上睡觉。”

“不是说好一起跨年吗？”

沈如归抱着她起身，回卧室。

“是说好了，我又没说不跨年。但是干等着多无趣，做点儿什么才有意思。”

慕瓷脸红：“你真是见缝插针。”

今天一整天家里都有人，儿子还在外面，说不准什么时候就要上楼找他们。

他关了灯，语气危险：“针？”

慕瓷：“……”

她也不是那个意思。

“当我没说行不行？”

“说了就是说了。”

“我道歉总可以吧，你别这么小气。”

过了几秒钟，沈如归突然笑了：“嗯，我小气。”

“不是，我就是随口一说。”慕瓷试图解释，“等一下啊……你锁门了吗？”

“没锁。”

“不行！”

“就不锁。”

一大早，吃饱喝足的沈烬又开始在主卧外面挠门了。

几天前就说好了要带他去游乐场玩，这也是他第一次有爸爸陪着去游乐场。

慕瓷听见儿子的声音连忙起床，也把沈如归叫了起来。洗漱完，一家三口一起出门，沈如归开车，不过半路遇到拦车的孕妇，就掉头去了医院。车开进医院时，在门口等待的护士正朝着这边跑过来，沈如归帮忙把孕妇送进电梯后，转身往回走。

人多混乱，沈烬有点儿害怕，慕瓷下车把他抱到一旁，

慕瓷看着越走越近的沈如归，不知怎么的，突然想起很多年前的一件事。那天，陆川去她们学校附近为新电影选角，方方帮她争取到试镜的机会，可中途接到医院的电话，虽说当时奶奶的情况没那么严重，但她不敢赌。在接到医生电话的那一刻，她其实就已经放弃了机会。那会儿正是下班高峰期，她情急之下在路口拦了一辆陌生人的车赶去医院，最后还给了他一百元车费。

“我在妈妈肚子里的时候也那么不乖吗？”沈烬抱紧慕瓷，小脸蔫蔫的，“那个阿姨肚子好疼，都哭了。”

慕瓷回过神，笑了笑：“不会啊，妈妈其实很开心。”

沈烬觉得那个阿姨一点儿也不开心：“为什么？”

慕瓷说："因为你要来了呀，你会陪着我一起等爸爸。"

周围太吵了，沈如归没有听见这句话。他把儿子从慕瓷怀里接过来放到后面的儿童座椅里坐着，重新往游乐场的方向开。

沈烬到底还是个小孩子，很快就忘了那点儿小情绪。他从小活泼，总有说不完的话，慕瓷给了他一根棒棒糖，车里这才安静了一会儿。

慕瓷有些走神，脑海里闪过零碎的画面，遥远又模糊，她却莫名笃定那天她拦的就是沈如归的车。

他出事后，警察打开他那间书房，里面并没有什么不可告人的秘密。

曾经那些孤独难熬的岁月，他其实一直在她的身边，虽然她并不知道。

手被不轻不重地捏了一下，慕瓷才反应过来，沈如归刚才在跟她说话，她没听清，他的脸上倒也没什么不高兴的迹象。

沈如归出来后，褪去了一身戾气。以前就算有人死在他面前，他也不会动半点儿恻隐之心，但刚才那个孕妇拦车的时候，慕瓷还没说话，他就下去把车门打开了。

这段时间慕瓷偶尔也会想，他会不会不喜欢这样平淡的生活。

"你刚才说什么？"

"陆川晚上下厨，问我们几点过去，"沈如归打方向盘，让车速慢些，"不去也行。"

"去吧，陆导的厨艺特别好，平时我们可没有这样的口福，苏夏怀孕了，陆导以后肯定会经常下厨。那不在游乐场吃晚饭了，我们早点儿过去。"

"嗯。"

沈烬年纪小，很多项目都不能玩，只能在外面看着，但他依然很开心。

傍晚有烟火表演，沈如归把他抱起来举到肩上坐着，他兴奋地尖叫，最后累得在去陆川家的路上就睡着了。

沈烬很喜欢陆川，有一段时间没见了，睡醒后精力恢复，楼上楼下跟着陆川跑。

慕瓷喝了点儿酒，和沈如归在后院看着沈烬踢足球。

“他们说苏夏肚子里可能是个女儿。”她笑着问，“你想不想要个女儿啊？”

沈如归说：“我们有一个就够了。”

他没怎么想，几乎是脱口而出。

“我以为男人都更想要个女儿呢。陆导平时对谁都不客气，有一次，一个女演员把她女儿带去片场，孩子弄坏了东西，陆导都没生气。苏夏怀孕，他的脾气明显好多了。”

沈如归低头看她：“我脾气不好？”

慕瓷半醉半醒，加上儿子跑远了，不在旁边，她就不经意流露出小女孩的性子——不讲理，翻旧账。

“你以前对我不好，我气死了。”

沈如归记得，毕竟对她不好，他自己心里也不见得有多舒坦：“那是你没见过我更不好的时候。”

“是吧，你太坏了，”慕瓷往他怀里靠，喃喃道，“就只有我喜欢你。”

那五年里，她捐了很多钱，一大半片酬都用来做了慈善。

她希望他能平安，少吃点儿苦。

沈如归低头吻她，声音模糊在唇齿之间：“嗯，就只有你。

“我只爱你一个，你要一直陪着我。”

她笑着回应：“好呀。”

过完春天，沈如归开始准备婚礼。

焉家收到一份请帖，收件人是焉洐，婚礼日期写得清清楚楚，但没有地址。

寄请帖，但不写地址，显然不是邀请他参加的意思，这的确是沈如归的作风。

焉洐看着慕瓷的名字出神，直到慕依叫他，他的目光才聚焦在请帖上，唇边勾起一抹若有若无的笑，掩盖了心底隐隐约约的失落。

同样收到这份请帖的还有另一个人：顾泽。

顾氏集团的继承人五年没有露面，传闻已经结婚，至今无子，还有传闻称顾太太是位医生，男科医生。

慕瓷遇到顾泽是个意外，更准确地说，是人为导致的意外。

那天，慕瓷的司机把车从公司的车库开出来，才几分钟，就追尾了，撞的那辆车是顾泽的。

一开始，顾泽并没有露面。司机全责，只好在事故地点等人来处理。

沈如归知道后，从家里出来接慕瓷。

“我没在车上，没事，就是车撞坏了。”

“车撞坏了还能修。”沈如归不在乎一辆车，只是交代司机：“以后小心点儿。”

顾泽就在这个时候下楼了。

他身边还站着一个女人，不像秘书。

他先开口：“好久不见。”

沈如归说：“司机没注意，给顾总添麻烦了。”

“撞得不轻，这下确实麻烦了，沈老板如果不忙，能顺路送我和我太太回去吗？”

慕瓷握住沈如归的手，沈如归反握住她的，不轻不重地捏了两下。旁人注意不到这样亲昵的小动作，只有顾泽的目光在两人交握的手上多停了半秒。

沈如归笑了笑：“当然。”

“谢了。”

“客气。”

顾泽和他太太坐后座，慕瓷坐副驾驶。

“请帖我收到了，婚礼打算在哪里办？”

沈如归说：“在家里办，不接待外人。”

顾泽遗憾地叹气：“我还想着送份贺礼，看来没这个机会了。”

沈如归把车停在院子外：“到了。”

顾太太下车道谢："进屋喝杯茶？"

慕瓷笑着说："不了，儿子要放学了，我们接晚了他会生气。"

"好吧，那就不耽误你们了，以后有时间再一起吃饭。"

车开远，慕瓷看着后视镜里顾泽的身影，有些不安："他什么意思？"

沈如归说："不用管，他不敢做什么。"

顾政鹰完了，顾氏就完了，他只要还姓顾，就永远只能看着。

幼儿园今天有活动，晚一个小时放学。

"还早，去试试婚纱？"

"好啊！顺便给儿子买串糖葫芦，他昨天就想吃，我给忘记了。"

"嗯。"

晚上，沈烬睡着后，慕瓷开了瓶酒。

"你紧张吗？"她问着问着就笑了，"我有一点儿，真奇怪。"

孩子都上幼儿园了，证也领了，补个婚礼而已，她居然提前一个星期就紧张得失眠。

沈如归没让她多喝，拿起杯子喝完剩下的酒，把杯子放到旁边："紧张什么？"

"不知道啊，可能是因为以前把婚礼这件事想得太遥远了。其实领证那天我也有点儿紧张，全程都像是在做梦，糊里糊涂的。"

"看出来了，连名字都差点儿写错。"

慕瓷捂着脸倒在他怀里："怎么办？我还是睡不着，到时候会脸色蜡黄、黑眼圈巨浓吧？"

沈如归伸手把窗帘拉起来："想睡觉还不简单？"

力气用完了，人自然就睡着了。

事实证明，他的办法确实好用。

接下来几天，慕瓷只有睡不够的份，再也不会担心睡不着了，甚至婚礼前一天晚上不得不认输求休息。

"不紧张了？"他的语气听起来有些遗憾。

慕瓷摇头："不不不……不紧张了！"

沈如归的目光从她的眼睛开始慢慢下移："眼神躲闪，说话结巴，坐姿端正，你浑身上下哪一点像不紧张？"

慕瓷被他看得很不自在，只坚持了两分钟就放弃了，扑过去捂他的眼睛："我现在不是紧张明天的婚礼，我是面对你很紧张。今天晚上我只睡觉，我说的就是单纯的睡觉，你不准想那些。"

沈如归扶着她的腰，避免她动作太大摔下去。

"你这样，我很难不想。"

"我是在考验你，你坚持坚持。"慕瓷好心提了个建议，"你想点儿别的事情转移一下注意力？"

他像是听进去了："比如？"

"比如……比如我的婚纱，你可以想象我穿上它的样子。"

慕瓷每次试婚纱都没有让沈如归看，想留在婚礼当天给他一个惊喜。

沈如归说："已经想过很多次了。"

"想了什么？"

"虽然款式复杂，但应该很好脱……"

"停停停！"慕瓷捂在他眼睛上的手改为捂住他的嘴，"你还是什么都别想了，念念经吧。"

沈如归的园子就是最好的婚礼场地。

陆川帮他设计，他自己布置，慕瓷喜欢蓝色，场地布景就以蓝色和白色为主，每一枝花都是他亲手修剪的。

婚礼不请外人，方方是伴娘。

慕瓷换婚纱的时候，方方哭了；慕瓷说会把捧花扔给她的时候，她又哭了。

沈烬不懂这些，问她为什么哭。

"我高兴啊，这是高兴的眼泪。妈妈今天漂亮吗？"

"妈妈最漂亮！"

沈烬穿了一身白色小西装，戴了领结，牵着婚纱曳地的裙摆走在后面。慕瓷走两步就停一停，等儿子跟上了再继续往前走。

走过长长的花瓣路，路的尽头，是她的沈如归。

他身后站着伴郎团，贺昭带头起哄要法式热吻。

沈如归终于看到了穿婚纱的慕瓷。他想象过无数次，却都不如眼前的她真实。她越走越近，婚纱洁白如雪，却像是燃烧的火焰，将他身上的枷锁灼烤至熔化，露出一颗赤裸裸的心脏。

证婚人问："沈如归先生，请问你愿意娶慕瓷小姐为妻吗？"

他只想亲吻她。

"沈太太。"

"亲一下？"

慕瓷笑着踮起脚，沈如归搂着她的腰，含笑低头迎接她的吻。

经年相遇，无可幸免。

—正文完—

番外一

长相思

黑子要出去办事，万元年交代的，他不敢耽误，出门就碰到刚回来的沈如归。

“沈哥，回来了。”

沈如归收起手里的东西，正色道：“嗯，要出去？”

“有个场子出了点儿麻烦，万叔让我去看看情况。”黑子只看见沈如归把一团红色的布条塞到兜里，“沈哥，你又受伤了？”

沈如归没多说：“你赶紧去吧，晚了又要受罚。”

黑子比他小几岁，心性未定，总是自讨苦吃。

“那我先走了，你找人帮忙处理一下伤口。”

沈如归回到房间，掀起袖子看手臂上的牙印，见血了，但这点儿小伤口对他来说不算什么。

黑子看见的不是沾了血的红布条，是小女孩的发带。

万元年知道沈如归回来了，让人来叫他。

沈如归把发带塞到枕头底下，洗了个澡，去见万元年。

万元年烟瘾大，屋子里烟酒味很重，还有些乱七八糟的味道，混在一起，让人作呕。他不避讳沈如归，只围了条毛巾出来，走路的时候肚子上的肥肉都在晃。

“万叔。”

“谈好了？什么时候能出货？”

“月底出百分之六十，下个月月底全部出完。”

“小五，还是你办事让人放心。”万元年很满意，往沈如归的手腕瞟了一眼，“手表丢了？”

沈如归回答道："坏了，就扔了。"

"改天送你一块新的。"

"谢谢万叔。"

"这几天辛苦了，早点儿回去休息。"万元年咬着烟，看着沈如归的背影，想到些什么：把他带回来的时候他还是个小孩子，一晃就是个大人了。

"等等。小五啊，你今年就成年了吧？"

沈如归自己都记不清，过一年是一年，算起来，今年应该是成年了。

"是。"

万元年摆摆手："没事了，回去吧。"

沈如归走出房间，带上房门。

外面的空气好多了。

他昨天晚上没睡觉，白天又在外面耗了大半天，吃了药，很快就入睡了。

眼前是伸手不见五指的黑，怎么都走不出去，突然，他一脚踩空，整个人往下坠，夜色散去，只剩满目的红。怎么会有那么多血？他用手抹开，原来是被红色布条蒙住了眼睛。

他睁开眼睛，什么都没有，原来只是做了个梦。

连续好几天都做了同样的梦，他想起放在枕头下面的少女发带。

万元年让人送来的手表还在桌上，连盒子都没拆开，沈如归把手表塞进抽屉，又回到床边看了看那条发带，忽然觉得自己有些好笑。

他一个男的，欺负人家小女孩干什么？

自己还是把发带还给她吧。

"沈哥，要出去啊，"黑子只看到他的背影，"晚上回来吗？"

"不一定，你们自己玩。"

沈如归又来到那条小巷子。

他只是想把发带还给她，仅此而已。

学校放学的时间固定，路口好几个背着书包的学生往这边走。今天是儿童节，他们应该是为了表演节目化了妆，出汗后，满脸都是亮晶晶的亮片，吃完东西擦嘴，又把口红擦到脸上了，看起来很滑稽。

沈如归等了半个小时都没有等到她。

她不像成绩好的学生，不会是被留校了吧？

沈如归正准备走的时候，看见了那天被她揍哭的小胖子，他边走边捧着鸡腿啃，满嘴油。

“小孩，嘿，就是你。”

小胖子左看看右看看，伸出一根油乎乎的手指指着自己：“我吗？”

沈如归站着没动：“就是你，你过来。”

“我……我……我没有钱，我妈妈只给了我十块钱，我买了雪糕、鸡腿和水枪，全花完了，不信你看，”他把鸡腿叼在嘴里，把衣服的口袋都翻出来给沈如归看，“真的没有了。”

沈如归又不是来敲诈的。

小胖子看着结实扛揍，胆子却这么小。

“你先过来，我问你件事，你老实回答完就可以走。”

小胖子不敢跑，又不敢走太近，连鸡腿都不敢多吃一口：“你要问什么？”

“前几天你在这里追的那个穿校服的女孩子，她绑了个马尾，大概……”沈如归在自己身上比画了一下，“大概这么高，很凶，很不好惹，和你是同学吗？”

“不是不是，她比我大。”小胖子小声说，“她爸爸死了，欠了很多钱，她妈妈和姐姐都不要她了，很可怜。”

“不问你这些，你放学的时候看见她了吗？”

“她还在学校捡瓶子。饮料瓶能卖钱，今天儿童节，很多同学都有饮料喝，有很多瓶子，她想给她奶奶买个西瓜，因为我昨天看到她问卖瓜的叔叔西瓜多少钱一斤。”

“行了，你走吧。”

路口有水果店，沈如归进去买了两个西瓜，拎到巷子口摆着，又捡

了个纸箱子撕开，借笔在上面写了三个字：卖西瓜。

慕瓷把瓶子带去废品站卖了四块五毛钱。现在西瓜还不便宜，这点儿钱买不了一整个，只能切一小块。

“卖西瓜，卖西瓜。

“四块钱一个，买一个送一个。”

慕瓷远远地就听见吆喝声，走近了才认出来是那天欺负她的人。

她的胳膊差点儿被拧脱臼，现在还有点儿疼。

那天之后有警察来，说最近有人贩子到处拐骗小孩，慕瓷看过照片，就是那天找她问路的那对夫妻。

他还不算太坏。

“你是卖西瓜的？”

他说：“今天是，明天可能就不是了，做生意，什么好卖就卖什么。”

慕瓷心想：这个人真蠢。

“从这里经过的人少，你在这里摆摊赚不了钱，前面路口人多。”

沈如归赞同地点点头：“发现了。今天幸好没带太多，明天就换地方。你买西瓜吗？我还剩两个，便宜卖，卖完我能早点儿回去。”

慕瓷刚才听见了，四块钱一个，买一个送一个，比水果店的便宜很多。

“你卖这么便宜，瓜是不是坏的？”

“可以先尝嘛！”他用刀在西瓜上划了个三角，切下一小块递给她，“不甜不要你的钱。”

慕瓷咬了一口。

瓜很甜。

“怎么样？”

“我只想要一个。”

“那就两块钱。”

慕瓷付了钱，抱着西瓜往家走。她喜欢走近路，小巷子虽然黑，但回家很近。

沈如归抬起一条腿拦住她：“别走小路，走大路。”

“我就要走这条路。”

小路不安全，她只是没碰上坏人而已。

“慕瓷，你以后放学一个人回家必须走大路。”

慕瓷在心里骂这个卖西瓜的多管闲事：“你怎么知道我的名字？”

沈如归的目光落在她身上。

慕瓷顺着他的视线低下头，看到校服上戴着胸牌。

走大路就走大路，她想早点儿回家。

她今天还是绑个马尾，影子被路灯拉得很长，沈如归看了一会儿，提着剩下的一个西瓜往相反的方向走。

手机响了，他先摸到的是兜里那条发带。

他把发带拿出来，发带被晚风吹得散开绕在指间。

他忘记把发带还给她了。

算了，下次吧。

黑子跑过去：“沈哥，你怎么拎了个西瓜？”

沈如归递给他：“买给你们吃的。”

黑子切开吃了一块：“还挺甜。今天儿童节，咱们也算是过节了，沈哥你要不要来一块？”

“你们吃，我睡了。”

沈如归自己住，但洗澡的地方是共用的，他洗完才回屋。

屋里有股香水味，叠好的被子摊开了，床中间鼓起一团。

沈如归想起万元年问过他是不是成年了。

“滚出去。”

“是万爷让我来的。”

“再不滚就别后悔，我打女人。”

女人抱着衣服往外跑，骂他“什么东西”。

沈如归把床单、被罩全换下来扔出去，屋里还是有那股难闻的味道。

“黑子，西瓜给我拿上来一盘。”

“好嘞！”

黑子很快送了一盘到楼上。沈如归把盘子放在床头，过一会儿就只能闻到西瓜的清甜味了。

“沈哥，万叔发了好大的脾气，你小心点儿。”

谈好的那批货不能按时出，万元年亏损了很大一笔钱。

沈如归刚进去，烟灰缸就迎面砸过来，温热的液体顺着额头往下淌，一滴一滴落在脚边。

万元年靠在软椅上吞云吐雾：“来了。”

“万叔。”

“上次那个小茉莉可是我亲自挑的，你不满意？”

“谢谢万叔关心，我身上有伤，不方便。”

“我还以为你不行呢。”万元年笑了两声，“才夸过你，你就出了这么大的娄子。”

“是我的疏忽，我再跑一趟，一定让他们按时出货。”

“去吧。”

沈如归用毛巾捂着额头，找人简单地包扎了一下就出门了。

他这一去就是一个月，回来在床上躺了三天才缓过神。

黑子他们几个也没落到半点儿好，几乎个个都脱了层皮。

万元年的手段，沈如归再清楚不过。他十岁之前没有一天不挨打，就为了吃口饭。

以前这种连喘口气都觉得累的时候，他只睡觉，但现在总想去一个地方。

他不知道为什么。

想来想去，他终于想到了理由：他要把发带还给小女孩。

慕瓷又看见他了，他今天卖梨。

“你怎么又在这里摆摊？”

她都说了这里人少，赚不了多少钱，他是不是脑子有问题？

“卖得差不多了，在这儿休息。”沈如归靠着墙笑，“你怎么放学这么晚？别人早回家了。”

慕瓷扭过头不看他：“要你管。”

“买梨吗？”

“不买。”

“给你削一个尝尝。”沈如归擦擦水果刀，挑了个最大的梨，削下的果皮没有断，“觉得好吃就拿几个，就当照顾我的生意了。”

慕瓷不拿，他伸出去的手就一直没有收回来。

慕瓷默默吐槽：哪有人这样做生意？

最后她还是接过来咬了一口，满嘴的果汁，真甜。

“怎么样？”

“还行，但是我今天没带钱。”

沈如归想了想：“拿别的东西换也行。”

“什么别的东西？”

“你不用的。”

“那你就亏了。”

“夏天水果容易烂，卖不掉带回去也是赔本。”

慕瓷放学回来，只背了个书包，书包里也没什么能拿出来换的东西。

沈如归说：“拿你头上的发卡换吧。”

慕瓷用奇怪的眼神看着他：“你是男的，要发卡有什么用？”

“我是用不上，但我有个表妹，她喜欢这些，可以给她戴。”

她半信半疑，但想着这么甜的梨烂了很可惜，就摘下一枚发卡，递给沈如归。

沈如归收下了，拿袋子把篮子里所有的梨都装起来给她。

路灯不算亮，慕瓷蹲着，仰头的时候看到了他额头上的疤痕。

“你打架了吗？”

“没有，我不打架。”

她用手指点点额头："那你这里怎么有个疤？谁打你了？"

沈如归摸了摸伤疤，那里还没完全恢复，有点儿疼。她蹲在路边，看着他的目光很清透。

他说："一个脾气很不好的顾客。"

慕瓷见过路边商铺里顾客和老板打起来："遇到这样的人你不要害怕，你越害怕，对方就越嚣张。"

沈如归认真地听着："那我应该怎么办？"

"下次再遇到就报警。"

"如果警察管不了呢？"

慕瓷说："不会的，你要相信这个世界上还是好人更多。"

沈如归在回去的路上想起这句话，忍不住笑。

她果然还是个孩子。

发带还在兜里，他又忘记还给她了。

算了，下次吧。

一句"下次"，又过了两个月。

万元年从外地回来了，看起来很高兴。

酒足饭饱后，他把沈如归叫到身边："小五，最近有没有什么想法？"

"想过一些，不知道可不可行。"

"说来听听。"

"东阳的那片老城区还没有被开发，有消息称政府下半年会进行公开招标，我认为可以试试往娱乐产业方面发展，比如建个游乐场。"

万元年抽着烟："周期太长了吧？"

沈如归说："确实，保守估计三年肯定是要的，但两三年后那边的交通就很方便了。而且周边城市大多数只有小型乐园，还没有一个比较出名的大型游乐场。做这个前期投入多，但长期利益也很可观。"

"我考虑考虑，你也多去跑跑，看看具体什么情况。"万元年听进去了，不过他在这方面很谨慎，投入资金太大的项目不可能太草率，"身体怎么样了？伤都好了吧？”

沈如归回答：“不影响做事。”

王元年心里清楚，这小子骨头硬，能吃苦，养别人就跟养狗一样，养他，就好比养了匹狼在身边，驯服野狼的过程很漫长，绳子勒得太紧会适得其反。

“再过两年就出去单住吧，免得你们总顾忌我，放不开。”

“谢谢万叔。”

“行了，你们继续，我先回去休息了。”

“万叔慢走。”

送走万元年，其他人才放松下来，黑子拎着椅子从最远的角落走到沈如归身边：“沈哥，你终于能搬出去住了。”

“还早。”

“那也有盼头了。能不能带上我？”

旁边的人已经喝上了，闹哄哄的。

“看你的表现。”沈如归仰头喝完杯子里的酒，“我出去一趟，晚点儿回来。”

黑子懂眼色：“万叔这会儿顾不上咱们，沈哥放心，有事我通知你。”

慕瓷的暑假还剩最后几天。她不是那种勤奋的学生，作业永远都留到开学前补，一天能补二十多篇日记，反正写不完，能写多少写多少。

老太太也会检查她的作业，越往后看眉头皱得越紧。日记里她天天都在买水果，只有最后一篇稍微不一样，也不知道老师看了会不会头痛。

学习这件事，老太太也不勉强。

家里出了这么多事，她能平安健康地长大就行了，别的老太太不强求。

“小瓷，去帮奶奶买瓶酱油。”

“好。”慕瓷朝屋里喊了一声。作业本用完了，她正好顺便再买

两本。

天气热，路上没什么人。

大路就是远一些，但路灯亮，慕瓷习惯性地往巷子口那边看，还是没人。

他这阵子也不知道去哪里卖水果了，赚到钱了吗？

“老板，拿瓶酱油，还有两本英语作业本。”

慕瓷看到冰箱里的冰棍，嘴馋，就买了一根，叼着往回走。

两分钟后，她在路灯下停下来。

她看清楚了，他这次卖的是荔枝。

“老板，再要一根冰棍。”

“别吃坏了肚子。”

老年人就爱啰唆。慕瓷付了钱，朝巷子口的方向走过去。

一根冰棍被递到面前，沈如归慢慢抬起头。

她说：“买一送一，我只能吃一根，吃多了肚子疼，这根给你吧。”

夏天冰棍融化得快，汁水滴在她手上，沈如归看到她伸出舌头舔了舔。

“我身上没零钱，拿荔枝换？”

“可以啊！”慕瓷闻到了他身上的酒味，“你喝酒了吗？”

沈如归掀起T恤闻了闻：“很难闻？”

“就是啤酒的味道。”

“你喝过啤酒？”

“我爸以前用筷子蘸着给我尝过，但是他死了。”慕瓷咬了口冰棍，“你的荔枝甜吗？现在没什么人卖荔枝了。”

“嗯，快下市了，最后再卖几天。”沈如归剥了一颗，“你尝尝。”

她尝了，肉厚核小，很甜：“放在冰箱里冰一下会更好吃。”

沈如归给她装了一袋：“这些你拿回去，明天吃。”

“太多了，我不要这么多。”

“我累了一天，挑不动篮子了，你就当是帮我减轻负担，我还吃了你的冰棍。”

“好吧。”慕瓷蹲在地上，“你额头上的疤消了吗？”

“没注意。”

“你把头发弄起来，我帮你看看。”

沈如归听话地照做。

慕瓷凑近了盯着：“还有一点点，离你这么近才能看出来。最近没有遇到那种不讲道理的顾客了吧？”

“偶尔有，但没有动手。”沈如归看她抱着瓶酱油，“还没吃晚饭？”

“吃过了，但我写作业写饿了，奶奶给我做夜宵。”

“这么用功。”

“要开学了啊，交不上作业又要被罚打扫厕所。”慕瓷问他，“你不用上学吗？你应该快高考或者已经读大学了吧？”

好一会儿沈如归都没说话，沉默地收拾着东西。

“你回家写作业吧，我收摊了。”

慕瓷愣在原地，不懂他突然生什么气。

老太太看见慕瓷拎了一袋水果回来，以为她忘记买酱油了：“荔枝？”

“换的。”

“又是换的，小瓷，不可以跟奶奶撒谎。”

“我没有撒谎，真的是换的。”慕瓷到现在都不知道他叫什么名字，“那个卖水果的不太聪明，总是卖不完，他卖不完回去会挨打。”

老太太心软：“这么可怜。”

“是啊！”慕瓷在旁边附和。她不信他额头上的伤是被顾客打的，如果真的是，他不会是那样的眼神。

她形容不出来。

那种眼神像是习以为常。

这世上就是有不爱孩子的父母，也可能不是父母。

书店关门都很早，沈如归找到一家还在营业的。

他在书架前站了很久，店员忍不住过去问：“你好，请问需要哪方面的书籍？”

慕瓷拿的是英语作业本。

“英语。”

“高考英语吗？我推荐这一本，可以搭配习题册一起买。”

沈如归看都没看，拿过书就付钱。

黑子一直等到沈如归回去，看出他脸色不好，就没多问。

黑子起夜的时候发现沈如归房间里的灯一直亮着，第二天早上看见有什么东西被从窗户扔出来。

“什么玩意？”黑子过去捡起来，翻了两页就骂娘，“什么狗屁玩意！”

骂完他就把那东西扔进了垃圾桶。

他出去了一趟，回来看见沈如归在楼底下来来回回地走。

“沈哥，你找什么？”

“跟你没关系。”

“我帮你找。”

“不用你管。”

黑子在旁边看了一会儿，突然想起什么：“沈哥，你是不是在找一本鸟语书？”

沈如归停下脚步：“你看见了？”

“看……看见了，我早上下楼，看见有人扔下来一本书。沈哥，那书是你的啊？”

“书呢？”

黑子指着旁边的垃圾桶：“我扔到那里面了。”

沈如归：“……”

“我去给你捡回来！”黑子立马跑去翻垃圾桶。

早上有人打扫过，垃圾桶被清理过一次，里面什么都有，就是没有那本英语书，黑子又跑去翻垃圾堆。

垃圾堆被晒了大半天，臭烘烘的，黑子差点儿把早饭都吐出来，好不容易找到了书。

结果沈如归看都没看，捂着鼻子走远了："不是我的，扔了吧。"

黑子："……"

他就算再无语，也只敢在心里吐槽，然而隔天就发现沈如归桌上有本一模一样的英语书。

沈哥嫌弃那本臭，又买了本新的？

旁边还有本练习册，和周围的一切格格不入。

黑子翻开看了看。万元年也让他们读书，但学的都是和做生意相关的，这本书他看不懂，沈哥应该也看不懂。

他把书放回去，收拾干净后准备出去，转身就看到站在门口的沈如归。

"沈哥回来了，我给你擦擦桌子。"黑子尴尬地笑笑，"你怎么开始学这些了？"

沈如归避而不谈，撵他出去："管好你自己，以后少来我的房间。"

沈如归房间的灯又亮了一晚上。

他每隔五分钟就想把那本书撕碎了烧成灰，每隔十分钟就想去武馆打沙袋，每隔半小时就想踢翻屋里一切碍事的东西。

但最后他什么也没做。

从第一页翻到最后一页，又从最后一页倒着翻回第一页，他烦躁的心竟然慢慢平静下来。

他找到自己失眠的原因了——

那条发带还没有还给她。

对，就是这个原因。

当沈如归远远地看到慕瓷背着书包从路口走过来的时候，才突然意识到自己最近的反常行为有多幼稚，绞尽脑汁编出自欺欺人的理由，其实只是想来见见她而已。

他想她，就这么简单。

慕瓷走过去："你改行了？"

他今天推了辆小推车，卖杂志和漫画。

沈如归说："水果不好卖，烂的比卖掉的多，不赚钱。"

"拿去学校旁边卖，生意会好，学生爱看这些。"

"你喜欢看吗？"

"我同学借给我看过，还可以。"

"你翻翻，找找有没有喜欢的。"

慕瓷看到了一本时尚杂志，封面模特是当红演员："这本多少钱？"

沈如归随口说了个价钱："两块。"

"别的书店都卖五块。"

"这些是回收的旧杂志，所以便宜。"

慕瓷惊讶极了："这么新，一点儿都看不出来是二手的！"

沈如归看她只拿了时尚杂志："你不看小说？"

"太无聊了。"慕瓷也看过，觉得没意思，"有广告公司的人找我拍杂志，但是我以前没学过，不太会，想先看看别人是怎么拍的。"

"这么厉害。"

"因为我很漂亮啊，拍广告不就是要找漂亮的吗？"

沈如归忍不住笑："小心是骗子。"

"我才没那么蠢。"慕瓷挑了三本，付完钱又问他，"明天还来吗？"

沈如归也不知道自己明天能不能来："说不准。我以后不卖杂志了，这些都送给你，我留着也没什么用。"

慕瓷疑惑地看着他，过了好一会儿才问出口："你这样做生意，真的能赚到钱吗？"

他倒是乐观："勉勉强强混口饭吃。"

她今天也戴了一枚发卡。

"你表妹喜欢那个发卡吗？"

沈如归说："很喜欢，特别喜欢，高兴了好几天。"

"那这个也送给她吧，"慕瓷把头上的发卡摘下来，放在小推车上，又指了指旁边那些她没付钱的杂志，"交换。"

没了发卡，她耳边的碎发散下来，被风吹得贴在鼻尖上。沈如归想帮她把碎发拿开，但最后只是静静地看着，什么也没做。

“旧杂志不值钱，交换不对等。”

“没关系，我的发卡也不值钱。”

“那也不行，我不占老顾客的便宜。”他想了想，“我请你吃冰棍。”

也不等慕瓷拒绝，他就往商店的方向走：“帮我看几分钟。”

慕瓷看着他的背影，心想：真是个只有一身蛮力的傻子。

沈如归回来得快，买了两根冰棍，和上次慕瓷请他吃的一样。

“不是买一送一。”

“是吗？”慕瓷移开目光，“可能是活动结束了吧，反正我上次买的时候是买一送一。”

幸好他没有多问或者回去找老板问。

夏天结束了，冰棍融化得慢，慕瓷喜欢咬着吃，不喜欢舔着吃，发现他也一样。

“你把这些杂志卖完之后，准备卖什么呢？”

“没想好。”

“菜市场卖猪肉很赚钱。”

沈如归：“……”

慕瓷趴在小推车上笑：“哈哈哈，开玩笑的，你长得就不像卖猪肉的。”

“你觉得我像卖什么的？”

她认真地想了想，这么说：“色相。”

沈如归：“……”

“你比他们都好看。”慕瓷翻开一页杂志，指着上面的模特说，“你的眼睛很好看，鼻子很好看，嘴巴也很好看，还有手，也很好看。”

她暴露了自己贫瘠的词汇，只能用“好看”两个字来描述他优越的五官。

“你可以试试去当演员。”

“当演员很简单吗？”

“不知道，应该比你做生意好赚钱。你长得这么好看，可能会容易点儿。”

沈如归笑了笑：“你想当演员？”

她说：“以前不想，现在想，读书太难了，我不是读书的料。”

“你不怕被骗？女孩子应该更容易遇到这些不好的事。”

“只要不贪心，就能避免大部分。”慕瓷掀起袖子，露出手臂上的一点儿肌肉，“而且我不是普通的女孩子，我打架很厉害。”

沈如归失笑：“那就去做你想做的。”

“奶奶不同意，我要想办法先说服她，这比读书还难。今天我们英语老师听写英语单词，我又没有及格。我其实很努力地背了，但就是记不住。”

“不是所有人都擅长读书。”

慕瓷拍拍他的肩：“对啊，所以没关系。”

过了几分钟，沈如归突然明白了，她还记得上次见面的事。

她是怕他自卑吗？

“很晚了，回家吃饭吧。”

他起身推小推车，慕瓷跟他是相反的方向。

“哎！你叫什么名字？”

沈如归抬起一只手朝她挥了挥：“下次告诉你。”

“下次”是多久，他自己也不知道。

还有没有“下次”，他更不知道。

慕瓷花了两个星期才说服老太太同意她去拍广告，结果去了才发现现场不止她一个人，她因为表情不自然只能站在角落。后来杂志上市，封面的照片里根本没有她，她被裁掉了。

不过广告公司答应给的钱一分不少，所以她并没有觉得很伤心，只是在小胖子大声嘲笑她的时候觉得有些烦。

老太太不许她打架，她就用棉花堵着耳朵，听不见就不会生气了。

小胖子已经趴在墙上喊了大半天，没人理他也喊得像收了谁的钱一样卖力，却因为没站稳把脑袋摔破了，哭得比喊得更大声。

起了一阵风，冷飕飕的，慕瓷打了个喷嚏，耳朵里的棉花掉出来，风声突然变得很吵。

“奶奶，听说咱们家要拆迁了。”

“能拆当然好，不拆也不能怪人家，慢慢等消息。”

“周伯伯说已经确定了，就是还没下通知。有了拆迁款，欠的债应该能还上一些吧。”

“别瞎想了，去买一斤鸡蛋回来。”

“哦。”慕瓷穿了件外套出门。

巷子口静悄悄的，只有一条狗站在墙角撒尿。

慕瓷拐进小卖铺，买了鸡蛋回家。

院子里停着一辆车，站在旁边的男人穿了一身西装，很像卖保险的。

他是帮慕依回来拿东西的。

慕依以前上学每年都拿奖状，跟宁倩走的时候什么都没有带，现在需要这些东西了，自己也不回来拿，随便叫个人跑一趟。

老太太没让人进屋：“都扔了，她们母女俩的东西我一样没留，要找就去垃圾场找。”

“那些奖状对小姐很重要，麻烦您再仔细找找。”

“我都说扔了，找什么找？！”

慕瓷听着他给人打电话说明情况，看样子是不要了。能花钱解决的事对她们来说都不是难事，估计一开始是不想给那家的人添麻烦 。

“你好，你是慕瓷吧。这是我们家小姐让我带给你的礼物，她说你的生日快到了。”

“什么东西？”

“你可以打开看看。”

“她自己为什么不来？”

“小姐在准备一场很重要的升学考试。”

慕瓷没收，他也没拿走，礼物就放在院子里。

晚上下了场雨，慕瓷上学的时候看到门口横着一个脏兮兮的毛绒娃娃。

这并不是她喜欢的东西，是慕依喜欢的。

一夜的狂风暴雨把路口那棵梧桐树吹秃了。上次见他的时候还能吃冰棍呢，原来已经过去好几个月了。

这个季节，砂糖橘和橙子最常见，不知道他赚没赚到钱，还有没有挨打。他一点儿都不聪明，连报警都不会，反抗的话会被打得更严重吧。

考试卷子发下来，慕瓷的成绩普普通通。

上课铃声传遍校园，同学们都进了教室，她慢吞吞地落在后面。

于是整个班只有她看到了美丽的彩虹。

上次找慕瓷拍广告的那个人又在校门口等她，说这次想找她拍戏，演剧里女主角小时候。慕瓷觉得他不靠谱，就拒绝了。他也不生气，笑笑说明天再来找她。

街上已经有人卖糖葫芦了，连续好几个顾客都是买草莓的，原味山楂的反而没人买。

所以，当慕瓷在巷子口看到那人的小推车上只有山楂糖葫芦时，就知道他肯定没赚到钱。

他不是在人少的地方摆摊，就是卖不好卖的东西，真是个傻大个，不过是个好看的傻大个。

“你看到彩虹了吗？”

沈如归没听清——他等了很长时间，被风吹得头昏脑涨。

“什么？”

“彩虹，上午十一点零七分的时候有彩虹，你也没看到吗？”慕瓷叹着气坐到他旁边，“真可惜。”

冬天天黑得早，路灯坏了几盏，一直没人来修。

“你发烧了？”

“没有吧。”

“靠近一点儿，我摸摸。”慕瓷拽着他的衣服拉向自己，手掌贴在他的额头上，“真的发烧了，你连自己生病了都不知道？”

沈如归不在意：“没事，回去睡一觉就好了。吃糖葫芦吗？”

“我没带钱。”

“交换。”

慕瓷摸到头发上的发卡，摘下来放在手心，又叹了声气：“可我只有一个发卡了。”

“一个换一个，吃多了牙疼。”

“我不要，我要换别的。”

她不要，沈如归就先拿着那串糖葫芦：“别的什么？”

慕瓷目不转睛地看着他：“你的名字，我要交换你的名字。”

许久后，沈如归回过神，笑看着她手心里的发卡：“那你可亏大了。”

慕瓷并没有改变想法：“就让你占一次便宜吧。”

他拿树枝在地上写出名字。

慕瓷凑近看，照着念出声：“沈……如……归。”

他的字写得倒是挺好看。

“谁给你取的名字？”

“不知道，记事的时候别人就这么叫我。”

“有个成语叫‘视死如归’，就是你这个名字，你知道什么意思吗？意思是把死亡看得像回家一样平常，希望给你取名字的人不是这样想的。”

沈如归只是笑笑，没说话。

这次不等他先开口，她就说要回家吃饭了。

“你也早点儿回去，买点儿退烧药吃吧，发烧会烧坏脑子的。”他本来就不怎么聪明。

沈如归破天荒地自己买了药，按时按量吃。

他也能忍住不去见她，这几个月也照样过去了，但见过一次就会想

下一次。

那天的糖葫芦她没吃，他再去“卖”一次吧。

路口水果店的老板都认识他了。今天老板娘不在家，老板一个人看店忙不过来，招待顾客就慢一些。沈如归想，反正她总是放学很久才回家，自己等等也无妨。

沈如归在店里等着，没有回头，不知道慕瓷就在外面看着，看着他付钱，看着他从老板手里接过糖葫芦，听着老板说“下次再来”。

在他出来之前，慕瓷躲到了树后面。

老太太不小心摔了一跤，她请了假，已经三天没去学校了。

沈如归去了老地方。慕瓷从树后面出来，走进水果店。

“张伯伯。”

“小瓷啊，要买点儿什么？”

“奶奶嗓子疼，我买两斤梨。张伯伯，刚才那个人怎么拿那么多糖葫芦啊？”

“你说那个小伙子啊，我也不知道，奇奇怪怪的，他不是第一次来，之前来买过好几次水果，每次都没少买。”

“……”

她总偷偷说他蠢，一点儿都不会做生意。

原来她才是真蠢。

沈如归看到慕瓷的时候忍不住笑了——她现在连书包都懒得背。

“今天这么早。”

“我请假了，没去上学。”

“病了？”

“没有。”她指着糖葫芦问，“你怎么还在卖这个？”

“现在好卖，就多卖一阵子。”

“是你自己做的吗？”

“不是。”

“别人卖糖葫芦都是自己做，这样才能控制成本。你知道山楂多少钱一斤吗？你知道市场和超市里的价格相差多少吗？你知道是用白糖还是用冰糖更便宜吗？”

沈如归觉得好笑，自己竟然被一个小屁孩儿问得哑口无言。

慕瓷平静地说：“你当然不知道，因为你根本不是卖水果的。”

沈如归的身体突然僵了一瞬。

“你是不是可怜我？

“你如果闲着无聊，或者钱太多没地方花，就去找个慈善机构做做好事，我没有可怜到需要靠别人的施舍过日子。我并不觉得自己可怜，也不觉得这种无聊的游戏好玩，请你以后不要再出现在我面前打扰我的生活。”

沈如归气笑了。她都知道了，他再解释只会显得多余。

拆迁结果还没下来，哪家拆，哪家不拆，都是一句话的事。

“话别说得这么绝对，你会有求我的时候。”

慕瓷点头：“好，那我们打个赌吧。谁先找对方，谁就输了。”

沈如归第一次在她面前抽烟。

烟头被他踩在脚底下用力地碾了碾。

“赌就赌，输的时候记得说句好话，我就不跟你计较。”

这一赌，就是十年。

番外二

十年爱一人，五年换余生

慕瓷曾经在不懂人情冷暖的年纪大言不惭地说，她将来要当著名演员。

后来她确实走了这条路，也当了演员，但离“大”字差了十万八千里，都快毕业了还是丢在机场都无人问津的那种。

陆川的电影，从主角到配角，每一个演员都是他亲自挑。

方方给慕瓷争取了一次试镜机会，然而当天下午才突然接到通知临时换了地方。陆川是圈里最年轻的百亿票房导演，也是出了名的脾气差、不好惹，慕瓷连电话都来不及挂就连忙从学校往公司赶。

好在陆川要求素颜试镜，慕瓷不用在妆发上花时间。

方方堵车，要晚到十分钟。大厅里人很多，正从门外进来的女演员近期很红，被助理和保镖护在中间匆匆往里走，慕瓷被推了一下，踉跄着站到角落。

“我早就问好了，陆导本来是去学校选角，变得真突然。”

“可能是还有别的安排吧。”

方方看慕瓷有些心不在焉，以为她是紧张了：“不知道要等多久，你再熟悉熟悉台词？”

她已经半年没有戏拍了，这次机会很重要。

“就几句词，我都背八百遍了。”慕瓷喝了口水，调整好心态，“你拿着我的手机，如果有医院打来的电话，你帮我接。”

方方拍拍胸口：“放心。”

老太太还在住院，需要钱，很多钱。

慕瓷自己不愿意求顾泽，方方也说不出让她找顾泽帮忙的话。

三个月前陆川就在为新电影的女二号选角，虽然已经有了暂定的人选，但还是想再找找，然而目前为止看到的都还不如之前暂定的那个。

助理在陆川耳边说了句什么，他示意工作人员休息半小时，自己起身回到办公室。沈如归没把自己当外人，已经在喝茶了。

阴天，天色暗，他没开灯。

“还要我等多久？”

“两三个小时吧。”陆川也坐下喝茶，“如果选不到满意的，明天继续。”

沈如归站在落地窗前，眼眸低垂着，在他的视角，楼下的大厅一览无余。

不知道他看了多久，杯子里的茶都凉了。

“她不行吗？”

“谁？”

“最漂亮的那个。”

陆川倒茶的动作停顿了几秒，抬头顺着沈如归的目光望下去。

楼下都是年轻的女孩子，沈如归口中“最漂亮的那个”虽然坐在角落，但长相和气质都不错，就连见惯了娱乐圈里各种美人的陆川也坦然承认，她在人群里确实很亮眼。

这个人很眼熟，但陆川一时想不起在哪里见过。

沈如归身边没有女人，但刚才那句话的言外之意也很好懂，陆川认识他的时间不短，不用他明说也知道是什么意思。

“给钱就行，”陆川脸上没什么表情，“钱到位，导演都能让给她当。”

“这好办。”沈如归摸了摸裤子的口袋，找银行卡。

这时，楼下的慕瓷突然站起来往外跑。原本坐在她旁边的女生也火急火燎地跟在她后面，走到门口才想起忘记拿包，又折回来，神色很慌张，像是发生了什么不好的事。

沈如归下意识转身去拿车钥匙，陆川看了他一眼：“怎么，有闲心捧女人，却舍不得花钱？”

“不好意思，你没这个机会了。”

沈如归出门进电梯，直接到地下停车场，把车开出去之后拐过路口，余光捕捉到站在路边焦急等车的身影。

医院通知老太太情况不太好。出租车一辆一辆开过，没有一辆是空车，慕瓷心里着急，这个时候也忘了自己还在跟顾泽闹矛盾，边拦车边打电话，但电话里始终是忙音。

他总是很忙。

一辆卡宴在面前停下来，车窗降下一半，慕瓷脑子一空，连人都没看清就跑过去说好话：“先生，我有急事，打不到车，能不能请您帮帮忙？”

“上车吧。”

“谢谢。”

车开到医院，她留下一百块钱车费后急匆匆地往医院里面跑，到最后也没有回头看司机一眼。

沈如归突然意识到，她似乎是真的把他忘了。

这天，他回到家后，在书房待了很久，也没去和陆川谈事情。陆川等着他找自己把角色给慕瓷，但他没有打这通电话，就像白天的事没有发生过一样。

三楼这间书房布置得很简单，没什么值钱的东西，平时只有王叔会进来打扫卫生，其他人对这里都是抱着敬而远之的态度，就连总来家里的贺昭也一样，他知道任何地方都可以随便逛，唯独这间书房不能踏入半步。

沈如归抽完最后一根烟的时候已经是凌晨，窗外漆黑一片。空气里的烟味很重，不抽烟的人闻了肯定会咳嗽不止，但他自己感觉不到。

衣服上沾了烟灰，他用手随意地拍了两下，起身时双腿有些麻木，因为他在书桌前坐了太长时间。

书房里有个保险柜，只能用指纹打开，里面只有两本很厚的相册。

有一本装满了，另外一本还有一些空白页。

沈如归一页一页翻过，看着照片上的少女慢慢长大，从校服到礼服，从运动鞋到高跟鞋，从只能在一群模特后面当背景板到出演影视剧里的小角色，站在她身边的人换了一个又一个，这么多年，她的生活里没有一丝一毫是和他相关的。

相册里有的是照片，有的是裁剪下来的杂志，有的是用白纸打印的文档，每一页都整整齐齐。

今天他也不是特意找借口见她。

在陆川那里见到她，是偶然。

也并没有很刻意地制造见面的机会，上一次想见她的念头疯狂作祟的时候，是游乐场建好了，但最后他没有去，和今天一样，把相册翻来覆去看过两遍之后又锁进了保险柜，天一亮，该干什么就干什么。

现在的沈如归已经不像早些年那样会频繁受伤，黑子跟在他身边，很多事情都是黑子在做，但关于慕瓷，黑子一无所知。

贺昭是知道一点儿的。

慕瓷大学毕业那天，学校举办了很盛大的活动，贺昭想办法弄到了入场券。刚开始他没说，某一天晚上几个朋友聚在一起喝酒，他顺势提了一句。

陆川也是要去的，早在两个月前，他就收到了校方领导的邀请。他问和贺昭去干什么，贺昭开玩笑，说去看美女。

有人打趣："光看有什么意思？"

"龌龊！低俗！看美女就和看月亮一样。"贺昭极为鄙视对方的这种想法，扭头问沈如归："沈哥，你有没有空？"

沈如归在喝酒，酒杯已经空了，人也有点儿醉，贺昭问完好一会儿，他才抬头看过去："什么？"

贺昭笑着说："去传媒大学看月亮。"

旁边的陆川插了一句话："毕业典礼在白天，你们准备去看哪门子的月亮？"

"晚上还有毕业晚会，漂亮姑娘在台上跳舞唱歌，和月亮一样好看。”贺昭给沈如归倒酒：“沈哥，你有没有兴趣？”

沈如归低声笑了笑，醉后身上多了几分散漫慵懒：“行啊，去看看。”

贺昭拿到的入场券位置在前排。他开车，校园里人来人往，热闹之中又有些毕业离别的伤感。毕业晚会在礼堂，学生们排队入场之前还有红毯仪式。陆川早在白天的活动结束之后就走了，所以来看月亮的就只有贺昭和沈如归两个人。

天上的月亮又圆又亮，沈如归坐在车里看了两个小时，毕业晚会都快结束了才进去。贺昭在车里打游戏，车里全是玫瑰花的香味。

最后一排空了一个位置，沈如归就坐在那里，灯光照不到他，他也不知道身边的人是学生还是老师。

椅子上放着一份节目单，倒数第二个节目是双人舞，他只看见写在前面的一位表演者：慕瓷。

另一个是谁，叫什么，他不关心，也可能看到了，只是没有记住而已。

她穿了一条很飘逸的白色裙子，光着脚，连头发都被灯光照得发亮。

三分二十七秒的舞蹈，漫长又短暂。

她和舞伴牵着手谢幕，所有人都在鼓掌，耳边掌声雷鸣，沈如归静静地坐着，看着她走向后台了才起身离场。

工作人员捧着一大束红玫瑰进来，大声喊慕瓷。

后台很乱，慕瓷还在卸妆，听见有人叫她的名字，本能地应了一声，回头时先看到的是那一大捧玫瑰花，像火一样。

“送我的？”她茫然地接过来，玫瑰花实在太重了，她双手抱着都很吃力，“谁送的？”

没有卡片。

工作人员说：“不知道，跑腿的小哥送到礼堂外面，找人送到后台，说是给你的。”

“谢谢。”

今天有很多人送花，慕瓷表演前也收到过同学送的，但所有的加起来也没有这一束多，她只抱了一会儿，胳膊就酸了，后台也没有能暂时存放的地方。

她把花带回宿舍的路上，从身边经过的人都会多看几眼。

是真的太夸张了。

慕瓷全程低头走路，脸都快埋到玫瑰花里，被花香呛得打了好几个喷嚏。

到宿舍后，她拍了张照片发朋友圈，配文：毕业快乐。

方方发微信问慕瓷这花是谁送的，她说：应该是顾泽。

她想不到别人了。

方方一激动，直接打电话过去：“什么叫‘应该是顾泽’？你难道没见着人？”

“没有，他今天有事，没来学校。”宿舍的桌子上放不下，慕瓷只能把花放在阳台，她蹲在旁边，手指点来点去，数一共有多少朵，“他送玫瑰花，是在跟我表白吗？”

方方问：“多少朵？”

慕瓷捂着发烫的脸，小声说：“五百二十一朵。”

她数了四遍。

“那应该很重吧，你怎么搬回去的？”

“有同学帮忙抬上楼的。”

方方高兴归高兴，心里还是默默吐槽顾总不太细心，要送就好好送。“五百二十一朵，那不就是‘我爱你’的意思吗？你们俩之间的窗户纸也该戳破了，这都多久了。”

“可是他没有明说。”

“那你就主动点儿呗。”

“他上周约我明天晚上吃饭，我没答应。”

“看吧，男人就是不能惯着，你喜欢他黏着他，他不把你当回事就算了，还有可能把你当备胎；你一冷落他，他就知道着急了。”方方立马改了策略，“慕小瓷，你先稳住，看他今天晚上会不会再次约你，别提花的事，等他开口。他如果去学校接你，你再答应。”

方方是谈过几次恋爱的，比慕瓷懂男女之间这一套。

睡前，顾泽打了电话，先为今天没能来学校祝贺她毕业道歉，又说明天补给她。

她本来也没生气，只能说有点儿失望，但收到花之后就没什么情绪了。

“你早点儿休息，明天去接你。”

“是你，还是你的秘书？”

顾泽听懂了，笑着说：“我去接你。”

她这才答应：“好。”

之后两个人在一起也是顺理成章的事，毕业后，她搬到顾泽的房子里住。虽然这段恋情没有公开，但顾泽身边的人都知道。

大概过了三个月，这段恋情传到了贺昭的耳朵里。不是因为他没事干就爱操心别人，而是他的朋友太多了。

男人在生意场上难免会逢场作戏，顾泽以前也不是什么洁身自好的男人，是真是假只有他自己清楚，但至少在外面谈生意的时候，他没有表现得太不合群。

这种人某一天突然不玩了，肯定就是有情况了。

贺昭的朋友在顾泽手机里看到了慕瓷的照片，开玩笑般问了一句，顾泽只是笑笑，没有承认，但也没有否认。贺昭知道后，犹豫了好几天到底要不要告诉沈如归——说了肯定会有事，不说的话事情估计会更大。

所以他说了。

沈如归听完，除了多喝了两杯酒，并没有什么异样，晚上还是照常去了酒庄，跟陆川他们几个打牌。

贺昭眼睁睁地看着另外三个人的脸色越来越难看，但沈如归不说散，谁都没走。

第二天早上，贺昭才试探地问：“沈哥，你打算怎么办？”

沈如归轻描淡写地说了三个字：“抢回来。”

上架建议：畅销 · 青春文学
ISBN 978-7-5594-6792-8
9 787559 467928 >
定价：45.00元